LE PAYS DES MERVEILLES

Né en 1965 à Turin, Giuseppe Culicchia a fait son entrée en littérature en 1994 avec *Patatras*, un premier roman couronné par les prix Montblanc et Grinzane Cavour, également adapté au cinéma (prix de la Critique au festival de Locarno 1997). Considéré depuis comme l'un des auteurs phare du paysage littéraire italien, il est aujourd'hui traduit dans une douzaine de langues. *Un été à la mer* paraîtra très prochainement aux Éditions Albin Michel.

GIUSEPPE CULICCHIA

*Le Pays
des merveilles*

ROMAN TRADUIT DE L'ITALIEN PAR VINCENT RAYNAUD

ALBIN MICHEL

Titre original :

IL PAESE DELLE MERAVIGLIE

© Garzanti Libri s.p.a., Milan, 2004.
© Éditions Albin Michel, 2006, pour la traduction française.
ISBN : 978-2-253-12432-0 – 1re publication LGF

Pour toi.

Quand on est aimé des dieux, on meurt jeune.

                                                                MÉNANDRE.

Le temps présent et le temps passé
Sont tous deux présents peut-être dans le futur
Et le temps futur contenu dans le temps passé.
Si tout temps est éternellement présent
Tout temps est irrémissible.
Ce qui aurait pu être une abstraction
Qui ne demeure un éternel possible
Que dans un monde de spéculation.
Ce qui aurait pu être et ce qui a été
Tendant vers une seule fin, qui est toujours présente.
Des pas résonnent en écho dans la mémoire
Le long du corridor que nous n'avons pas pris
Vers la porte que nous n'avons jamais ouverte
Sur le jardin de roses. Mes paroles font écho
Ainsi dans votre esprit.
Mais à quelle fin
Troublent-elles la poussière d'une coupe de roses,
Qu'en sais-je ?

                                     T.S. ELIOT, « Burnt Norton »,
                                          dans *Quatre quatuors*.

Cette œuvre est le fruit de l'imagination. Tous les personnages, épisodes et dialogues de ce roman, à l'exception de références occasionnelles à des personnages publics, sont imaginaires, ne font en aucun cas allusion à quelque personne vivante ou morte que ce soit, et n'entendent pas davantage dénigrer institutions, associations, mouvements ou organisations. Dans la plupart des cas, la référence à des faits divers ou à des épisodes à caractère historique est fidèle à la chronologie. Mais en trois occasions au moins, l'auteur en a décidé autrement. Le « suicide » d'Andreas Baader, Gudrun Ensslin et Jan Carl Raspe, survenu le 18 octobre 1977 dans la prison de Stammheim, et la découverte consécutive du corps d'Hans Martin Schleyer, patron des patrons allemands, enlevé par la RAF[1] le 5 septembre, ont été avancés de quelques mois. Même chose pour la diffusion de la série *Happy Days*. Et les punks n'ont fait leur apparition dans la Galleria Subalpina et juste à côté de la place Carlo Alberto à Turin qu'un peu plus tard. Quoi qu'il en soit, l'auteur a cru devoir inclure en annexe une chronologie de l'année 1977, afin d'aider les lecteurs les plus jeunes à se repérer et les autres à se souvenir.

---

1. Rote Armee Fraktion (Fraction armée rouge). (*N.d.T.*)

1.

La fortune sourit aux audacieux. Ouah !

Au début, ça ressemble à une histoire inventée. Juste parce qu'aujourd'hui on a droit à l'*Enfer*, du genre : « Abandonne tout espoir, toi qui entres ici... », etc.
Mollo : J'ai mal à l'utérus.
Zazzi : QU'EST-CE QUE TU RACONTES, BORDEL ?
Mollo : J'ai mal à l'utérus.
Zazzi me regarde. Je regarde Mollo. Mollo regarde Zazzi. Il se tient le ventre, plié en deux.
« D'après moi, ce gars-là prend de l'héro. Et ATTENDU que les apparences sont trompeuses, c'est bien connu, à la place du sanglier OBÈSE qu'on croit voir, c'est un toxico super-maigre en pleine crise d'abstinence, suggère Franz. Dis la vérité au milicien Zazzi, CRÉTIN : t'es en manque, hein ?
– Je te dis que j'ai mal à l'utérus », insiste l'intéressé.
Je le préviens :
« Je te signale que c'est pas ici, l'utérus.
– Mais ma tante m'a expliqué que c'était ici.
– Que vient foutre ici ta tante ? fait Zazzi, soupçonneux.

– Elle me donne des cours d'éducation sexuelle, grommelle Mollo.

– Éducation SEXUELLE ?

– Ouais.

– Quoi, tu la BAISES ? » ricane Zazzi en se pinçant le grain de beauté gros comme une pièce de cinquante lires qu'il a sur la joue. Aujourd'hui il arbore un T-shirt sur lequel il a écrit au stylo-bille SANG ET HONNEUR. Il dit que c'est la devise des Jeunesses hitlériennes.

« Pauvre débile, éclate Mollo, humilié.

– D'après moi il la BAISE. Attila ?

– D'après moi, il a compris que dalle.

– Ben voyons. Ces trucs-là il les comprend parfaitement ! Hein, Mollo ?

– Va te faire foutre !

– Désolé de vous décevoir, estimé confrère, mais chez nous autres, point d'utérus, l'informe Zazzi. C'est exclusivement les filles qui en ont un. Au-dessus de la CHATTE. Également nommée MINOU, CON, FIGUE, MOULE, CHOUNE, CHAGATTE, FOUNE, TOUFFE. Ou plus vulgairement VAGIN. Lequel, même si on nous l'enseigne pas à l'école, est à l'origine de l'univers-monde. Et qui, ATTENDU qu'il donne sur l'extérieur, sert de terrasse aux ovaires. Et où nous autres on enfile notre ZOB. À propos de ZOB, Mollo, éclaire ma lanterne : depuis combien de temps elle en a pas vu un, ta tante ? Plusieurs siècles, je dirais, si elle t'a expliqué que l'utérus est là.

– J'ai mal, crétin ! fait Mollo.

– Je te crois, avec toutes les saloperies que tu manges. *Mens sana in corpore sano*, on disait dans l'ancienne Roma Kaputt Mundi. Toi, après toutes les années de pensionnat salésien que tu t'es tapées, entre parenthèses c'est un miracle que ces PUTAIN de prêtres t'aient pas salement ENCULÉ, ton *mens* est bien amoché, nom de Dieu, et le *corpore* vire à l'obèse. À quatorze ans, Mollo. Quatorze ans. Mais comment c'est possible, BORDEL ? Il te faudrait un petit séjour chez les PARAS !

– Et c'est reparti avec les paras, pleurniche Mollo, plié en deux.

– *Giovinezza, giovinezza...*, entonne ou plutôt détonne Franz. *Primavera di giovinezza...*

– Aaaaahhhh, gémit Mollo. Fais-le taire. »

La cloche sonne. Fin de la pause. On n'est même pas sortis de la classe. La faute à Mollo et à son mal au ventre.

« Et maintenant on a quoi, PUTAIN DE MERDE ? » me fait Zazzi, qui n'a pas la moindre idée de ce qui l'attend.

Aujourd'hui il y a du soleil. On aurait pu voler un ballon de volley au gymnase et aller jouer au foot sur le terrain de basket, là-dehors. Peut-être même que j'aurais vu Margherita.

« Deux heures d'italien, je soupire.

– Noooon ! L'italien nooooooon ! Cette SALOPE de Cavalla ! Soixante-huitarde de MERDE ! Je préfère encore une bonne overdose !

– Elle interroge sur la *Divine Comédie* », je le préviens.

13

Mollo émet une plainte d'animal blessé.

« ON-S'EN-BAT-LES-COUILLES, fait Zazzi tandis que la classe se remplit. L'important, c'est de l'OUVRIR. Jamais fermer sa gueule. LA FORTUNE SOURIT AUX AUDACIEUX, OUAH !

— Je le dirai à Cavalla, que ce matin j'ai mal à l'utérus », marmonne Mollo.

Zazzi ricane.

« Tant qu'à faire, dis-lui que tu as tes RÈGLES », lui suggère-t-il.

À ce moment-là entre Cavalla. Franz lève aussitôt la main.

« Madame, Mollo est malade. Étant donné ses antécédents cliniques, je demande POLIMENT la permission de l'accompagner aux vatères.

— Mais c'était justement la rrrécrrréation, lui répond Cavalla, avec ses célèbres *rrr*. C'est horrrs de question, Zazzi.

— Madame, permettez-moi d'insister, mais Mollo jure qu'il a un UTÉRUS, de surcroît douloureux. ATTENDU qu'en la matière la littérature médicale n'est pas très claire, il n'est pas à exclure qu'il soit même en proie aux bien connues SCHTROUMPFS », lui fait-il très sérieusement.

Total : c'est comme s'il était volontaire pour l'interrogation. OUAH !

2.
Trois sœurs

Enfermé dans la chambre que je partageais jusqu'à l'année dernière avec Alice Tresses rousses Yeux bleus, tous les après-midi je joue de la batterie pendant des heures. Enfin, je tape avec deux crayons sur un baril de Dash renversé. Depuis que ma frangine est partie à Milan, la maison est vide. Comme le village qui l'entoure. Ici il se passe jamais rien. Partout des attentats, des manifestations et des affrontements, en ce moment. Mais chez nous, ceux qui ne sont pas à l'usine sont dans les champs. Ou au café en train de se saouler à coup de Campari et de Fernet Branca. On va dans la rue et on se retrouve en plein désert. La seule vraie explosion de vie, c'est les enterrements. Là, les vêtements réservés aux grandes occasions sautent des armoires remplies de naphtaline. Et il y a même la queue au salon de coiffure.

D'ailleurs, en matière d'enterrement, notre mère est une spécialiste. Elle n'en rate pas un. Déjà les jours normaux elle passe son temps à l'église. Chez don Curio. C'est lui qui l'a officiellement chargée des lectures. Ça peut être n'importe quel enterrement. Mais la vraie vedette, c'est elle. Au milieu d'un nuage toxique de naphtaline, tout juste sortie de chez le coiffeur, elle prend place sur l'estrade. S'installe derrière le pupitre. S'éclaircit la gorge. Après quoi elle se lance dans une parabole, tout excitée. Notre mère ne se contente pas de lire les Évangiles. Elle les interprète carrément. Elle imite les voix des personnages. Fait des pauses. Des gestes. Sans nous, à l'heure actuelle elle serait actrice dramatique, elle prétend. Ben voyons. Ma sœur et moi, on a toujours eu honte de ses exhibitions. Et d'ailleurs ni elle ni moi on n'a mis les pieds à l'église depuis un moment. Mais ça, à vrai dire, c'est une autre affaire.

Cette histoire d'actrice dramatique manquée, papa l'a toujours prise un peu trop au sérieux. Et au fond du fond, il en souffre. Lui non plus, il n'est jamais à la maison. Papa est ouvrier à la PUN. Et pendant son temps libre, il s'enferme à la cave et construit des cages à oiseaux. La PUN est l'usine d'un de mes oncles, un petit patron chevalier de l'ordre du Mérite. Papa y passe dix heures par jour. Et souvent même douze. Parce que même si le boum économique est fini depuis un moment, que maintenant c'est l'austérité et qu'avec la crise pétrolière les gens ne dépensent plus un centime, chez nous on trime encore drôlement. À l'usine, papa ne s'arrête même pas pour boire un café. Et il ne va même pas aux toilettes. Un lundi, à la fin de son service, il n'arrivait plus à se retenir avant un barrage et il a laissé la voiture sur le bord de la route pour se précipiter dans le premier champ de blé. Les carabiniers ont cru que c'était un terroriste et, sans lui laisser le temps de s'expliquer, ils ont commencé à tirer comme des fous entre les épis de blé, TA-TA-TA-TA-TA. Total : avec la loi Cossiga on peut même plus vidanger en paix. On peut retourner le problème dans tous les sens, c'est toujours l'argent qui décide. Et notre mère qui, à part interpréter les Évangiles à l'église, n'a jamais rien foutu, elle ne le pardonne pas à papa. En particulier parce que ses sœurs ont épousé l'une le petit patron chevalier de l'ordre du Mérite et l'autre l'adjoint au maire chargé de l'urbanisme. Et, dit-elle, elles *pavoisent*.

Notre mère se réunit avec les tantes en moyenne une fois par semaine. Elles vendent un machin qu'elles appellent *supercrème*, produit de beauté américain fabriqué sous licence dans la Brianza et qu'elles considèrent miraculeux parce que d'après elles il marche pour tout, des cors aux pieds aux boutons d'acné. Quand elle s'assied à la table du dîner après une réunion, notre mère prononce toujours la même phrase : *Aujourd'hui j'ai vendu*, je sais pas, *soixante-neuf pots de supercrème*. Et elle nous regarde, fière d'elle, attendant des applaudissements. J'imagine que la même scène a lieu chez les tantes. Le problème, c'est qu'entre les paysannes et les ménagères du village, la supercrème n'a eu aucun succès et donc, pour faire du chiffre, les trois sœurs continuent à s'en vendre entre elles. Et en quantités de plus en plus importantes. Au point que leurs chambres sont remplies de pots de supercrème, qui passent de main en main chaque semaine. Dans leurs maisons respectives, les réserves de supercrème occupent non seulement la cuisine et la cave, mais aussi l'espace disponible sous les lits et même dans les salles de bains. Parfois on ouvre une armoire où on pense trouver des couvertures ou des médicaments et VLAN, on reçoit une avalanche de pots de supercrème. De toute façon, supercrème mise à part, toutes les trois accumulent de tout. Boîtes et conserves en tout genre, thon, viande et haricots, olives, tomates et légumes, sardines et câpres. Et des réserves illimitées de farine, d'orge, de café, de sel, de sucre. Comme si, planquées au fond de leur débarras, elles pouvaient résister à l'hiver nucléaire pendant des années. Et des collants filés. Des fermetures éclair cassées. Des chaussures dépareillées. Des chemises usées. Des pantalons déformés. Des manteaux mités. Et des quintaux de magazines de tricot. Des années entières de *Sélection du Reader's Digest*. Des tonnes de romans-photos. Sans parler des montagnes de papier toilette, des arsenaux de film plastique, des tas entiers de chiffons. Pourquoi ? Parce qu'elles savent ce qu'est la guerre, voilà pourquoi.

Total : maintenant qu'Alice a quitté la maison, heureusement qu'il y a grand-père.

3.
Grand-père

Grand-père dort. Assis à la table de la cuisine, son chapeau sur la tête. Après le déjeuner, il s'endort toujours comme ça. D'un seul coup il ferme les yeux et *bonne nuit les petits*, comme il dit. Je ne l'ai jamais vu sans un chapeau sur la tête. Il en a un jaune en paille pour l'été et un autre en feutre gris pour l'hiver. Il les garde même à la maison. Ils font partie de lui, comme son nez un peu rouge, ses lunettes à monture en plastique noir qui tiennent avec du scotch et les cigares toscans dans la poche de son gilet.

Grand-père sourit même quand il dort. Parce qu'il est toujours de bonne humeur, sauf quand il pense à ses filles ou à grand-mère. Grand-mère est morte quand j'avais trois ou quatre ans. À vrai dire, je ne me souviens pas vraiment d'elle. Jeune, il était parti en Amérique, où il a fait tous les métiers. Un bout de temps après, il est revenu. *Quand la fête est finie*, il dit, *l'Amérique c'est pas le Pérou*. Et puis, avant de s'embarquer à Gênes, il était tombé amoureux de grand-mère. La photo d'elle qu'il garde dans son portefeuille date de cette époque. Après la mort de grand-mère, ses filles ont commencé à lui prendre la tête. Pour le bien. C'est-à-dire la maison. Et le terrain. Achetés avec les droits d'auteur de son traité *Sur la méthode optimale de lavage dominical du véhicule automobile à l'usage des Italiens*, éditions Ulrico Hoepli, qu'il dit avoir écrit pour rigoler mais qui s'est vendu à des milliers d'exemplaires. Chacune de ses filles exigeait un acte de vente qui exclue les deux autres. Grand-père les a envoyées sur les roses. *Qu'elles s'étripent donc entre elles quand je serai parti moi aussi, ces harpies accumulatrices*, il dit. *Qui sait si elles sont capables de tirer trois chaises d'une forêt entière*. Et il secoue la tête, s'appuyant sur son bâton.

Grand-père répète toujours que jamais, au grand jamais, il n'aurait imaginé se retrouver avec trois filles pareilles. Pendant la guerre, il a rejoint les résistants quand les Allemands ont chargé son frère sur un camion et l'ont déporté à Mauthausen. Son frère n'est pas revenu. Dans son portefeuille, grand-père a aussi une photo de lui. *Nom de Dieu, tu crois vraiment qu'il fallait mourir pour trois coincées pareilles ?* il dit. *Qui ne pensent qu'à la maison, à l'église et au livret de caisse d'épargne*. Et il secoue la tête en s'appuyant sur son bâton.

Dès qu'il est arrivé en Amérique, grand-père est devenu communiste. Mais quand la guerre s'est terminée, il a changé d'avis. Après quelques élections, il a déchiré la carte du parti et n'est plus allé voter. Il a décidé que l'anarchie valait mieux. *Tu crois vraiment qu'il fallait mourir pour cette grande cochonnerie de réconciliation nationale ?* il dit. *Après le 25 avril 1945, plus personne n'avait chez soi la moindre chemise noire. Ce Togliatti nous a pas fait une belle entourloupe, il nous a fait une gigantesque entourloupe.* Et il secoue la tête, s'appuyant sur son bâton.

D'après lui, en 48 il aurait fallu faire une autre révolution de 48. C'est-à-dire une vraie révolution, une fois pour toutes. Mais les Italiens n'en sont pas capables. *Tu crois vraiment qu'il fallait mourir pour ensuite tendre le postérieur à des gens comme cet Andreotti ? Un filou cul et chemise avec le Vatican, les communistes et la Mafia, tout juste bon à se payer la tête des victimes de tremblements de terre et à gratter des millions de voix,* il dit. *Je pense bien que les jeunes chevelus manifestent, les autres appellent ça une démocratie mais c'est une sacrée arnaque.* Et il secoue la tête en s'appuyant sur son bâton.

Le matin, grand-père aime écrire, même si, après le succès du traité *Sur la méthode optimale de lavage dominical du véhicule automobile à l'usage des Italiens,* il n'a plus rien voulu publier. Mais l'après-midi, s'il n'a rien à faire dans le potager, il le consacre à la lecture. Il a un tas de livres chez lui. *Guerre et paix. Crime et châtiment. Orgueil et préjugés.* Petit à petit il s'est constitué une vraie bibliothèque. Quand il lit, on peut pas le déranger. Mais de temps en temps il regarde aussi la télé. Surtout des films comiques. Déjà qu'il est toujours de bonne humeur s'il ne pense pas à ses filles ou à grand-mère. Mais quand il y a Laurel et Hardy à la télé, il est plié en deux. Il rit aux larmes. Puis, quand il se reprend, il fait : *Ces deux-là sont des anarchistes purs et durs, ça oui. Tu as vu comment ils démolissent scientifiquement le rêve américain ?* Et il ajoute : *J'aimerais bien les voir en action au milieu des réserves de supercrème de ta mère, ou celles de tes tantes. Ça, ce serait vraiment à se pisser dessus.*

Grand-père aime aussi cuisiner. Ses pommes de terre frites avec de la poitrine fumée, du romarin, du sel et de l'oignon sont phé-no-mé-na-les. Sans parler de la *bagna caoda*. Être invités à déjeuner chez lui a toujours été une fête, pour Alice et moi. Et toutes les fois, au moment de nous dire au revoir, un billet de dix mille lires chacun. *Celui-là, dépensez-le en glaces, en bandes dessinées ou en gourmandises diverses, enfin comme vous voulez. Mais je vous interdis de le mettre de côté. Pas question que vous deveniez aussi pingres que votre mère et vos tantes.*

Grand-père continue à dormir. D'un coup il lève la tête. Il la garde un moment levée. Mais ensuite elle retombe. Sans cesser de sourire, il se met à ronfler. Je regarde autour de moi. L'attrape-mouches accroché au mur. La canne posée contre une chaise. Les livres sur les étagères au-dessus du canapé. L'odeur de tabac. La bouilloire sur le gaz. Le tic-tac de la pendule sur le garde-manger. On est bien, chez grand-père. Sur la table, il y a un sac en papier rempli de bonbons aux herbes. Je le vide. Je souffle dedans en essayant de ne pas faire de bruit. Je le ferme. Après quoi je le fais exploser d'une claque, BOUM ! Grand-père sursaute. Il ouvre les yeux. Me sourit.

« Je dormais pas, hein ? il me fait.
– Tu ronflais, je lui dis.

– Allons bon.
– Je te jure !
– Tu penses, si je ronflais.
– On aurait dit un transatlantique.
– Je te crois pas. »

Il ferme les yeux. Les rouvre.

« Tu dois y aller ? il me demande.
– Je reste encore un peu, je réponds.
– Si tu dois y aller, vas-y.
– Plus tard.
– Regarde dans le buffet, je t'ai acheté des *amaretti*. Les mous, ceux de Sassello, vos préférés à Alice et à toi. »

Je me lève. Vais vers le garde-manger. L'ouvre. Dedans, il y a un petit panier rempli d'*amaretti*. Je me tourne pour remercier grand-père, mais il a de nouveau les yeux fermés. Il lève un peu la tête. La garde levée pendant un moment. Puis il recommence à ronfler. Toujours en souriant. C'est lui qui a donné à Alice l'argent pour quitter la maison.

4.

Une lettre d'Alice

Cher frangin, je lis la lettre que m'a envoyée Alice Tresses rousses Yeux bleus, *comment vas-tu ? Ne fais pas attention à mon écriture (sur un rythme jazz), j'écoute un disque. Je crois qu'un jour ou l'autre je viendrai te chercher et je t'emmènerai à Milan. Comme ça tu pourras faire tes premières armes comme batteur dans une salle du côté de Brera et laisser tomber ce diplôme de comptable que les deux autres veulent t'obliger à avoir et qui, au jour d'aujourd'hui, ne vaut rien, tu peux en faire des cocottes en papier. Ici tout va bien, ou presque. En ce moment, Milan est la ville rêvée pour toute étude sociologique. Tu n'imagines pas comment on se sent quand on quitte la campagne et qu'on se retrouve plongé dans une grosse métropole industrielle. Et je te raconte pas le bordel qu'il y a à l'université. Si ça continue comme ça, je finirai mes études à trente ans. Mais ça m'est égal. En fin de compte, même une maîtrise ne vaut pas grand-chose. Et même, tu sais quoi ? Si je réussis à avoir mon diplôme en même temps que toi, on verra qui fera les plus belles cocottes en papier.*

Je te demande rien sur les deux autres, de toute façon je sais déjà. Lui qui court vers ses cages à oiseaux à peine sorti de l'usine, elle qui fait son commerce de supercrème avec les tantes entre une visite à l'église et une lecture sur scène. Mais j'aimerais avoir de tes nouvelles. J'ai été super-triste de te laisser là-bas, vraiment. Et puis je suis un peu inquiète : c'est ta première année de lycée, et en plus tu dois la faire dans un endroit que tu détestes. Nouveaux camarades de classe, nouveaux professeurs... En contrepartie, maintenant que tu es débarrassé de ta sœur, plus d'odeur de patchouli dans notre, ou plutôt ta chambre. Et plus de chemisettes indiennes qui traînent ou de disques de Guccini écoutés en boucle. Qui sait combien de filles tu ramènes à la maison maintenant, sous prétexte de faire les devoirs ensemble. N'oublie pas que si tu as une petite amie, tu dois absolument me l'amener à Milan pour que je la connaisse. Moi, entre deux examens, j'apprends à jouer de la guitare avec un camarade de Sesto San Giovanni, en fait une sorte de grand quartier de Milan jumelé avec Stalingrad. On s'y met à fond et je te raconte pas les progrès, je crois qu'on sera vite prêts pour un concert à la Scala. Naturellement, on aura besoin d'un batteur. Considère-toi comme engagé. À présent je dois vraiment te dire au revoir, sinon mon stylo sera vide et je n'ai pas d'encre pour le recharger. Je ne sais pas si tu comprendras quelque chose à ce que je t'ai écrit. J'espère que oui. Je vous embrasse fort, grand-père et toi, Alice.

5.

Francesco Zazzi, dit Franz

« Putain c'est QUI, nom de Dieu ? »

Il est comme ça, Francesco Zazzi, dit Franz. Unique, même au téléphone. En fond sonore, Iggy Pop et ses trois Stooges. *No fun*. Mais il aurait pu y avoir bien autre chose. Manifestement, aujourd'hui il n'est pas dans un trip extrémiste. Tant mieux.

« Eh, Franz, calme-toi. C'est Attila.

– Ah ouais ? Ben ça alors, j'avais pas reconnu la sonnerie. Comment elle est ?

– Rachitique, je réponds.

– Rachi-quoi ?

– Laisse tomber, c'est juste que tu m'avais dit qu'on réviserait l'italien ensemble pendant les vacances.

– Ah, ouais.

– Et les vacances sont finies.

– Nooooon ?

– D'ailleurs on s'est vus au lycée, hier matin. Tu te souviens ?

– Sans blague.

– Mollo avait mal à l'utérus.

– C'est vrai, ouais. Mais on est en quelle PUTAIN d'année, aujourd'hui ?

– Soixante-dix-sept, depuis un bout de temps.

– Tu me le jures ?

– Je te le jure.

– ABSURDE. On n'a même pas le temps de TIRER son premier COUP qu'on est déjà en 2000, t'imagines ? Je me vois déjà en uniforme genre capitaine Kirk, le pied. Y aura des drogues synthétiques d'enfer, on BAISERA comme les prétendants avec la magicienne Circé...

– Quel rapport entre les prétendants et la magicienne Circé ?

– Ouais, c'était Cléopâtre.

– Mais quelle Cléopâtre ?

– Non, Poppée.

– Poppée ?

– Je veux dire Didon.

– Hein ? Qui ?

– Bon, peu importe. Avec l'une ou avec l'autre, pour BAISER ils BAISAIENT. Dans tous les cas, mon vieux, quand il s'agit de réviser, je ne puis me retenir de. *Ergo*, mettons-nous-y sans autre discussion. Je t'attends. »

6.

Au Château

Zazzi vit dans le Château. Autrefois le Château était une ruine médiévale du genre *Sacré Graal*. Mais maintenant, après le passage d'un ou deux architectes, on dirait un immeuble. Enfin, c'est un immeuble. Le Château est sur la place, à cinq minutes. Mais en cinq minutes, tout peut arriver, quand il s'agit de Franz. Je prends l'*Enfer*, j'enfile ma parka vert bile et je sors. Dehors, les rues sont verglacées. J'essaie de patiner sur les semelles lisses de mes Superga pourries. Avec Alice, on faisait toujours des glissades de folie. Elle, elle file comme une flèche, sur la glace. Moi par contre... EH... j'ai bien failli me retrouver le cul par terre. Derrière moi, j'entends un rire. Je me tourne. Au fond de la rue, je vois une fille. Mais, c'est Alice ! Qu'est-ce qu'elle fait ici ? J'éclate de rire moi aussi et...

Non. Au fond de la rue il n'y a personne. Je laisse tomber le patinage sur glace et j'avance vers le Château en faisant attention à ne pas glisser. Mais quand j'arrive sous les fenêtres des Zazzi, je constate qu'aujourd'hui aussi le trip extrémiste a pris le dessus. Fini Iggy Pop et les Stooges. À leur place, les végétations du Duce. Que la chaîne stéréo de Franz vomit dans la rue avec une puissance dévastatrice.

« *COMBATTANTS DE LA TERRE, DES MERS ET DE L'AIR ! CHEMISES NOIRES DE LA RÉVOLUTION ET DES LÉGIONS !* »

La température est proche de zéro. On n'entend que des chiens qui aboient. Mais Zazzi s'en fout. Je sais comment il voit les choses. On doit entendre la voix du Duce jusqu'à la gare. Total : quoi qu'il arrive, il garde ses fenêtres ouvertes, et ces putains de chiens n'ont qu'à faire un infarctus.

« *UNE HEURE MARQUÉE PAR LE DESTIN LUIT DANS LE CIEL DE NOTRE PATRIE : L'HEURE DES DÉCISIONS IRRÉVOCABLES !* »

Comme il doit affronter un après-midi de révisions, je comprends que Franz ait besoin de se défouler. C'est juste que parfois il exagère un peu.

« *LA DÉCLARATION DE GUERRE A DÉJÀ ÉTÉ TRANSMISE !* »

Je sonne à la porte. Pas de réaction. Je réessaie. Rien. Le Duce s'égosille dans la liesse générale. Les chiens du voisinage hululent. Zazzi se tait.

« *L'ITALIE PROLÉTAIRE ET FASCISTE EST POUR LA TROISIÈME FOIS DEBOUT, FIÈRE ET UNIE COMME JAMAIS !* »

Je hurle : « Franz ! »

La foule crie : « *OUI !* »

La bave aux lèvres, Adolphe, le berger allemand des Zazzi, aboie. Il semble au bord de la crise de nerfs. Il a les yeux injectés de sang.

« *UN SEUL MOT D'ORDRE POUR TOUS, CATÉGORIQUE ET IMPÉRATIF !* »

Quelqu'un apparaît sur le seuil du café, quelques dizaines de mètres plus loin.

« *CE MOT VOLE D'ORES ET DÉJÀ ET FAIT VIBRER LES CŒURS, DES ALPES À L'OCÉAN INDIEN...* »

Enfin, Franz sort sur le balcon. On dirait le fier Hector sur le point de se battre avec Ajax Télamon. Sauf que contrairement au héros troyen, il porte un jean moulant décoloré à l'eau de javel et un T-shirt avec écrit au stylo-bille SOLDAT ZAZZI PRÉSENT !

« *VAINCRE !* » fait le Duce.

Zazzi ricane et fait le salut fasciste.

« *ET NOUS VAINCRONS !* »

Puis il rentre à l'intérieur et m'ouvre.

« Viens, très cher, qu'on puisse en mettre un vieux coup à Dante et la foutre au cul à Cavalla ! OUAH ! »

7.

Cavalla

La dénommée, par Zazzi, *SALOPE de Cavalla*, est en réalité madame Donata Cavalla, professeur d'italien et d'histoire dans notre lycée technique. Cavalla est célèbre dans toute l'école pour son hennissement récurrent : *Moi, contrrrairrrement à vous, jeunes gens, j'ai fait mai 68.* Et ça se voit. C'est le genre, unique au sein d'un corps enseignant entièrement motorisé, à arriver à l'école à bicyclette. Et à se balader encore avec l'uniforme du Flower Power, chemisier en batik, jean à pattes d'éléphant, sabots et veste en velours côtelé. Seule fait exception la semaine du cycle menstruel. Ne serait-ce que parce que dans son cas, il ne s'agit pas de n'importe quel cycle menstruel. C'est un véritable cyclone.

Quand elle *a ses schtroumpfs*, comme disent les filles, Cavalla se présente devant nous en tenue de deuil. Vêtue de noir de la tête aux pieds. Et munie de lunettes de soleil. Ces jours-là, il vaut mieux ne pas avoir affaire à elle. Derrière le cahier d'appel, elle râle comme une bête blessée. À première vue, elle semble

HS. Mais en réalité elle est capable de tout. Comme d'interroger au tableau en tirant au sort. Du genre quelqu'un qui a déjà sept ou huit notes. Mais elle l'appelle quand même sur l'estrade. Même si, bien sûr, elle est la première à savoir que dalle.

Un jour, Cavalla a réussi à avoir son diplôme, allez savoir comment. Et maintenant, résume Franz, *on doit se la farcir, nous*. Le problème, c'est que quand elle explique, elle n'a pas la moindre idée de ce qu'elle raconte, la pauvre. Et donc elle se contente de lire ce que dit le manuel, stratégiquement grand ouvert sur son bureau. Le texte est sacré. Gare à qui osera lui demander plus d'éclaircissements. *Jeunes gens, je vous prrrie, ne me faites pas perrrdrrre mon temps, vous n'ignorrrez pas que nous sommes en rrretard surrr le prrrogrrrame*, elle a dit et répété pour se couvrir dès la première heure de cours. Pendant qu'elle interroge, elle contrôle directement sur la page du manuel si les réponses sont justes. Et de temps en temps, elle nous sort un quiz genre permis de conduire, déniché on ne sait où. Comme ça, elle gagne du temps et elle a déjà les réponses.

Mais ce n'est pas difficile de la dompter. Il suffit justement de ne pas lui casser les pieds avec des questions qui la prennent au dépourvu, par exemple *excusez-moi, madame, mais c'est quoi une anacoluthe ?* Auquel cas elle hennit qu'elle enseigne *les lettrrres, pas la grrrammairrre*, avec un regard qui dit *toi, tu vas morrrfler*. Mais si on ne la met pas en difficulté et qu'on lui fait même comprendre qu'on est un *camarade*, le passage en classe supérieure est assuré. De fait, elle adore Gina, qui se lime les ongles pendant les heures d'italien dans son T-shirt du Che.

Avec Cavalla, Zazzi prétend être en désaccord pour *divers motifs*, mais à l'évidence le motif est unique. Cavalla, qui, contrairement à nous, a fait mai 68 et vote communiste, croit fermement dans le compromis historique et elle est convaincue que Berlinguer nous sauvera un jour. Je pense que pour Franz, même ceux du Front de la jeunesse et du MSI sont un peu trop à gauche. Si c'était possible, de lui-même il s'inscrirait directement au GUD puis au parti national fasciste. Ou mieux encore aux Jeunesses hitlériennes et ensuite au parti national-socialiste des travailleurs allemands. Toutes organisations dont, le connaissant, il serait expulsé le temps de faire *HEIL*.

Du point de vue scolaire, le problème de Zazzi est que Cavalla, bien qu'ignorante, n'est ni aveugle ni sourde. Et elle a très bien compris à qui elle a affaire. Entre autres parce qu'à la fin de chaque rédaction, en général il me passe toujours le même petit mot. Qui dit, je cite :

Cher Attila, pourrais-tu avoir l'obligeance de jeter un coup d'œil à la fin ? Je crains que ce ne soit pas assez fasciste.

D'habitude ça l'est. Et si par hasard Zazzi a choisi de parler de la crise du pétrole, du scandale Lockeed ou de la figure de la femme angélisée dans la poétique du Dolce Stil Novo, peu importe. Lui, sa fin fasciste, il la colle de toute façon. *Comme ça, cette SALOPE pète un câble*, prétend-il. Non sans raisons.

8.

Tennis

Franz, on a vite compris qu'il n'était pas comme tout le monde. Dès la première heure du premier jour de classe. Quand la prof de sport des filles est entrée dans la classe et nous a informés que comme il manquait un certain nombre de ses collègues, elle ferait le remplacement. La prof qui, soit dit entre parenthèses, avait un cul pas mal.

Ne me demandez pas de vous amener au gymnase, elle a eu le temps de dire, alors que Mollo avait déjà interrompu en plein milieu la composition de la Meilleure Juventus de Tous les Temps et levé la main pour le lui demander. *La plupart d'entre vous n'ont pas les chaussures adaptées.*

Mollo lui a fait voir ses Adidas. *Moi si !* il s'est exclamé. La prof l'a regardé comme on regarde un vrai couillon. *Je vois, mais comme je viens de le dire, beaucoup de tes camarades non.* Mollo a jeté un coup d'œil sous les bancs et fait une grimace de dégoût.

Pour commencer à se connaître un peu, a poursuivi la prof, *dites-moi quels sports vous pratiquez*. Naturellement, il s'est trouvé que les filles faisaient toutes du volley, alors que Mollo et moi, les seuls garçons avec Franz, on jouait au foot. Une classe originale. Le dernier dans l'ordre alphabétique était Zazzi, mon nouveau voisin de banc, arborant Perfecto, jean flingué à l'eau de javel et T-shirt avec écrit au stylo-bille KAMIKAZE en hommage au Pacte tripartite, et grain de beauté poilu.

Et toi, Zazzi ? Si je ne m'abuse tu es plus âgé que tes camarades, a dit la prof. *Oui, madame. J'ai quinze ans. En quatrième ils m'ont cassé, au lycée d'à côté*, il a sifflé en indiquant de la tête le lycée de fils à papa au-delà des fenêtres. Ces CONNARDS, il a ajouté, un peu plus bas. Toute la classe s'est tournée pour le regarder. *Quel sport pratiques-tu ?* a éludé la prof. *Le tennis*, il a répondu sèchement. Et à ce stade, pour faire le malin, Mollo s'est exclamé : *Oui, il est numéro deux mondial après Björn Borg*. Or donc. Quelqu'un de normal se serait contenté de le regarder de travers. Franz non. La normalité, lui, c'est pas son truc. Il a sauté sur sa chaise et, en moins d'une seconde, il a retiré son Perfecto et son T-shirt. Après quoi, torse nu, arborant pectoraux et tatouages, il a rugi : *Putain, tu veux quoi, TÊTE DE MERDE ? Quoi, tu tiens pas à la vie ? Tu veux te SUICIDER ? T'es en stade TERMINAL ? Tu vas voir, je t'attends dehors et je te DÉFONCE le cul, bordel !*

Zazzi ! l'a immédiatement repris la prof. *On est en classe ! Et descends de cette chaise. Rhabille-toi ! Je ne veux plus entendre de grossièretés !* Franz a essayé de se reprendre. *Je vous prie de m'excuser, madame. Je vous assure que dans ma bouche il ne s'agissait en aucun cas de grossièretés, que du reste j'*EXÈCRE*. Mais* *vous l'avez entendu, ce CONNARD ?* La prof est restée sans voix. Mais pas longtemps. *Zazzi ! Si tu continues comme ça, tu vas finir tout droit chez le proviseur De Lirio*, elle l'a menacé d'un air plutôt fâché qui lui allait bien. *Je vous assure que ça n'arrivera plus, madame*, il lui a répondu. Puis, à mi-voix mais avec une extrême violence, il a foudroyé Mollo de ses yeux bleu fou. *Toi et moi on se retrouve dehors ! OUAH !*

Total : à ce moment-là j'ai compris que Franz et moi on serait voisins de banc toute l'année.

9.

Margherita

Si on n'a vraiment pas de bol, et en général on n'en a pas, après le premier jour de classe vient le deuxième. Et c'est le matin du deuxième jour de classe que j'ai vu Margherita pour la première fois.

Parqué sous les marronniers devant la grille d'entrée, je regardais autour de moi pour prévenir d'éventuelles intrusions de la tristement célèbre bande Berta, formée des trois frères Berta, l'un en seconde, un autre en première et le troisième en terminale, tous les trois en blousons de cuir RAF chourés aux minets du lycée d'à côté sur le trottoir de la gare, et tous les trois obsédés par le *saltino*, le sport le plus pratiqué par les gars des classes supérieures aux dépens des petits de quatrième, quand soudain mon tout nouveau camarade de classe s'est approché de moi. Perfecto noir, jean super-moulant flingué à l'eau de javel et T-shirt avec écrit au stylo-bille EJA EJA ALALA. Il avait une cigarette allumée entre les lèvres et une autre éteinte sur l'oreille gauche. Regard : bleu fou. Grain de beauté : poilu. Il m'a dévisagé. *Toi t'es le gars qui était à côté de moi hier matin dans cette classe de mmmerde, si je ne m'abuse. Exact*, je lui ai répondu. *Et c'est quoi ton nom ?* il a haussé le sourcil. *Attilio*, ai-je admis. *Attilio ? Absurde ! Qu'est-ce que c'est que ce nom ?* il a éclaté. *Celui de mon grand-père.* Pendant un instant il m'a fixé, interdit. Puis il s'est repris. *Ah. D'ailleurs ça sonne un peu vieux. Attendu qu'hier tu as été le seul à ne pas ricaner quand cette FOSSE SEPTIQUE de Mollo s'est porté candidat à l'HÉCATOMBE avec sa blague sur le tennis non pas CONNE mais SUPER-CONNE, tu me plais, estimé confrère. Si tu le permets, je t'appellerai Attila, qui sonne un poil plus agressif et fait un tout autre effet. Pour ma part, soit dit en passant, je réponds au nom de Francesco Zazzi, Franz pour les amis.* On s'est serré la main. *Dis voir, Attila, que dirais-tu d'un RAID MATINAL jusqu'à mon ancienne école ? Histoire de se dégourdir les pattes, et au passage de prendre PAR SURPRISE certaines de mes vieilles connaissances que je pourrai te présenter.*

Juste à ce moment-là, j'ai noté du coin de l'œil des gamins de quatrième en train de sauter sur place sans s'arrêter du côté du café. La bande Berta était à l'œuvre. *D'accord*, j'ai dit à Zazzi. Et donc on est partis. Devant le lycée qui, étant privé, est une grande verrière scintillante et se trouve à une centaine de mètres des décombres publics de notre école, mon nouveau voisin de classe s'est immobilisé. *Tu verrais pas une TÊTE DE NŒUD avec des bouclettes de hippie, une cape noire d'existentialiste et des colliers indiens qui lui pendent même du TROU DU CUL ?* Je me suis concentré, mais à vrai dire aucun des lycéens en pose lycéenne devant les grilles de l'établissement ne correspondait à cette description. *Franchement non,* ai-je admis. *Alors amène-toi, nom de Dieu, les dés sont* SALEMENT *jetés, on traverse le Rugbycon.*

Mais, à l'entrée du lycée, un pion plutôt trapu nous a arrêtés. *Zazzi ! Qu'est-ce que tu fous ici ? Tu sais bien que le proviseur a donné l'ordre de ne plus te laisser mettre un pied ici de toute ta vie.* Zazzi a ricané. *Je sais bien, très cher. Donne-nous* TROIS-MMMINUTES, *juste* TROIS-MMMINUTES. *Le temps de saluer un ami et on file.* Le pion lui a fait un clin d'œil. *Dépêchez-vous.* Tandis que je suivais Franz en direction du hall et dans les escaliers, montant vers le soleil au-delà des baies vitrées, il m'a murmuré : *Ne t'en fais pas, le hobbit est des nôtres, c'est un* COMPAGNON D'ARMES *bestial.* Et j'allais lui dire que pour ce qui me concernait, je n'étais absolument pas un compagnon d'armes, quand soudain deux choses se sont produites.

La première. J'ai vu cette fille très blonde, nichons souriants, lèvres au goût de rose, regard couleur de mer, qui descendait l'escalier au ralenti avec le soleil dans le dos, comme quand ils font voir les actions à Téléfoot.

La seconde. Zazzi a vu la tête de nœud avec les boucles de hippie, la cape noire d'existentialiste et les colliers indiens qui lui pendaient même du trou du cul.

Et soudain les choses se sont mises à avancer à deux fois la vitesse normale, en particulier parce que mon nouveau voisin de banc a retiré Perfecto et T-shirt, arborant une swastika tatouée sur le cœur et une hache bicéphale sur l'avant-bras droit accompagnée des mots QUI OSE GAGNE, et torse nu s'est jeté sur le hippie tel le fier Hector à l'attaque des navires achéens. *Alessandro ! Quelle joie de te revoir ! Viens que je t'arrache les gonades à coups de dents, si tu en as, OUAH !*

Alors la fille très blonde s'est tournée et nous a regardés, mon nouveau voisin de banc et moi. Et tandis que Franz roulait à terre avec le lycéen dans une tornade de coups de poing et de coups de pied et, de la part de Franz, de crachats, et que mes hormones décollaient verticalement comme autant d'OVNI, j'ai pensé : oh, non, me voici à deux mètres de la fille la plus belle que lycée rupin ait jamais accueillie, et regarde de quoi j'ai l'air avec ce sauvage.

Pitié, pas les cheveux ! hurlait le lycéen, sa tignasse dans les mains du barbare. *Oh, si !* rugissait Franz. *Et si j'ai un peu de temps après t'avoir arraché le SCROTUM à coups de dents, je te sortirai même les colliers indiens du TROU DU CUL !*

Total : à ce moment-là est intervenu le ci-devant hobbit, c'est-à-dire le pion de poche. Et, sous le regard effaré mais enchanteur de la demi-déesse lycéenne, le combat hippie-troyen a été interrompu, et Zazzi et moi foutus dehors.

10.
Chère Alice

Chère Alice, j'écris, merci pour ta lettre ! D'après le timbre, je vois que tu me l'avais envoyée le 15 décembre. Faut croire qu'elle était restée au milieu des cartes de Noël. Ici c'est comme d'habitude. C'est-à-dire d'un ennui mortel. En plus tu es partie et je peux même dire que parfois tu me manques, malgré ton nuage de patchouli. Qui l'aurait cru ? Sincèrement, pas moi. Sur le moment, j'étais super-content de plus t'avoir dans les pattes, vu qu'avec ton départ notre chambre est devenue MA chambre. Et pourtant. Mais assez de lamentations, tu sais que je supporte pas ça.

Avec ma, hum, batterie, je suis pas si nul que ça. Enfin. Peut-être que je suis un peu moins nul qu'avant. Étant donné qu'à l'école j'ai même pas une heure de musique par semaine (mais j'en ai deux de sténo et deux de dactylo, au cas où je voudrais faire la secrétaire quand je serai grand), je pense avoir fait quelques pas en avant. Ou en arrière ? Ou de côté ? Bof. C'est sûr, Carl Palmer, c'est autre chose. Mais je me résigne pas. Et à la première occasion, je te ferai écouter un de mes solos, tu me diras.

Ceci dit, j'imagine que toi aussi tu t'ennuies vachement à Milan. Rien à voir avec l'épuisante vie moderne qu'on vit dans notre coin et qui atteint à présent des niveaux délirants (hier, pour dire, j'ai vu un chat dans le village). Donc, vu que tu as que dalle à faire, tu pourrais daigner écrire à ton frère un peu plus souvent. Et même, regarde, je t'envoie une enveloppe, une feuille blanche et un timbre, comme ça tu pourras pas dire que tu n'avais pas les sous pour te les acheter. Alors je t'embrasse bien fort, petite sœur, également de la part de grand-père. Chaque fois que je vais le voir, il me demande de tes nouvelles et souvent on finit par parler de trucs qu'on a faits (genre quand on est allés dans les vignes et qu'on a piqué plein de raisin, tu te souviens ?), du coup, si les oreilles te sifflent, c'est de notre faute. D'ailleurs, fais attention à ne pas te faire fracasser le crâne dans une de ces manifestations qu'ils montrent à la télé (je jette toujours un coup d'œil dans la foule, quand la caméra est sur elle, mais à vrai dire je t'ai jamais vue. Je parie que plutôt que d'aller aux manifestations, tu sèches les cours et tu vas au cinéma avec un mec que tu as rencontré). Ah, à propos. Il y a une fille du lycée qui me plaît. Mais je lui ai encore rien dit. Pouvoir du féminisme. Je t'expliquerais volontiers, mais je suis à la fin de la feuille. Ce sera pour la prochaine fois. Alors à bientôt, je pense à toi,

Attila

(c'est comme ça que m'appelle Franz, mon voisin de classe kamikaze). Salut !

11.

Pouvoir du féminisme

La première fois que j'ai vu écrit quelque part MON UTÉRUS EST À MOI ET J'EN FAIS CE QUE JE VEUX, je ne savais pas encore qu'un jour, même Mollo serait convaincu d'en avoir un. Pouvoir du féminisme. Du coup, avec toutes ces féministes furax contre nous, les hommes, on finirait par ne plus savoir qui on est. Et même pas par où commencer. Vue l'ambiance, si on se hasarde à adresser la parole à une féministe furax, elle va au minimum se mettre à hurler TREMBLEZ ! TREMBLEZ ! LES SORCIÈRES SONT ARRIVÉES ! Après quoi BOUM, elles te sautent dessus et t'émasculent toutes ensemble. Parce que d'après ce que j'ai compris, il semble établi que si un homme tente la moindre approche en direction d'une femme en lui disant peut-être un simple *salut*, automatiquement, maintenant que la femme s'est émancipée grâce aux féministes furax, la femme émancipée pense que l'homme lui a en fait dit *amène-toi que je te baise*. Ce qui, dans la plupart des cas, peut très bien être vrai, mais d'après moi, maintenant que nous, les hommes, on sait que les femmes émancipées le savent, ça nous bloque. Margherita, par exemple, j'aimerais bien sortir avec elle, évidemment, l'embrasser, la déshabiller et bon, tant qu'on y est, faire l'amour avec elle, même si, pour comprendre d'abord comment on fait, en gros, je devrais jeter un coup d'œil supplémentaire aux magazines porno de Franz, plutôt que m'inscrire aux cours d'éducation sexuelle de la tante de Mollo. Mais l'idée que si, un de ces jours, je trouve le courage de l'approcher et de lui dire simplement *salut*, elle, qui entre-temps et grâce aux féministes furax se sera émancipée, pensera tout de suite *en fait, ce type-là m'a dit amène-toi que je te baise*, eh bien, franchement, ça m'angoisse un peu.

Peut-être que si on commençait par se voir, manger une glace ou même seulement faire une promenade dans les champs, tôt ou tard je pourrais très bien le lui dire, *amène-toi que je baise*. Mais le dire comme ça, non seulement la première fois que je lui parle mais dès le premier mot, ça me semble un peu exagéré. Et puis au jour d'aujourd'hui, c'est théoriquement moi qui devrais attendre qu'elle me le dise, en tant que femme émancipée, *amène-toi que je te baise*. Ce qui, soit dit entre parenthèses, m'irait plutôt bien. Mais c'est juste une hypothèse. Mettons que demain elle débarque inexplicablement et me fasse *salut*. Ce salut veut seulement dire *salut* ou il veut dire *amène-toi que je te baise* ? Ou bien il veut vraiment dire *salut* même si à présent il est évident que grâce aux féministes furax, les femmes émancipées se comportent comme les hommes et que quand elles disent seulement *salut*, en fait elles disent *amène-toi que je te baise*, et c'est donc à moi d'être suffisamment intelligent et sensible pour comprendre que si elle me dit seulement *salut*, en fait elle ne veut pas me dire *amène-toi que je te baise*, mais vraiment et uniquement *salut* ? Et si je suis tellement intelligent et sensible que si elle me dit seulement *salut*, j'en déduis qu'en effet elle est en train de me dire *salut*, et pas *amène-toi que je te baise* et que je me comporte en conséquence et lui réponds seulement *salut* en me mettant à lui parler de tout et de rien, mais qu'ensuite il s'avère qu'elle ne voulait pas seulement me dire *salut*, mais alors vraiment pas, et que maintenant grâce aux féministes furax c'est une femme émancipée et que donc ce *salut* voulait vraiment dire *amène-toi que je te baise*, et que quand je lui ai seulement répondu *salut* et que je me suis mis à lui parler de tout et de rien comme si elle n'était pas encore émancipée j'ai eu l'air d'un abruti complet ?

Mouais. Au jour d'aujourd'hui, y a-t-il ou pas un moyen de comprendre si un *salut* est seulement un *salut* ou en fait un *amène-toi que je te baise* ? Et ce moyen, il est le même pour les *salut* des hommes et pour ceux des femmes émancipées grâce aux féministes furax ou bien il y a des différences ? Et si oui, lesquelles ? Total : on y comprend zob. Et tout ça par la faute du zob. Pour finir, peut-être que c'est elles qui ont raison, les féministes furax de MON UTÉRUS EST À MOI ET J'EN FAIS CE QUE JE VEUX et de TREMBLEZ ! TREMBLEZ ! LES SORCIÈRES SONT ARRIVÉES ! Si pendant deux ou trois mille ans, on a mis le zob au centre de tout, ma foi, après il faut faire avec.

12.

Mollo

Aujourd'hui, Mollo, ex-élève des salésiens, m'a invité là-haut au pensionnat pour un match de foot. En dehors de jouer au foot, de parler de foot et de faire des compositions d'équipes de foot, la seule autre grande passion de Mollo, c'est le foot. Mollo est le seul type que je connaisse qui achète tous les jours un quotidien de sa poche, en l'occurrence *Tuttosport*. Le lundi, il prend aussi la *Gazzetta dello Sport* et le *Corriere dello Sport*. Et comme c'est quelqu'un qui aime faire les choses à fond, il ne manque jamais un numéro de cet hebdomadaire, c'est quoi son nom, ah oui, *Guerin Sportivo*. Naturellement il collectionne les vignettes Panini. Grâce à cette masse d'informations, il réussit à toujours tout savoir sur tout. Même sur la Liga espagnole, la Bundesliga allemande et la First Division anglaise. Son émission préférée ? *Tout le foot minute par minute*. Son samedi idéal ? Un petit match entre ex-pensionnaires. L'équipe de son cœur ? Juventus, Juventus et encore Juventus. Total : Mollo est un couillon, tout le monde sait ça. Mais Zazzi a une théorie et soutient qu'en réalité la couillonnerie de Mollo n'a pas que des causes footballistiques.

Vois-tu, Attila, m'a-t-il expliqué une fois, *avant tout Mollo s'est* FARCI *huit années de curés, et s'ils ne l'ont pas* ENCULÉ *en beauté comme le veut la tradition, c'est uniquement parce qu'il est* OBÈSE *et qu'il ressemble à quelque chose entre une* PATATE, *une* MERDE *et une* SAUCISSE. *Mais même si par pur hasard on réussit à mettre à l'abri son orifice postérieur, se taper huit ans de pensionnat massacre le cerveau, c'est* FORCÉ. *Au point qu'il vient encore à l'école avec le cartable qu'il utilisait en primaire, si tu vois ce que je veux dire. Et puis il a ces deux parents complètement maniaques. Silvio* JE T'EN PRIE *mets ton écharpe. Silvio* JE T'EN PRIE *n'oublie pas ton tricot de peau. Silvio* JE T'EN PRIE *ne rentre pas plus tard que sept heures à la maison. Un truc à les tuer tous les deux à coups de P.38 ou alors à devenir salement crétin. Et comme si ça ne suffisait pas, en plus de ne vivre que de foot, il est supporter de la Juve. Qui, même à moi qui comprends* QUE DALLE *au foot dont je n'ai absolument rien à* FOUTRE, *me casse les* COUILLES.

L'année dernière a été pour Mollo la pire de sa vie. Le Torino a gagné le championnat. La composition de l'équipe, même moi je la connais. Castellini, Santin, Salvadori, Patrizio Sala, Mozzini, Caporale, Claudio Sala, Pecci, Graziani, Zaccarelli, Pulici. Comme supporter, je ne vaux pas grand-chose. Papa ne m'a jamais emmené au Stadio Comunale de Turin, dans le virage de la Maratona. Mais quand le Toro a remporté le *scudetto*, ç'a été le pied total. Comme si tout s'était inversé. Genre

Zazzi qui commande à l'école. Ou les nègres en Amérique. Les ouvriers chez Fiat. Vu comme c'est parti, à mon avis le Toro raflera encore le championnat cette année. Et si ça arrive, pour Mollo, c'est vraiment la fin.

Quoi qu'il en soit, aujourd'hui me voici là-haut, au pensionnat. Mollo est dans les buts. Et moi on me met sur le banc. Enfin, sur le bord du terrain. Moi j'ai pas passé toute l'école primaire et le collège entre quatre murs à me faire enculer par les curés et à jouer au foot. Du coup, en sport je suis relativement nul. Y compris au ping-pong et au baby-foot. Je regarde les ex-salésiens qui font avant-arrière sur le terrain. Celui qui a le ballon est encerclé. Ceux de son équipe lui hurlent de passer le ballon. Il ne le passe pas. Il veut arriver tout seul au but adverse en dribblant. Il dribble un, deux, trois adversaires. Le quatrième lui prend le ballon. Lui aussi est tout de suite encerclé. Ceux de son équipe lui hurlent de passer le ballon. Il ne le passe pas. Il veut arriver tout seul au but adverse en dribblant. Il dribble deux, quatre, six adversaires. Le septième lui prend le ballon. Lui aussi est tout de suite encerclé. Ceux de son équipe lui hurlent de passer le ballon. Il ne le passe pas. Il veut arriver tout seul au but adverse en dribblant. Il dribble trois, six, neuf adversaires. Le dixième lui prend le ballon. Lui aussi est tout de suite encerclé. Ceux de son équipe lui hurlent de passer le ballon. Il ne le passe pas. Il veut arriver tout seul au but adverse en dribblant. Et ainsi de suite. À l'infini. Tout le monde se dispute avec tout le monde. Personne ne semble s'amuser. Et les cris de ceux qui n'ont pas le ballon sont de plus en plus exaspérés. Mais si le ballon leur arrive, il ne leur viendrait pas à l'idée de le passer à quelqu'un d'autre.

Le pensionnat est gris et silencieux, à part les hurlements provenant du terrain de football. L'endroit est dominé par une statue gigantesque. La statue aussi est grise et silencieuse. Je me demande comment c'est de passer huit années là-dedans. M'est avis que ça me plairait pas du tout. Je peux pas supporter les curés. Un des ex-salésiens a le ballon et réussit à tirer. Le ballon passe très haut au-dessus du but et du filet de protection et termine dehors, dans la pinède. C'est à Mollo d'aller le chercher, même s'il n'en a aucune envie. Je suis presque content d'être une brêle au foot. S'il faut se faire enculer par les curés pendant huit ans d'affilée pour apprendre à jouer au ballon, eh bien, non merci. J'aime mieux pas.

13.
À l'église

Notre mère ne se contente pas de lire les Évangiles à chaque sainte messe. Elle écoute Radio Maria. Chante dans le chœur. Participe aux excursions en car organisées par don Curio. Le pape, elle est déjà allée le voir six fois. Padre Pio sept. Malheureusement, effets bénéfiques zéro. Peut-être qu'elle devrait essayer Lourdes. Entre deux pèlerinages, elle arpente le village à la recherche de nouveaux abonnés au bulletin paroissial. Mais elle ne lit que *Point de vue – Images du monde*. Elle connaît par cœur la vie et l'œuvre de sainte Caroline de Monaco. En revanche, Alice et moi, on met pas les pieds à l'église. Il y a un bout de temps qu'on est allergiques aux prêtres. Voici pourquoi.

Une ex-camarade de classe de l'école primaire, Federica, a débarqué un jour d'été avec un petit chat sous le bras. Je l'ai toujours trouvée sympathique, Federica. Une fois, en CM2, elle m'avait invité chez elle sous prétexte de faire nos devoirs ensemble. On avait passé l'après-midi sur la balançoire, et quand j'avais vu sa culotte, elle n'avait pas bronché. Au contraire, elle avait souri, toute contente. Federica tenait le félin dans ses bras. Je pensais à sa culotte même quand elle essayait de me le refiler. Pour finir, je me le suis retrouvé dans les bras. Mais aussitôt après j'ai réalisé que je n'avais demandé la permission à personne. Et donc, pour gagner du temps, j'ai enfermé le petit chat dans l'armoire. Et comme il continuait à miauler, je l'ai recouvert de pulls. Le soir, quand je suis venu jeter un coup d'œil, il était mort étouffé. J'arrivais pas à le croire. J'avais tué un chat. Un chat âgé de quelques semaines. Qui d'ailleurs, avant de mourir, avait fait ses besoins sur mes pulls. J'étais choqué.

Plus tard, j'ai tout raconté à Alice. Elle m'a pris dans ses bras. Jamais je ne m'étais senti aussi coupable. Elle m'a serré dans ses bras et a caressé le chat. On a décidé qu'on ne pouvait pas se contenter de le jeter dans un fossé. Et donc, le lendemain matin, on a mis son cadavre dans un sac en plastique, comme on a vu les Américains faire avec leurs morts au Viêtnam. Après quoi on est allés l'enterrer dans les champs. Je ne sais pas pourquoi j'ai eu l'idée soudaine, après la cérémonie, que je devrais confesser ce chaticide. Le fait est que je l'ai dit à Alice et qu'on est retournés au village. Mais quand on a laissé le soleil derrière nous sur la route et qu'on est entrés dans l'église, j'ai eu une drôle de sensation. Et d'un coup on s'est retrouvés face à don Curio et à notre mère. Alice m'a immédiatement mis la main devant les yeux et on est partis en courant.

D'après moi, c'est ce jour-là qu'elle a décidé de quitter la maison.

14.

Mon chêne

La plaie. Il se passe jamais rien ici. J'ai hâte d'avoir dix-huit ans. Et de me barrer de cet endroit. Comme l'a fait Alice Tresses rousses Yeux bleus. Pour changer, je vais dans les champs. Voir mon chêne. Un chêne supergrand. Je viens le voir depuis que je suis enfant. Enfin, quand j'étais petit j'y allais tous les jours. Maintenant un peu moins. Mais aujourd'hui, même s'il gèle, j'ai zéro envie de rester à la maison. Et donc me voici qui saute des fossés verglacés et lance des boules de neige sur les arbres. Comme quand j'étais petit.

Pour arriver à mon chêne, il faut marcher presque une heure. On traverse un fleuve qui pue en sautant d'une pierre à l'autre et en faisant attention à ne pas glisser dans l'eau, au milieu des bouteilles en plastique, des lave-linge rouillés et des pneus crevés, et après pas mal de champs de blé, de prés, de palissades, de sentiers, de fougères, de tilleuls, d'ormes et de bouleaux, d'un coup on débouche sur une étendue verte plus grande que les autres, et il est là, au milieu de toute cette herbe, vraiment énorme. La première fois, je devais avoir cinq ou six ans, c'est Alice qui m'y a emmené. Avant ça, je n'étais jamais allé aussi loin en explorant la campagne autour du village. Dès le début, mon chêne et moi on a eu de grandes discussions. Même si lui, en général, il préfère écouter.

Mon chêne sait tout sur moi. Je lui raconte des choses que je n'ai même pas dites à Alice. Du genre qu'à la mer, il y a deux étés, j'ai volé un exemplaire de *Playboy* au kiosque sur la promenade, celui où notre mère s'approvisionnait en *Point de vue – Images du monde*, et je l'ai caché dans le sac en plastique où je mettais chars d'assaut et petits soldats. Elle se plaignait souvent parce qu'à douze ans je pensais encore aux chars d'assaut et aux petits soldats. Mais à vrai dire, après avoir étudié attentivement la fille de la double page centrale, à savoir Miss Juillet, une blondinette norvégienne du nom de Lilian Müller, je ne pensais plus aux chars d'assaut ni aux petits soldats. Enfin, plus comme avant.

Il y a deux étés, Alice était déjà majeure. Quand elle courait se jeter à l'eau dans son bikini bleu avec les bords blancs, sous les parasols voisins du nôtre les garçons la suivaient avec les pupilles aiguisées. Alice a de longues jambes. Et c'est pas une fille comme les autres, qui hésitent en général des heures avant d'entrer dans l'eau. Elle, elle se jette, très décidée, et ne s'arrête que quand elle a atteint la bouée. On dirait une sirène de la RDA. Mais mignonne. Total : j'étais fier d'avoir une sœur comme elle.

Les week-ends, papa nous rejoignait dans sa Fiat 500 blanche. À l'évidence, notre mère aurait préféré voir arriver don Curio à sa place. Et je crois que lui aussi serait volontiers resté à la maison pour faire ses cages à oiseaux. Bref. Dès que papa posait le pied sur la plage, notre mère exigeait un rapport sur la situation au front. Combien d'enterrements avait-elle manqués ? Quels pèlerinages ? Et surtout : comment les tantes s'en sortaient-elles avec le stock de supercrème ? Les voisins de parasol nous espionnaient. J'essayais de rester au large. Maintenant que j'y pense, c'est à la mer que j'ai eu honte de mes parents pour la première fois de ma vie.

Je saute le dernier fossé. Traverse un sentier. Passe entre deux bouleaux. Le voilà. Mon chêne est là, à l'endroit où je l'avais laissé. J'aimerais y emmener Margherita.

Margherita.

Margherita.

Margherita.

S'asseoir à l'ombre de mon chêne après avoir couru dans l'herbe.

Nous rouler dans l'herbe.

Le parfum de l'herbe.

Le parfum de tes cheveux blonds dans l'herbe.

Je regarde autour de moi. Zéro Margherita. Zéro cheveux blonds. Zéro herbe. De la neige partout. Je traverse l'étendue blanche à grandes enjambées et je rejoins mon chêne. Salut chêne, je lui dis en moi-même. Je l'enlace. Je le renifle. Il sent bon. Il sent l'hiver. Et la mousse. J'appuie mon dos contre son tronc brun. On est bien avec toi, chêne. Loin de tout et de tous. Je lève la tête. Le bleu du ciel. Le blanc des nuages. Parfois je pense à l'avenir et je n'arrive pas à me l'imaginer.

Certains jours je me dis que tout ira bien. Que je rencontrerai un tas de gens et que je verrai un tas d'endroits et que je jouerai de la batterie sur un tas de disques. Certains autres je sens comme un vide à l'intérieur. Qui grandit jusqu'à me remplir tout entier. Tu vois, chêne ? Aujourd'hui je voudrais être toi.

15.

Vestro

Avant d'apprendre l'existence de la playmate du mois dans *Playboy* et de trouver sur le bureau de Franz, entre un exemplaire de *Fluide glacial* et un roman de Sven Hassel, des trucs comme *Hustler* ou *Panther*, qu'à dire la vérité je trouve un poil exagérés, avec tous ces machins brandis, j'ai toujours étudié avec attention les pages lingerie du catalogue *Vestro*.

Comme tous les catalogues du monde, le catalogue *Vestro* est lui aussi divisé en plusieurs sections. Et on y trouve de tout. Des gaines jusqu'aux grille-pain, des chaussettes en synthétique aux cocottes-minute. Le seul problème avec le catalogue *Vestro*, c'est non seulement qu'il ne contient pas une seule femme complètement nue ou à demi nue, mais même pas une entière en sous-vêtements. C'est seulement si on cherche une gaine, un grille-pain, une chaussette en synthétique ou une cocotte-minute qu'on les voit photographiés entiers. Mais si par hasard on cherche une femme, je ne dis pas complètement nue ou à moitié nue, mais seulement entière et en sous-vêtements, laissez tomber.

À l'arrivée d'un nouveau catalogue *Vestro*, on espère toujours. Du coup, avec la testostérone à bloc, mieux vaut s'isoler. Mais rien à faire. Bien sûr, les nichons et les derrières ne manquent pas. Les premiers regroupés à la rubrique SOUTIENS-GORGE. Les seconds à la rubrique CULOTTES. Donc, pour entrer dans le vif du sujet avec le catalogue *Vestro*, il faut forcément faire preuve d'imagination. Et essayer de construire dans sa tête une espèce de Miss Frankenstein. Faite avec les nichons du soutien-gorge de la page douze plus le derrière de la culotte de la page trente-quatre. Au sommet, l'unique visage décent. Mais qui se trouve en général page cinquante-six et appartient à une fille des pages IMPERMÉABLES. Ce qu'il y a de pire, pour un adolescent en plein émoi sexuel.

Quoi qu'il en soit, au cours d'années et d'années d'étude, j'ai découvert que si on s'y met sérieusement, il est possible de reconnaître les différents morceaux d'une même femme répartis dans les différentes rubriques du catalogue. Il suffit de faire attention à la disposition des grains de beauté. Si, par exemple, à la rubrique SOUTIENS-GORGE, on remarque un grain de beauté en bas à droite sous une certaine paire de nichons, puis que le même grain de beauté apparaît à la rubrique CULOTTES en haut à droite au-dessus d'un certain derrière, ça signifie très probablement que ces nichons et ce derrière appartiennent à la même fille. Si par ailleurs il y a des grains de beauté sur tout le corps, il est alors possible de remonter jusqu'au visage. Bien sûr, on peut confondre deux grains de beauté. Et mélanger involontairement les nichons de l'une dont on aime le visage et le derrière de l'autre dont au contraire le visage est immonde. Et quand on s'en aperçoit, eh bien, on est vraiment déçu.

Se construire une espèce de Miss Frankenstein faite des pieds à la tête avec des parties de l'originale n'est donc pas facile. Et les accidents de parcours peuvent arriver à tout le monde. Cela dit, si j'avais autant travaillé sur les livres scolaires que sur le catalogue *Vestro*, à présent j'aurais déjà terminé l'université. De toute façon, depuis que j'ai vu Margherita, c'est fini avec le catalogue *Vestro*. Enfin presque.

16.

Filles

Aujourd'hui, pendant les deux premières heures, les filles ont sport, et comme il n'y avait aucun professeur disponible et qu'ils ne veulent pas qu'on reste seuls en classe, ils nous ont fait descendre au gymnase nous aussi. Mollo file aussitôt piquer un ballon de volley. Après quoi on s'installe dans l'angle opposé à celui où se trouvent les filles, et Franz et moi commençons à tirer des penaltys violemment et chacun son tour. À la place des poteaux, comme d'usage dans ces cas-là, nos pulls. Moi j'essaie de surprendre Mollo comme j'ai vu Pulici faire à la télé en feignant de tirer d'un côté pour tirer de l'autre. Franz, lui, cigarette allumée aux lèvres, Perfecto, jean flingué et T-shirt avec écrit dessus au stylo-bille J'AI VOULU TOUJOURS VOULU DE TOUTES MES FORCES J'AI VOULU, préfère tout miser sur la puissance. Il tire de ces patates à faire peur.

« Eh, mais t'es fou ? proteste Mollo. Si je prends ça dans la figure, je suis mort !

– Allons bon, ricane Zazzi. Tout le monde sait que

tu as du CIMENT à la place du cerveau, Mollo, t'en fais pas. »

Chaque fois que Mollo arrive à arrêter un tir de Zazzi, il émet un gémissement. Mais quand le ballon finit contre le mur derrière lui, il fait jaillir pas mal de plâtre et un énorme SBAM résonne dans tout le gymnase. Total : au cinquième SBAM, la prof de sport des filles, qui, soit dit en passant, s'obstine à balader un cul vraiment pas mal, traverse le gymnase et vient vers nous. Elle a encore une fois son air contrarié qui au fond lui va plutôt bien.

« Les enfants, donnez-moi immédiatement ce ballon ! elle fait à Mollo.

– Mais..., risque ce dernier.

– Pas de mais, l'interrompt la prof. Vous savez très bien qu'il est interdit de jouer au football avec les ballons de volley. Ça les abîme. Et vous avez peut-être remarqué que ceci est un gymnase, pas un terrain de foot. Alors vous ramassez vos affaires et vous allez vous asseoir dans les tribunes, pour qu'on puisse travailler en paix.

– Mais quelle CONNASSE », marmonne Zazzi en tournant les talons.

Elle l'arrête.

« Qu'est-ce que tu as dit, toi ?

– Rien, madame, je réfléchissais simplement à voix haute sur le fait qu'ATTENDU que la balle est ronde, il est vrai qu'elle rebondit SALEMENT quand elle touche le mur, cette CONNASSE, pardonnez-moi le mot un peu fort et qui m'a échappé, cette CONNASSE de balle, justement.

– Éteins cette cigarette, cesse de dire des grossièretés et fais-moi le plaisir de ne pas me faire perdre plus de temps, sinon je serai obligée d'appeler le proviseur De Lirio.

– À vos ordres, madame. Et je m'occupe de ces deux-là, ne vous inquiétez pas. Mollo, Attila, bougez-vous les FESSES et allez les poser dans les tribunes », nous fait Zazzi en éteignant soigneusement sa Marlboro contre le mur et en essayant de garder son sérieux, avant d'ajouter : « Excusez-moi pour ces FESSES, madame, mais certaines personnes, si on veut qu'elles marchent droit, il faut leur parler MÉCHANT, comme l'explique Clausewitz, sinon elles en profitent. »

On monte. Mollo sort une craie et se met à gribouiller des compositions d'équipes sur une marche en ciment. Zazzi, lui, rallume sa cigarette et met les pieds sur la balustrade, s'appuyant sur les coudes.

« Toi, de toutes les SALOPES de notre classe, laquelle tu NIQUERAIS, Attila ? me demande-t-il en observant les mouvements des filles aux prises avec l'échauffement.

– Aucune, je réponds.

– Je déduis de ta réponse que tu es un homme de goût, estimé confrère, et je m'en réjouis, me fait-il en émettant des cirrus de fumée. Mais ce n'était qu'une hypothèse, pour ainsi dire, pas une question concrète, plutôt une interrogation d'ordre métaphysique. C'est pas comme si on attendait qu'elles aient fini, qu'on DÉBOULE dans leur vestiaire et qu'on se les ENVOIE pour de bon. »

Je jette un coup d'œil en bas. Je hausse les épaules.

« Bof. Je sais vraiment pas.

– D'accord, soupire Zazzi. Si on trouve pas quelque chose, ces deux heures passeront jamais, nom de Dieu. Allez, courage. Analysons les possibles BAISES au cas par cas. »

Il aspire comme un fou ce qui reste de sa cigarette et lance le mégot par-delà la balustrade.

« Alors, débute-t-il. Mastrullo est clairement hors course. Un THON pareil, je jure que j'ai jamais vu ça, même pas à la télé dans les documentaires sur les chimpanzés handicapés du Congo belge. Sans compter qu'à ce jour on n'a encore jamais vu de chimpanzé handicapé et catho dans la nature. Approuves-tu, estimé confrère ?

– J'approuve.

– Gina, en revanche, je la lui mettrais volontiers, pourquoi pas EN LEVRETTE, comme ça elle peut continuer à se faire les ongles. Regarde-la, qui fait négligemment danser ses nichons sous son T-shirt. D'après moi, c'est au moins du 95 D. Entre deux coups, il y a de quoi se faire une bonne petite BRANLETTE ESPAGNOLE, OUAH ! »

Pendant ce temps, Mollo fait la liste des Meilleurs Attaquants Plus Un Gardien de la Juventus de Tous les Temps.

« Voyons la suite. Urru est un berger sarde plus nain que la moyenne TRAVESTI en apprentie comptable. Vannucci est un poteau téléphonique frigide avec un autre poteau PLANTÉ DANS LE CUL. Priolo ressemble à un cochon frappé de crétinisme avec des MEULES EN POIRE et un appareil dentaire. Mariani ressemble à un chat errant HOMOSEXUEL. La Camandona a un air de CHIENNE, mais elle devrait se décider à se raser la moustache. Sardella est blonde mais elle a une paire de mollets tellement laids que si tu la retrouves dans ton lit, t'as l'impression de BAISER ce PUTAIN de cycliste, comment il s'appelle, ah ouais, Gitondi. Appendolia est maquillée comme une PROSTITUÉE turque aveugle et en plus d'avoir les chevilles comme des pastèques, elle est calabraise et donc descend d'une tribu de Calabrais, du coup si quelqu'un se la TIRE, il est dans la MERDE. Tordi, en plus d'être LESBIENNE, est un homme souffrant d'hirsutisme et plutôt laid. Maffetti est un croisement entre un cheval et un moustique, mais sans CUL. Bertani, la pauvre, impossible de voir à quoi elle ressemble, elle est couverte de pustules. Ponchia a tout pris de papa NIAISOU et maman NIAISOU. Vergani a les membres inférieurs plutôt longs et, en se basant là-dessus, on pourrait envisager de la NIQUER, mais elle a un air un poil inquiétant genre le Coyote du dessin animé. Derrico fait bien du 90 C comme nibards mais 1) elle doit se faire refaire le visage et 2) elle PUE des pieds. Ferietti est clairement une PÉDALE. »

Cela dit, il se tourne vers Mollo.

« Et toi, estimé confrère, qui tu te ferais ? »

Mollo lève la tête de sa composition d'équipe, jette un coup d'œil dans le gymnase et admet : « Toutes. »

Mais il faut le comprendre. Huit années de pensionnat avec que des garçons à essayer de ne pas se faire enculer par les curés, ça mettrait tout le monde dans cet état.

17.

Don Bob

Don Bob, notre professeur de religion, est un prêtre moderne. Il roule en Lancia Aurelia décapotable. Porte un costume gris normal. Et s'il n'avait pas ce timbre blanc sur la gorge, on pourrait le prendre pour un civil quelconque. Mais c'est un curé. Et pas un curé quelconque. C'est un activiste. Inscrit à CL. La pire espèce. Le genre qui distribue des images pieuses aux élèves de terminale. Celles avec écrit VOTEZ DÉMOCRATIE CHRÉTIENNE.

« Bonjour, les enfants, aujourd'hui je vais vous expliquer ce qu'est la Fraternité Communion et Libération, et je vous montrerai pourquoi il serait bon que chacun d'entre vous, individuellement et en toute indépendance, en un choix conscient et mûri, décide dans un futur proche d'adhérer à ce Mouvement, qui a toujours cherché et cherche à nous montrer non pas *un* chemin, mais *le* chemin...

– Je vous prie de m'excuser, s'insurge aussitôt Franz, mais pour ce qui me concerne, vous êtes largué. Raison pour laquelle, ATTENDU que concrètement je suis PAÏEN depuis la naissance, je demande poliment l'autorisation de quitter la classe. »

Il dit ça chaque fois, même s'il sait bien que don Bob ne se démonte pas pour autant.

« Zazzi, la Fraternité est une Règle. Adhérer à la Fraternité veut dire adhérer à une Règle. Et la Règle consiste à suivre un Groupe guidé vers son Destin qu'est le Christ. Quant à toi, que tu le veuilles ou non, tu as reçu à la naissance le sacrement du baptême. Donc tu ne peux pas être ATHÉE. En outre, sache une fois pour toutes que nous ne pouvons pas ne pas nous dire chrétiens. Même un laïc comme Benedetto Croce le reconnaissait.

– Pas étonnant de la part d'un type qui s'appelle BÉNI CROIX. Toutefois je me permets de vous faire observer que par rapport à l'ancienne Rome des Césars, les chrétiens ne sont arrivés que dans les arrêts de jeu. Raison pour laquelle non seulement je peux PARFAITEMENT ne pas me dire chrétien, mais en fait je ne peux pas ne pas me dire païen, ou au moins FILS DE LA LOUVE, OUAH ! »

Don Bob le fixe, glacial. Puis il sourit.

« En outre, ajoute mon kamikaze de voisin, si je puis dire, moi Communion et Libération, je m'en bats joyeusement les KAISER.

– Zazzi, laisse-moi te corriger. C'est-à-dire, selon l'étymologie, porter ensemble. Le Mouvement n'est pas seulement la pointe du diamant de l'Église dans le monde, mais la prophétie et l'aube du monde de demain. Par conséquent, je t'en prie, détends-toi. Tu ne le sais peut-être pas encore, mais au fond de ton cœur tu es des nôtres. Allez, ne m'oblige pas à prendre le registre de classe.

– Et pourquoi, s'il vous plaît ? Pour me mettre un zéro en religion ? ricane Franz.

– Allons, Francesco, cesse de perturber le cours, intervient Mastrullo. Nous sommes ici pour écouter ce que don Bob a à nous dire sur la Fraternité Communion et Libération, pas tes provocations. Tu ne te rends pas compte que tu es un cas isolé à l'intérieur de la classe ? »

Don Bob lui adresse un regard satisfait. Franz est sur le point de rugir quelque chose, mais je le précède.

« Tu te trompes, Mastrullo », je dis en rougissant jusqu'à la racine des cheveux comme chaque fois que je dois parler devant la classe. Mais qu'est-ce que ça peut faire ? Don Bob, je peux pas le saquer. C'est un pur et dur, pire que don Curio. « Franz n'est pas un cas isolé. Moi non plus j'ai pas envie de m'inscrire à CL. Et je suis peut-être pas le seul. »

Mollo essaie de se faire tout petit. Il se met à noter une composition d'équipe directement sur sa table. Sans doute les Meilleurs Remplaçants de la Juventus de Tous les Temps.

« À l'évidence, il y a deux cas isolés, Mastrullo, pontifie le don. À moins que quelqu'un d'autre juge utile de se joindre à eux. »

Don Bob scrute la classe depuis son bureau. Silence général.

« Bien. Alors poursuivons. Comme je vous le disais, les enfants, aujourd'hui je voudrais vous parler de la Fraternité Communion et Libération. Je pense que le premier travail est de se construire soi-même dans la foi. La première pierre de cet édifice est la présence, l'être-au-monde. De même que Christ est avec nous, nous sommes avec Lui... »

Le don s'interrompt. Gina a posé vernis et lime à ongles et lève la main.

« Dis-moi, très chère, lui sourit-il.

– Moi non plus, je veux pas, lui fait-elle. Pas question d'entrer dans votre mouvement. »

Je la regarde. Elle a l'air tranquille, désinvolte. Je voudrais être comme ça. Pendant quelques secondes, personne ne respire. Puis don Bob, qui est un vrai bateleur, se reprend :

« Il n'est pas nécessaire d'adhérer à la Confrérie pour faire partie de CL. La Fraternité est un facteur de stabilité et de complétude dans la responsabilité de l'expérience qu'est le chemin du Mouvement...

– C'est bon, tu peux raconter toutes les CONNERIES que tu veux », lui fait Franz, très calme. Il se lève. Il va retirer son cuir et son T-shirt et l'étrangler torse nu, je me dis. Mais il se contente de s'étirer. Après quoi il s'allume une cigarette, ramasse ses affaires et va la fumer dans le couloir.

18.

Mastrullo

Contrairement à ce que dit Franz, la Mastrullo n'est pas un chimpanzé handicapé. Mais elle est petite, grosse, laide, super-catho et super-CL. Et elle ne se contente pas d'aller à l'église tous les dimanches et au patronage tous les après-midi. Elle fait également beaucoup d'efforts pour ramener dans le droit chemin les fameuses brebis égarées. C'est-à-dire Zazzi. Parfois en profitant de la pause. Comme aujourd'hui.

Tandis que je pense à Margherita et que Mollo fait la liste des Meilleurs Étrangers de la Juventus de Tous les Temps, Franz s'envoie une Marlboro, en même temps qu'un de ses monologues favoris. Ce matin, il nous a déjà édifiés sur :

La vie et l'œuvre du DUCE.

Comment neutraliser cette SALOPE de Cavalla.

Il faut absolument que je m'en TROMBINE une.

Où je trouve ce PUTAIN de fric pour acheter du shit ?

Mastrullo s'abat sur la brebis égarée en la prenant par surprise et par-derrière. Et se lance :

« Francesco Zazzi, as-tu jamais réfléchi au fait

que tu portes le prénom d'un saint vraiment merveilleux ? »

Franz manque d'avaler sa cigarette.

« Zazzi, je voulais te demander, as-tu jamais pensé lire les Évangiles et retrouver le chemin du Seigneur ? »

Il la fixe de ses yeux bleu fou exorbités, comme il regarderait un OVNI.

« Tu sais, Zazzi, dimanche pendant la sainte messe j'ai beaucoup prié pour toi, pour que tu puisses vivre plus sereinement et entrer au plus vite en contact avec le Christ. »

Plusieurs secondes s'écoulent. Puis Franz se reprend :

« Je vais te dire, ma chère Mastrullo : moi, les saints, les Évangiles et Jésus-Christ, je pourrais difficilement M'EN FOUTRE PLUS, ATTENDU que je suis nazi-fasciste de la pointe de la BITE jusqu'au TROU DU CUL, en passant évidemment par tous les autres organes de ce physique phénoménal qu'un THON comme toi n'aura jamais l'honneur de S'ENVOYER, au mieux je pourrais croire à Merlin l'enchanteur, plutôt qu'à ce juif cinglé et un brin tricard. En outre, si nous n'avions perdu la guerre à un POIL DE CHATTE près, notre phénoménal Führer aurait rasé le Vatican. Qui d'ailleurs squatte illégalement la Rome des aigles impériales. Par conséquent, fais en sorte de BRIQUER LE ZGEG à quelqu'un d'autre, nom de Dieu. Merci. »

Mastrullo tressaute. Mais essaie tout de même de réagir. Ça doit être plus fort qu'elle. Au fond, elle a la Force de la Foi. L'Esprit du Martyre. La Conscience de sa Mission. Face à la brebis égarée, elle n'arrive pas à se résigner.

« Tu parles de cette façon uniquement parce que tu es perdu. Et crois-moi, je te comprends parfaitement. Moi-même il m'est arrivé de traverser un moment difficile, avant d'entrer dans le Mouvement et de prendre conscience de ce qu'Il est. Mais je suis sûre qu'un jour ou l'autre toi aussi tu rencontreras cette Présence qui survient continuellement, et alors tu comprendras. Et tu entreras dans la Pureté. Car la Pureté est là, dans la Foi.

— Non, vraiment, Mastrullo, je te remercie, mais plutôt que d'entrer dans la pureté, je crois que je vais plutôt entrer dans une belle COCHONNE avec une paire de MEULES de FOLIE et deux lèvres turgescentes et voraces, comme ça avec un peu de chance elle me fera même une bonne TURLUTE. Et puis je pense que je vais rencontrer mon dealer préféré. Même si, à la réflexion, on ne sait jamais, c'est vrai, peut-être qu'à force de JOINTS, cette vision mystique je finirai par l'avoir moi aussi, OUAH !

— Tu te crois différent de nous, insiste la fanatique de Communion et Libération. Mais tu ne l'es pas du tout. Le Christ illumine notre matin, et en lui nous découvrons nos frères... »

Mais la patience de Franz a des limites. Et d'ordinaire, une fois qu'elles sont franchies, il met de côté le subtilement théologique pour cogner salement sur le personnel.

« Mais écoute un peu cette NAINE ! Mastrullo, depuis quand toi et moi on est frère et sœur ? T'as une tête de RENNE MYOPE MONGOLOCÉPHALE, deux cuisses comme des OTARIES OBÈSES et t'arrives à peine à ma couille droite, sauf que t'es PLUS POILUE, alors tu veux bien m'expliquer comme on pourrait être frère et sœur, BORDEL ? »

Mastrullo devient toute rouge.

« Crétin ! »

Après quoi elle bat en retraite. Une fois de plus, la vanité féminine a eu raison du fanatisme religieux. Zazzi ricane et me donne des coups de coude.

« T'as vu ? Maintenant qu'elle a dit une grossièreté, elle doit forcément aller se confesser, en plus de se faire FOUTRE. OUAH ! »

19.

Chez grand-père

J'ai continué à manger chez grand-père même après qu'Alice est partie de la maison. En réalité moins souvent que je ne le voudrais, parce que grand-père est vieux et que je veux pas qu'il se fatigue. Aujourd'hui il savait que je venais et il m'a préparé du rôti avec des pommes de terre.

« Alors ? il m'a demandé à la fin du repas en trempant un gressin dans son Barbera en guise de dessert, comme toujours. Comment vont les affaires de mon petit-fils ? Heureux ?

— Ma foi, heureux heureux, je dirais que non.

— Et qu'est-ce qui te rend triste, à part le départ d'Alice ?

— Eh bien... l'école, par exemple.

— Raconte-moi.

— C'est que moi, la comptabilité, ça me dégoûte. Je voulais faire le conservatoire. Pour apprendre à jouer de la batterie comme Carl Palmer.

— Comme qui ?

— Carl Palmer. Le batteur d'Emerson, Lake & Palmer.

– Connais pas.

– Peu importe. En tout cas, je pensais pas passer cinq années de ma vie à étudier des matières absurdes du genre sténographie en espérant un poste à la banque après mon diplôme. »

Grand-père se gratte la tête. C'est-à-dire son chapeau.

« Je ne peux guère te donner tort, admet-il. Comment peut-on rêver d'un futur de guichetier pour son fils ?

– Je sais pas.

– Mais il n'y a rien à faire, ils ont cette mentalité petite, plus petite qu'un bouillon Knorr. » Il frappe le sol de son bâton. « Quand elle était enfant, si on lui donnait deux sous, ta mère n'allait pas s'acheter une glace, non, elle ne les dépensait pas. C'était déjà une fichue *pingre* accumulatrice. Elle préférait les cacher derrière son armoire. Même chose pour ses sœurs. De qui elles tiennent ça, je ne sais pas, *nom de Dieu*, parce que ni ta grand-mère ni moi n'avons jamais fait partie de cette sale espèce. Mais c'est l'air qu'on respire dans cet endroit. Ici ils sont capables de tout pour l'argent et pour le bien. Même de rendre malheureuse toute une vie leur progéniture adorée. Mais avec toi, cette saloperie n'aura pas le dessus, tu verras.

– Tu crois ?

– Doux Jésus ! Tu veux devenir un surdoué de la batterie, n'est-ce pas ?

– Oui.

– Alors il n'y a pas à discuter, tu le deviendras. Même si cette Sophia Loren du pauvre voudrait te voir emmuré vivant dans une banque. Ton grand-père a une confiance en toi inébranlable.

— Mais chez nous il n'y a même pas une heure de musique par semaine ! »

Il hausse les épaules. « Et alors ?

— Comment ça, et alors ?

— Tant mieux. Si tu t'étais retrouvé dans ce conservatoire, à présent tu devrais supporter tous ces grands professeurs de musique. Et tu peux être sûr qu'ils ruineraient ton talent. Ces gens-là n'innovent pas, ils conservent, comme le dit le nom de l'école. Ils sont incapables d'inventer quelque chose de nouveau, au mieux ce sont de bons interprètes. Mais en réalité ce sont des incapables absolus dans leur domaine, autrement ils n'en seraient pas réduits à faire le métier qu'ils font. Peut-être qu'il te faudra plus de temps. Et plus de travail, tu peux en être sûr. Mais à la fin de la foire, tu sauras tenir les baguettes dans un style qui n'appartiendra qu'à toi, *nom de Dieu*. Et c'est ce qui compte. Qu'est-ce que tu crois ? me fait-il en montrant un livre à la couverture tachée de café posé sur le divan, *L'adolescent* de Dostoïevski. Que ce gars-là, Dostoïevski, ses parents l'ont envoyé apprendre à écrire ? Il est devenu écrivain parce qu'il le voulait. Plus que tout au monde. Et parce que le beau Fiodor, en plus de jouer à la roulette, s'amusait bel et bien à écrire. Toi tu ne joues pas à la roulette. Mais tu t'amuses quand tu joues avec tes crayons sur un baril de Dash renversé ?

— Toujours.

— Tu vois ? Tu n'as pas besoin d'apprendre à être un raté au conservatoire. Des conneries tu en feras, c'est sûr. Et certains jours tu penseras que ça ne vaut pas la peine de continuer. Tu penseras avoir perdu plein de temps.

— Et puis ?

— Et puis tu continueras quand même.

— Et puis et puis ?

— Et puis et puis tu progresseras petit à petit.

— Et puis et puis et puis ?

— Et puis et puis et puis, un jour, quand ton grand-père sera probablement mort et enterré, chose qui m'embête uniquement parce que ce moment-là je voudrais le voir, mais au fond peu importe, tu comprendras que tu es devenu un grand batteur, peut-être même un inventeur. Et alors, bon Dieu, c'est là que commencera le plus dur, parce qu'à partir de ce moment-là tu devras vraiment tout donner. Mais tant que tu continueras à t'amuser, tout ira bien. »

Il se gratte à nouveau la tête, c'est-à-dire son chapeau. Trempe un autre gressin dans le verre de Barbera.

« Mais toi, pourquoi tu n'as rien publié après ton traité *Sur la méthode optimale de lavage dominical du véhicule automobile à l'usage des Italiens* ? je lui demande.

— Ah, eh bien c'est une autre histoire. Moi, ce traité, je l'avais écrit pour rigoler, en fait, mais je l'avais quand même envoyé à un éditeur milanais. Un matin, je reçois une lettre. De Luciano Bianciardi, un grand écrivain et même un anarchiste, qui a lu le manuscrit pour l'éditeur. Il me donne rendez-vous au bar Giamaica, à Brera. Quand je le rencontre, il a l'air triste. Regardez autour de vous, soupire-t-il, dans vingt ans l'Italie sera comme Milan. On était en 62. Quinze ans ont passé, il en manque à peine cinq. Et je crois bien qu'il avait raison, nom de Dieu. Bref. On retire notre paletot et devant un petit verre on discute du traité et, plein d'enthousiasme, il me dit : Votre livre est subtil et ironique, peut-être trop. Et l'ironie est une denrée rare. Apportez-le chez Ulrico Hoepli, ce sont des gens sérieux. Et assez fous pour vous le publier. C'est ce que j'ai fait. Jamais je n'aurais imaginé qu'il atteindrait la trois cent soixante-cinquième édition comme ç'a été le cas. Mais Bianciardi avait raison. Que le livre était subtil et ironique, personne ne s'en est aperçu. On le vend même dans les snack-bars sur l'autoroute du soleil. Et les autres choses que j'ai écrites, je ne les publie pas.

– Mais tu n'es pas resté en contact avec ce Bianciardi ?

– Lui qui avait déjà tendance à l'autodestruction, il est mort peu après. Ou plus précisément, les autres l'ont dévoré.

– Qui ?

– Les faux amis, surtout. Ces gens du grand monde. Sortis de nulle part comme des amanites phalloïdes quand il a été admis dans le soi-disant Olympe littéraire. Les vieux, qui ne lui pardonnaient pas son succès, et les jeunes, qui l'invitaient aux fêtes parce qu'il était à la mode. »

D'une gorgée, il finit son verre de Barbera. Sans crier gare, il me fait :

« Mais parlons de mon petit-fils, enfin de toi. Et les amoureuses ? »

Je le regarde, j'hésite un instant avant de réponde. Je sens que je vais rougir.

« Comment ça, et les amoureuses ?

– Comment ça va ? Tu en as une, toi, une amoureuse ? »

Je rougis pour de bon. Même devant grand-père. La plaie.

« Ben, presque... »

Il me sourit.

« À ton âge, je n'arrivais pas à me contenter d'être un pitchoune, j'avais encore des culottes courtes mais pour moi j'étais déjà grand. Et j'étais plus timide que toi, c'étaient d'autres temps. Ta grand-mère, je l'ai connue quand j'étais conscrit. Ne sois pas pressé, tu verras que tu trouveras la bonne. »

Mon grand-père. Je voudrais avoir la même confiance que lui dans son petit-fils. Mais je me sens à l'aise avec moi-même seulement quand je suis dans ma chambre, quand je, hum, joue.

20.

Ma chambre

Ma chambre est tapissée de photos. Collées par moi et par Alice Tresses rousses Yeux bleus, étant donné qu'avant de quitter la maison, elle aussi y vivait, et d'ailleurs je n'ai pas encore réussi à chasser l'odeur de patchouli. Il y a Malcolm McDowell dans *Orange mécanique*, avec sa batte de base-ball. Il y a Iggy Pop torse nu. Il y a Hô Chi Minh en uniforme viêt-cong. Il y a Paolino Pulici en maillot grenat qui marque un but à la Juventus dans le derby. Il y a le milicien espagnol frappé d'une balle et immortalisé par Robert Capa. Il y a Verushka, qui porte seulement une fourrure. Il y a Mohamed Ali qui met George Foreman K-O à Kinshasa. Il y a le soldat russe qui plante le drapeau à la faucille et au marteau sur le Reichstag. Il y a Jack Nicholson de retour du Viêtnam dans *Vol au-dessus d'un nid de coucou*. Il y a David Bowie en concert à Berlin. Il y a Paul Breitner, le latéral maoïste de la RFA championne du monde en 1974. Il y a Mao en veste à col Mao. Il y a Lénine qui parle à la foule sous la neige pendant la Révolution russe. Il y a Jimi

Hendrix qui met le feu à sa guitare à Monterey. Il y a Janis Joplin à Woodstock, en jean décoloré et complètement défoncée. Il y a Vittorio Gassman et l'autre, comment il s'appelle déjà, Jean-Louis Quelque-Chose, qui rient juste avant l'accident, dans *Le fanfaron*. Il y a le Che. Il y a même Olga Korbut, en survêtement de l'équipe nationale d'athlétisme marqué CCCP. Je suis tombé amoureux d'elle l'année dernière en regardant les Jeux olympiques à la télé. Naturellement il y a Carl Palmer. Mais la plus grande de toutes est la photo d'ABBA. Mon groupe préféré.

D'après moi, les meilleures chansons d'ABBA sont *Dancing Queen*, *Mamma mia* et *Waterloo*. Mais dans l'absolu, la plus belle est *S.O.S.* Sur la photo, Agnetha et Frida portent chacune un T-shirt avec un énorme chat imprimé dessus. Et sinon, rien d'autre que des bottes en cuir blanc jusqu'aux genoux. Benny, lui, sourit dans sa combinaison blanche. Et Björn porte une chemise en jean et un pantalon pattes d'ef, blanc lui aussi. Je ne pense pas qu'il y ait au monde un groupe meilleur qu'ABBA. Dans *S.O.S.*, Frida chante :

Whatever happened to our love
I wish I understood
It used to be so nice
It used to be so good.

Total : chaque fois que j'écoute *S.O.S.*, je revois Margherita dans l'escalier, au lycée. Blonde comme elle est, elle pourrait très bien faire partie d'ABBA.

Mais elle est trop belle par rapport à Frida et Agnetha, en moins de deux heures le groupe se séparerait.

Ma chambre est mon refuge. Barricadé à l'intérieur, je passe des après-midi entiers à jouer de la batterie par-dessus la musique sur mon baril de Dash. Et je m'allonge sur mon lit avec ABBA dans le radiocassette, les mains croisées sous la nuque. Si je ferme les yeux, j'arrive presque toujours à voir Margherita. Si je me concentre, parfois on est tous les deux. Pas à l'école ou dans les champs, non, au bord de la mer. Elle avec le même bikini blanc qu'Ursula Andress dans *James Bond 007 contre Docteur No*. Moi tout pareil à Sean Connery. On se promène sur la plage et d'un coup elle s'arrête et me fixe longuement dans les yeux. Puis elle retire le haut et m'embrasse fougueusement. En général, c'est à ce moment-là que *S.O.S.* se termine, et je dois me lever pour appuyer sur le bouton REW et rembobiner la cassette. Après douze ou treize fois que je remets *S.O.S.* depuis le début, le film est interrompu par la voix de ma mère. *Je ne dis pas se faire couper cette tignasse de hippie ou même travailler à l'école, mais au moins changer de musique de temps en temps !*

Et à ce stade, je laisse tomber.

21.

Le premier baiser

La plaie. Il se passe jamais rien ici. Pour changer, je vais dans les champs. Voir mon chêne.

Mon premier baiser, je l'ai donné à une petite fille dont je n'ai jamais su le nom. Je devais avoir sept ou huit ans. Elle visitait comme moi le Musée égyptien de Turin avec sa classe. Mais elle n'était pas dans la mienne. Je me souviens que notre maîtresse, momie parmi les momies, nous expliquait la technique de conservation des momies dans la salle des momies. Et que sa maîtresse, autre momie parmi les momies, avait eu le culot de contredire la nôtre. Que quelqu'un ose faire une chose pareille, c'était tout simplement impensable pour nous. Notre maîtresse était la Voix de la Vérité. Possédait les Tables du Savoir. Empoignait l'Épée de la Justice. Elle gardait dans sa poche les clés du monde, qu'elle ouvrait pour nous tous les matins. Nous étions restés à observer la scène bouche ouverte, tandis qu'elles s'échauffaient toutes les deux, dressées à côté des momies. Deux momies verticales et vociférantes parmi un tas de momies horizontales et muettes.

Naturellement, l'autre classe aussi regardait la scène bouche ouverte. Et je m'étais retrouvé à côté de cette petite fille inconnue, qui avait des cheveux châtains et des lunettes, des taches de rousseur et un manteau vert pomme. Soudain, deux surveillants s'étaient précipités pour séparer les maîtresses, qui n'étaient plus dressées verticalement à côté des momies horizontales, mais avaient commencé à se donner des coups de pied. Alors j'avais profité de la confusion pour placer ma bouche ouverte sur la bouche ouverte de la petite fille inconnue qui avait les cheveux châtains et les lunettes et les taches de rousseur et le manteau vert pomme. Et elle avait éclaté en sanglots.

Et donc, je n'ai plus donné de baiser après ça. Plus tard, au collège, dans une ou deux fêtes chez un gros dont la chambre était tapissée de photos de Renato Zero, j'ai assisté à plein de séances de pelotage. Et dans mon coin, un Fanta à la main, j'ai souvent pensé qu'on pourrait presque tourner un documentaire comme ceux qui passent à la télé, avec les animaux qui jouent leur propre rôle et les différentes phases de la séduction. Avant le susdit pelotage, le mâle attend le disque adéquat, c'est-à-dire un slow. Entre-temps, il étudie les femelles en présence, en général regroupées dans le coin opposé de la pièce. Quand il en repère une qui semble avoir les bonnes caractéristiques, par exemple les bons nichons ou les bonnes lèvres ou le bon cul, il s'avance et l'invite à danser. C'est pendant la phase de danse que le mâle commence à se frotter contre la femelle, profitant du rythme. À ce stade, si la femelle sait que le mâle dispose d'un moyen de locomotion motorisé garé dans la cour, qu'il s'agisse d'un Ciao ou d'une KTM, elle sait aussi qu'il doit avoir assez dans son portefeuille pour un plein d'essence, deux places de cinéma et deux glaces. Quatre vingt-dix-neuf fois sur cent, elle décide donc de laisser faire. Le pelotage à proprement parler ne débute pourtant qu'après le slow. Quand le mâle, sous les regards pleins d'envie de ceux de ses semblables qui n'ont pas réussi ni à danser avec une femelle ni à se frotter contre elle, prend sa proie par la main et la jette sans trop de formalités sur le lit du gros. Juste sous les photos de Renato Zero. Une fois la femelle positionnée, le mâle colle sa bouche contre la sienne. Après quoi il commence à la peloter. D'une main, le cul. De l'autre, les nichons. À partir de ce moment-là, la fête peut continuer sans eux. Amen.

Total : du baiser en particulier et du pelotage en général, je n'ai qu'une idée théorique. Que se passe-t-il précisément quand les deux bouches sont collées l'une à l'autre ? Où doit-on mettre la langue ? Comment fait-on pour respirer ? Et comment ose-t-on palper le ci-derrière cul et les ci-devant nichons ? Avant de toucher, faut-il demander la permission à leur légitime propriétaire ? Ou bien est-ce ridicule de demander ? Et si on devient dur et qu'elle s'en aperçoit ? Que se passe-t-il ? Elle prend un air dégoûté ? Flanque des gifles ? Ou se met à pleurer comme la petite fille inconnue qui avait les cheveux châtains et les lunettes et les taches de rousseur et le manteau vert pomme au Musée égyptien ?

Margherita en sait sûrement plus long que moi. Ce n'est pas que ça me fait peur. Ça me terrorise. Sans compter qu'elle est fille de dentiste. C'est Zazzi qui me l'a dit.

22.

Olga Korbut

Un matin, peu après la rentrée scolaire, à la fin de la pause, au lieu de retourner en classe pour l'heure de religion, Franz et moi, on a volé un ballon dans le gymnase et on est sortis pour faire quelques tirs sur le terrain de basket. Au début je ne m'en suis pas aperçu, mais après si. De l'autre côté de la grille qui sépare notre école du lycée, la classe de Margherita avait sport à l'extérieur. QU'EST-CE QUE TU FOUS ? a hurlé Franz quand il a vu que je restais sur le bord du terrain et que j'ignorais un de ses démarquages assez brillants, même si en réalité je n'étais marqué par personne. Puis il a jeté un coup d'œil aux lycéennes et il a compris. Il n'est même pas allé récupérer le ballon. Il s'est assis sur un banc et, sans faire de commentaires, il a commencé à se rouler un joint. *C'est ça, ouais, RIEN À FOUTRE*, je l'ai entendu marmonner. Si Mollo avait été là, Dieu sait quel cirque il aurait fait, étant donné le risque qu'on se fasse prendre par un prof, avec Franz en plein Tunnel de la Drogue. Mais pour moi, mon kamikaze de voisin aurait pu se fumer tout un champ de marijuana ou même sortir un jerricane d'essence de la poche de son jean flingué et mettre le feu au gymnase. Je n'y aurais de toute façon pas fait attention.

Les mains sur les hanches, les cheveux très blonds dénoués sur les épaules, le survêtement Adidas bleu ciel à bandes blanches sur les bras et les jambes, Margherita était même plus belle qu'Olga Korbut. Sans compter qu'Olga Korbut était en Union soviétique, de l'autre côté du rideau de fer, alors que Margherita était là, de l'autre côté d'une simple grille. Je me suis donc accroupi sur le ciment couleur terre de Sienne de la piste longue de cinquante pauvres mètres sur laquelle on faisait semblant de courir le cent mètres plat et je ne l'ai pas quittée des yeux un seul instant, en espérant qu'elle se tournerait tôt ou tard dans ma direction. Elle a continué à faire toutes les choses qu'on fait normalement dans un cours de sport. C'est-à-dire à s'agiter sur le tapis, soupirer, rire, mimer un saut en longueur ou en hauteur. Mais pendant qu'elle faisait ça, il était impossible de ne pas rester là à la regarder, fasciné.

À un certain moment, entre deux exercices, je l'ai vue sourire. Et même si j'étais cloué là, sur le ciment couleur terre de Sienne de la piste, j'ai eu l'impression de voler. *Eh, Attila, qu'est-ce qui te prend, BORDEL ?* je me suis dit. Alors je me suis levé et, après une courte prise d'élan façon BOEING, j'ai sauté par-dessus la grille, elle m'a vu et elle était si surprise qu'elle a porté la main à sa bouche, avec ses deux copines qui reculaient, presque effrayées devant tant d'audace, d'élasticité musculaire, et

Non. *Eh, Attila, qu'est-ce qui te prend, BORDEL ?* m'a

dit Franz. Sur son visage était plaqué ce sourire idiot qu'il a quand il a fumé un joint et, en voyant mon expression, il m'a demandé : *PUTAIN, t'as fumé quoi ? Et comme je ne lui répondais pas, il a ajouté : Ah. Ouais. C'est l'effet que te font les filles de dentistes.* Alors je me suis levé et pendant que Margherita rentrait dans le lycée avec sa classe, je me suis renseigné : *Excuse-moi, quelles filles de dentistes ?* Et lui : *Cette fille qui te fait baver, non ? Elle est fille de dentiste et d'ailleurs elle est en terminale, très cher.* Ce qui m'a fait venir à l'esprit trois choses.

Un : tous les dentistes sont milliardaires, et si Margherita est fille de dentiste milliardaire, ça veut donc dire qu'elle est milliardaire elle aussi.

Deux : une fille milliardaire de dentiste milliardaire qui est en terminale dans un lycée privé chic se contrefoutra toujours du fils d'un ouvrier qui fait des cages à oiseaux, qui plus est un quatrième inscrit contre sa volonté dans une école publique formant de futurs comptables.

Trois : le fils de l'ouvrier qui fait des cages à oiseaux inscrit contre sa volonté dans une école publique formant de futurs comptables a la bouche pleine de plombages. Et comment peut-on ne serait-ce qu'imaginer pouvoir un jour embrasser la fille milliardaire d'un dentiste milliardaire avec la bouche pleine de plombages ? Et si la fille milliardaire du dentiste milliardaire voit de nouvelles caries ? Elle fait quoi ? Elle appelle son père ?

23.

Absurde

Attila, dis voir, a sorti Franz hier. *D'après toi, quel PUTAIN de voyage de classe ils vont nous coller ?* J'ai regardé ma montre. Il avait gardé le nez dans ses livres sans piper pendant à peu près deux minutes. Un record, pour lui. *J'en ai aucune idée, Franz*, j'ai répondu. *Allez, on bosse*. Il a ouvert le tiroir de son bureau et, comme de juste, en a sorti cigarettes, briquet, papier et petit paquet enveloppé dans de l'aluminium. *Mais quelle nouille*, il a ricané. *Deux taffes de ça et on va SALEMENT planer, autre chose que cette MERDE de* Divine Comédie. *Imagine un peu si on va à Amsterdam en voyage de classe*. Il était déjà en train de mélanger le shit au tabac d'une Marlboro, les yeux exorbités du même bleu délavé que son jean. *Si seulement*, j'ai soupiré. *Si on a vraiment du bol, on va se retrouver à Venise*. J'aurais mieux fait de me taire. *Une bombe dans le train. Je fous une bombe dans le PUTAIN de train s'ils me renvoient dans cette ville de MERDE ! Je suis déjà allé à Venise l'année dernière avec les minets du lycée ! Un musée après l'autre ! Et le Tintoret ! Et

Canaletto ! Et Rigoletto ! Et l'humidité ! Et le brouillard ! Et la pluie ! UNE PLAIE MONSTRUEUSE, *j'te jure ! Non*, il a continué, *la bombe je la mets demain à l'école. Enfin, je trafique ma voix et j'appelle le proviseur pour dire que j'appelle de la part d'Avant-garde Nationale ou d'Ordre Noir, même pas, d'Ordre Nouveau, comme ça au lieu de se prendre l'interrogation de cette* TRAÎNÉE *de Cavalla, on* RIGOLERA *un peu*. Il n'était pas exalté. Pire. *Oublie pas que tu avais dit publiquement que demain tu te porterais volontaire*, je lui ai rappelé. *Sans blague ?* il est resté là à me regarder, le papier pas encore roulé à la main. *Et pourquoi ça ?* J'ai haussé les épaules. *Parce que tu te moquais de ceux qui se chiaient dessus aux interrogations de Cavalla, et tu as dit que toi t'en avais rien à foutre. Et même, t'étais prêt à te porter volontaire devant tous les autres*. Le papier lui est tombé des mains. ABSURDE *!* il a fait. *Absurde*, j'ai confirmé.

Et voici comment il se retrouve à présent là, à côté du bureau. Car étant donné qu'elle, contrairement à nous, a fait mai 68, Cavalla a ouvert le registre de classe peu avant. Et Franz, que ça lui plaise ou non, s'est jeté sur l'obstacle. En se portant volontaire.

« Zazzi, courrrage, dis à tes camarrrades ce que tu sais d'Uguccione da Lodi. »

T-shirt avec écrit au stylo à bille DROIT ET AGILE FILE LE MISSILE, jean flingué à la javel, grain de beauté poilu et yeux bleu fou, Franz se dresse devant la classe. Cavalla le fixe, impassible. Il essaie de se donner une contenance. On dirait presque le fier Hector, à peine sauté de son char près du fossé sous les fortifications et prêt à livrer bataille contre des rangées innombrables d'Achéens venus de la mer. Mais l'assistance perçoit clairement, pour le dire avec ses propres mots, qu'il sait que dalle sur Uguccione da Lodi. Pendant un très long moment, le proverbial silence des interrogations s'abat sur la classe. Même Mollo interrompt sa liste des Meilleurs Présidents de la Juventus de Tous les Temps, et Gina cesse de se faire les ongles. Tout le monde trouve Zazzi antipathique. Mais ce matin il s'est inexplicablement porté volontaire, comme il l'avait dit. Grâce à lui, hier personne n'a ouvert l'Alighieri.

Franz me fixe avec des yeux comme ça. On dirait un mauvais sosie de Keith Richard. Je sais ce qui lui passe par la tête à cet instant précis. Vas-y, Zazzi, vas-y, nom de Dieu, l'important c'est de pas rester muet. Et donc, avant que Cavalla ait eu le temps d'émettre une syllabe, il part à l'abordage :

« Ah, oui, bien sûr. Uguccione da Lodi. Également connu, si je ne m'abuse, sous le nom de comte Ugolino. »

Pause.

On entend les mouches voler.

Cavalla le fixe sans broncher.

« Donc, en gros, ce qui s'est passé, c'est que, ATTENDU qu'il était planqué dans une tour avec ses enfants, mais avec QUE DALLE à manger, un matin il regarde autour de lui et il fait : OUAH, ici y a même pas à grailler pour les chiens... »

Autre pause.

Silence général.

Cavalla le fixe sans broncher.

« Entre-temps, Dante qui, comme chacun sait, était un sacré vadrouilleur, était à ça de signer de sa propre main la fameuse *Divine Comédie*. Mais ATTENDU que le comte Ugolino crevait de faim, lui, enfin le comte, après une semaine il a SAUTÉ sur ses enfants et OUAH, il les a BOUFFÉS... »

Nouvelle pause.

Personne n'ouvre la bouche.

Cavalla le fixe sans broncher.

« Et donc après, quand l'Alighieri a appris cette sale histoire, il s'est dit : nom de... enfin, zut alors, quelle affaire. Pathétique, hein ? Et peu après, comme CHACUN SAIT, même le dernier des arbrorigènes, non, arborigènes, non plus, bon, enfin, le dernier de ces gars-là, à ne pas confondre avec son collègue mohican, il a écrit le célèbre chant du... *Purgatoire*. »

Zazzi s'apprête à se les gratter, mais se rend compte au dernier moment que Cavalla le fixe. Il détourne son membre supérieur vers son grain de beauté poilu. Puis ricane dans son jean flingué à la javel. Personne ne sait s'il s'amuse ou si c'est une réaction de nervosité. Les deux, probablement. Mais il n'a pas encore fini.

« Enfin... le *Paradis*... non, je voulais dire l'*Enfer*. Mais quelle grosse tête de... enfin, de distrait, quoi. C'est l'*Enfer* qu'on étudie, n'est-ce pas, madame ? Ou NON ? » il fait.

Du fond de son ignorance, Cavalla contrôle frénétiquement sur l'original. Quelques minutes chargées de suspense s'écoulent.

« Non, Zazzi, décrète-t-elle pour finir, épuisée. Ou

plutôt si, bien sûrrr que nous étudions l'*Enferrr*, mais ta rrréponse est errrrrronnée.

– Ah, bien sûr, fait mon kamikaze de voisin. Le comte Ugolino, il a pas SAUTÉ sur sa progéniture après une semaine, mais après deux. »

Cavalla l'ignore, empoigne son stylo et descend jusqu'à *Zazzi* dans son registre.

« Enfin non, je veux dire, après TROIS. »

24.

Toujours trop tard

« Salut, les enfants », attaque avec désinvolture don Bob qui, en tant que prêtre, me fait toujours penser à cet après-midi où, Alice et moi, on a surpris notre mère avec don Curio. « Ces derniers jours s'est produit en Italie un événement que je n'hésite pas à qualifier de gravissime. Comme je vous l'ai déjà montré, la Confraternité fondamentale est celle de l'homme et de la femme qui fondent une Famille. Mais ce qui s'est passé va contre la Famille. J'imagine que vous savez à quoi je fais allusion. »

Mollo lève aussitôt la main.

« Luciano Re Cecconi, le footballeur de la Lazio, est mort. Tué par un bijoutier qui ne l'a pas reconnu alors qu'il simulait un braquage pour rire. »

Le don lève les yeux au ciel. Murmure quelque chose. Puis les baisse.

« Le Seigneur ait pitié de lui, dit-il. Et de toi, Mollo. Je ne faisais pas allusion à ce fait divers certes tragique, mais à une chose autrement plus grave, et de plus lourde de conséquences pour tout le genre humain. »

Cette fois c'est la Mastrullo qui lève la main. Le don lui sourit.

« Parle, très chère.

— À la Chambre des députés, a été votée la loi sur... sur l'avortement, mon père, elle fait, avec l'air de vouloir se laver la bouche après avoir prononcé ce mot.

— Exact, approuve-t-il. Et on a ainsi donné le feu vert, jeunes gens mais surtout jeunes filles, à un véritable crime contre l'humanité. Comparable aux génocides perpétrés par Mao, Staline et Castro. À cause duquel, si les femmes n'agissent pas chrétiennement en faisant triompher la Vie sur la Mort et en suivant leur destin qui est dans le Christ, des millions d'innocents périront.

— Toujours trop tard, ricane Zazzi.

— Que dis-tu, Zazzi ?

— Toujours trop tard ! » il répète à voix haute, sans se faire prier.

Le don le regarde, glacial. Mastrullo et Ponchia le regardent, elles, horrifiées. Comme le reste de la classe, à part Mollo, qui fait la liste des Meilleurs Entraîneurs de la Juventus de Tous les Temps, et Gina, qui continue à se faire les ongles. Forcément. C'est un troupeau de petites démocrates-chrétiennes élevées démocrate-chrétiennement par des papas démocrates-chrétiens et des mamans démocrates-chrétiennes suivant des valeurs démocrates-chrétiennes. Et comme le dit Franz, *elles arriveront vierges au mariage : après deux ou trois mille TURLUTES et quelques CONCOMBRES DANS LE CUL, naturellement.*

« Zazzi voulait dire qu'il était temps que les femmes de toutes les classes sociales puissent avorter à l'hôpital même en Italie, j'interviens. Plutôt que de le faire en cachette et en courant le risque d'y rester. Jusqu'à maintenant, seules les filles de bonne famille pouvaient s'offrir un avortement dans une clinique suisse. »

Évidemment je rougis. Mais qu'est-ce que ça peut foutre ? Ce qui compte, c'est de tenir tête au don.

« Tu dis ces choses-là par pure provocation, il me fait. Mais en tant que chrétien, tu ne les penses pas vraiment. Le Christ est Dieu parce qu'il a vaincu la Mort. Et l'avortement, c'est la Mort.

– C'est ABERRANT que l'avortement ait été interdit par la loi uniquement parce que dans ce pays on doit se taper le PAPE, lui fait Franz.

– Zazzi ! s'insurge Mastrullo. Excuse-toi immédiatement pour ce que tu viens de dire !

– Et devant qui ? Le pape ? Pas question, je l'emmerde. ATTENDU que jusqu'à preuve du contraire je suis un citoyen libre, j'estime avoir le droit d'exprimer librement mes opinions. Qui ne sont pas tout à fait complètes, maintenant que j'y pense, parce qu'à vrai dire, si c'était pour moi, maintenant qu'il y a l'avortement, j'en profiterais tout de suite pour laisser naître MOINS DE HANDICAPÉS. » Il lui lance un regard éloquent. Ricane.

« Pour embrasser la différence il faut qu'il y ait une valeur plus grande que ce à quoi nous pousse naturellement notre tempérament, réplique-t-elle mécaniquement. Qui est le Christ, qui est l'Église, qui est le Mouvement. Toi tu n'es qu'un pauvre nazillon !

– Et alors ? Les nazis ont peut-être fait des choses HORRIBLES, du genre ne pas faire sauter Saint-Pierre en 43 bien que disposant des moyens nécessaires à la besogne, à savoir la GLORIEUSE division de parachutistes cuirassés Hermann Goering, mais sur les handicapés ils avaient raison. Soyons francs : la vie est déjà raisonnablement DÉGUEULASSE pour les soi-disant NORMAUX, alors imagine pour ceux qui naissent avec des palmes à la place des bras ou avec le cerveau qui trempe dans un bocal ! » Il reprend son souffle. Conclut : « Que c'est beau de végéter comme une plante verte au Cottolengo ! À Sparte, ils avaient les idées claires. C'est la nature qui décide qui doit vivre ou mourir. Quoi, même les Spartiates étaient NAZIS ?

– Sincèrement, Zazzi, je dois dire que j'ai honte d'être dans la même classe que toi ! lui fait Mastrullo.

– Oh, c'est trop triste ! » réplique Franz.

Mastrullo le regarde haineusement, consolée par Ponchia. Il me donne un coup de coude.

« De toute façon, ce qui est juste, c'est que les femmes fassent ce qu'elles veulent », intervient Gina, interrompant son travail de limage et attirant sur elle tous les regards.

Total : une autre matinée difficile en perspective pour don Bob. J'aurais jamais cru qu'on s'amuserait autant en cours de religion.

25.

Politique

« *Un agent de police entre la vie et la mort, deux étudiants touchés par des tirs de mitraillette et gravement blessés*, dit la télévision à l'heure du dîner. *C'est le bilan des affrontements qui ont eu lieu ce matin à Rome sur la piazza Indipendenza. La manifestation, à l'appel des étudiants de la gauche parlementaire mais aussi de Lotta Continua et des Autonomes, entendait protester contre l'agression d'un jeune homme, Guido Bellachioma, par des membres du MSI...* »

Ma mère se lève de table et change de chaîne. Sur la première, il a Mike Bongiorno, *On parie ?* La plaie. Dans cette maison, on parle pas de politique. C'est inutile. La seule à avoir créé des problèmes jusqu'ici, ç'a été Alice. À partir du référendum sur le divorce. En 74, elle avait dix-sept ans. Et un soir, à table, elle a dit que si elle avait pu, elle aurait voté non. C'est-à-dire oui. Notre mère l'a regardée comme si c'était une extraterrestre. *Alice, comment oses-tu ? Imagine si ce bon don Curio t'entendait ! La famille est le fondement de tout ! Si le divorce passe en Italie, même les invertis finiront par se marier !* Alice l'a regardée comme si c'était elle, l'extraterrestre, et elle a laissé tomber. Mais ensuite, après qu'on a surpris notre mère avec don Curio, elle n'a plus laissé tomber.

Un autre soir, ils montraient à la télé les manifestants qui protestaient devant la Scala contre les accidents du travail, en lançant des œufs pourris sur les mémères en manteaux de fourrure et les requins en smoking. Alice a dit que si elle avait été à Milan, elle en aurait lancé elle aussi, des œufs pourris. Notre mère l'a de nouveau regardée comme si c'était une extraterrestre. *Alice, comment oses-tu ? Tu imagines si don Curio t'entendait ? La Scala est le temple de l'opéra ! Ces gens-là sont des hippies ! Des gens qui manifestent parce qu'ils n'ont pas envie de travailler !* Alice l'a de nouveau regardée comme si c'était elle, l'extraterrestre. *Ils manifestent par solidarité avec les travailleurs*, elle a dit. Et notre mère : *Solidarité ? Mais quelle solidarité ? Moi je ne me comporte pas de cette façon, par solidarité ! Quand il s'est agi de faire quelque chose pour les victimes du tremblement de terre au Belize et que notre don Curio s'est chargé de recueillir l'argent, j'ai offert trois paquets de pâtes !* C'était vrai. Dommage que la date limite de consommation ait été dépassée. *Tu as idée du nombre de gens qui meurent chaque année, ici, en Italie, dans des accidents du travail, sur les chantiers et dans les usines de ces messieurs en smoking ?* lui a demandé Alice. Notre mère a répondu du tac au tac. *Et pourquoi ce serait leur faute, à ces messieurs en smoking, si sur leurs chantiers ou dans leurs usines, des gens sont distraits et meurent ? Ils n'ont qu'à faire attention à ce qu'ils font !* Alice s'est alors tournée vers papa. Elle lui a demandé : *Et toi, qui travailles à l'usine ? Tu n'as rien à dire ?* Papa a levé les yeux de son assiette et son regard a croisé celui de sa femme. Après quoi, sans rien dire, il s'est levé de table et est allé au garage. S'occuper de ses cages à oiseaux.

26.

Carbonara

La plaie. Il se passe jamais rien ici. Pour changer, je vais dans les champs. Voir mon chêne.

Certains soirs d'été, Alice et moi on dormait chez grand-père. Genre on passait l'après-midi chez lui à jouer à cache-cache dans la maison, le grenier et le potager et, quand notre mère passait nous prendre au retour d'une de ses visites à la paroisse, on courait l'enlacer et on ne se décollait plus de lui, plutôt mourir. Il riait et nous invitait à rester, mais en précisant qu'il avait à manger seulement pour trois dans le frigo. À ce stade, elle s'apprêtait à protester, mais peut-être qu'elle se souvenait de l'héritage à venir et elle mettait les voiles. Satisfait, grand-père faisait chauffer de l'eau pour les pâtes. Et pendant qu'Alice et moi on jouait aux cartes dans la cour, assis sur des tabourets en bois taillés dans un tronc d'arbre, il préparait la sauce pour les spaghettis à la carbonara. D'un coup, par la fenêtre de la cuisine nous arrivait une délicieuse odeur de poitrine fumée, d'oignon, d'œufs et de parmesan. Et quand grand-père nous appelait, on lâchait les cartes et on se précipitait à l'intérieur pour se laver les mains. Une fois à table, grand-père remplissait nos assiettes d'une montagne de pâtes et de sauce. Il ajoutait encore un peu de poivre sur les siennes, mais nous on n'aimait pas trop. Puis il nous disait *Bon appétit, les enfants* et on répondait *De même*, et les mandibules pouvaient se mettre au travail. Les pâtes à la carbonara de grand-père étaient fabuleuses et on finissait systématiquement par saucer. À la fin, il ne restait rien dans les assiettes, au point que toutes les fois grand-père faisait mine de se mettre en colère, *Mais nom de Dieu, vous allez me les abîmer, ces assiettes, si vous continuez comme ça*, et puis il sortait du frigo ou du buffet quelque chose pour le dessert, même deux glaces ou une tablette de chocolat ou un sachet de *torcetti* de Lanzo. À la fin du dîner, il coupait un cigare en deux et le fumait tranquillement. Nous, on sortait pour reprendre la partie de cartes interrompue ou pour jouer aux billes. Au bout d'un moment, grand-père sortait lui aussi et nous disait d'aller à la salle de bains, il était l'heure de se coucher. Alors Alice et moi on se lavait la figure et parfois aussi, mais rarement, les pieds. Puis on le suivait dans l'escalier aux marches en pierre jusqu'à l'étage, où se trouvait le grand lit qu'il avait partagé avec grand-mère pendant tant d'années. Après sa mort, il avait préféré dormir en bas, sur le divan de la salle à manger. Grand-père attendait qu'on s'installe dans le grand lit, puis il posait deux verres d'eau sur la table de nuit et éteignait la lumière. Alice et moi on se disait *Bonne nuit*, et en deux minutes j'étais complètement endormi. Mais à chaque fois elle attendait que je m'endorme pour me pousser et me réveiller. Naturellement je répondais moi aussi en la poussant. Aussitôt elle me poussait à nouveau. Et je l'imitais. On continuait à se pousser pendant des heures, en laissant passer de plus en plus de temps entre deux poussées. Tellement de temps qu'au bout d'un moment je pensais avoir gagné, vu qu'il y avait une éternité depuis ma dernière poussée. Convaincu que ma sœur s'était rendue au sommeil et à moi, je savourais ma victoire. Mais voilà qu'au moment précis où j'allais me rendormir, elle me donnait une nouvelle poussée et on recommençait depuis le début. Certains soirs, il nous arrivait de rester dormir chez grand-père même en hiver. Seulement en haut il n'y avait pas de chauffage et souvent il faisait si froid qu'à peine couchés on pouvait pas s'empêcher de claquer des dents. Et donc, plutôt que d'attendre que je m'endorme pour me pousser, Alice attendait qu'on soit bien réchauffés sous les draps. À l'instant précis où on commençait à se sentir mieux, elle s'exclamait *Qu'est-ce qu'il fait chaud !* Et d'un geste décidé, elle jetait les couvertures par terre.

27.

Je bois Jaegermeister

JE BOIS JAEGERMEISTER PARCE QU'À SEVESO Y A LA DIOXINE, on trouve écrit sur les sièges du train dans lequel on se précipite à la sortie de l'école, au sortir d'une interrogation écrite en italien.

« Mais d'après toi, Cavalla va PÉTER UN CÂBLE ? » me demande Zazzi en jetant son sac avec les livres sur le porte-bagages. Il s'installe sous le panneau INTERDICTION DE FUMER et s'allume une Marlboro.

« À propos de quoi ? » je lui demande distraitement, tout en contrôlant par la fenêtre si la blonde perdue au milieu d'un groupe d'élèves sur le quai de la gare est Margherita.

« À propos du FINAL FASCISTE avec lequel j'ai décidé de conclure brillamment la dissertation sur le vulgaire... »

La blonde secoue les cheveux. À mon avis c'est elle.

« S'EN FOUTRE EST NOTRE DEVISE. SE FOUTRE DE LA MORT, SE FOUTRE DE BOMBACCI ET DU SOLEIL DE L'AVENIR ! »

Le train démarre. La blonde se tourne. C'est un des trois frères Berta.

« Quel rapport entre ça et le Vulgaire ? je fais à Franz.

— Comment ça, quel rapport ? ATTENDU qu'à l'évidence tout ce qui semble vulgaire ne l'est pas forcément, je voulais seulement dire qu'une expression apparemment vulgaire genre S'EN FOUTRE peut évoquer des idéaux extrêmement élevés. Là où volent les aigles, si tu vois ce que je veux dire.

— Plus ou moins, j'admets.

— Alors tiens, lis ça et dis-moi ce que tu en penses. »

Il me tend deux feuilles froissées. Ce doit être le brouillon. Je lis.

Francesco Zazzi

Dissertation

LE VULGAIRE ET LA LANGUE ITALIENNE

Développement

Attendu que nous vivons en des temps de grandes tensions, personnelles, sociales, nationales et internationales, l'usage du vulgaire dans la langue italienne est de plus en plus répandu. Au nord comme au sud, à la ville comme à la campagne. Il suffit de penser à l'utilisation de plus en plus fréquente du substantif génital masculin « zob ». Jusqu'à il y a quelques années, le « zob », personnellement, je ne l'utilisais pas beaucoup. Et mes camarades de classe non plus. Peut-être parce qu'alors nous allions encore à l'école primaire. Mais à partir du collège, l'usage du « zob » chez les jeunes s'intensifie. Jusqu'à ce qu'une fois au lycée, les jeunes le manipulent en permanence. Le « zob » se prête d'ailleurs à des usages très variés. En définitive, on peut le mettre pratiquement partout. De fait, d'un point de vue éminemment linguistique, il n'y a pas de limites. Fourrez-le où vous voudrez, il fonctionnera toujours. Mais passons à quelques exemples pratiques.

Le « zob » s'emploie avant tout comme affirmation, en réponse à une question. Par exemple : « Tu as déjà fait tes devoirs de vacances. » Réponse : « Zob ! » Ou bien : « Tu as été chercher ton abonnement de train ? » Réponse : « Zob ! » Ou encore : « Tu as pensé à te laver les aisselles ? » Réponse : « Zob ! » Toutefois, grâce à son caractère versatile, le « zob » peut aussi s'utiliser comme négation. En l'occurrence : « Qu'est-ce que tu as mangé aujourd'hui ? » Réponse : « Zob. » Ou bien : « Tu as compris quelque chose aux explications ? » Réponse : « Zob. » Ou même : « Que vois-tu à l'horizon ? » Réponse : « Zob. » Et ainsi de suite. Mais il fonctionne également comme interrogation, dans le cas de « Zob, tu vas où ? » « Zob, tu fais quoi ? » « Zob, tu veux quoi ? » « Zob, t'es qui ? » mais aussi : « Zob, qu'est-ce que tu racontes ? » « Zob, qu'est-ce qui te prend ? » « Zob, qu'est-ce que c'est que ça ? », etc.

Le « zob » ne doit donc pas être sous-évalué. C'est si vrai qu'il fonctionne également comme superlatif. Parfois, en raisonnant par l'absurde, en compagnie de la « chatte ». Un exemple parmi tant d'autres, le super-utilisé « Zob, quelle chatte ! » expression parmi les plus récurrentes quand vient à passer une jeune fille un tant soit peu mignonne. Mais le « zob » fonctionne également très bien comme diminutif. Soyons plus clairs : « Qu'est-ce que tu penses de cette moto ? » Réponse : « D'après moi, elle vaut zob. » Ou bien : « Mais quelle taille elle fait, celle-là ? » Réponse : « Moins qu'un zob. » Ou encore : « Dis-moi ce que tu penses de moi. » Réponse : « Lâche-moi le zob et dégage. » Par nature, le « zob » est donc avant tout exclamatif : « Zob ! » Quand on casse un pot de fleurs à la maison, on s'exclame : « Zob ! » Quand on écrase un chien qui traverse dans les clous, on hurle : « Zob ! » Quand on n'a plus de cigarettes, on crie : « Zob ! »

Du reste, les jeunes sortent leur « zob » pour exprimer à la perfection une vaste gamme d'émotions et de sentiments. Depuis l'angoisse, quand à l'école on apprend soudain qu'il va y avoir une interrogation surprise et qu'on soupire : « Oh non, zob » à la joie, quand on reçoit un disque et qu'on dit : « Merci, nom d'un zob ! » De la tristesse, quand le petit chat meurt et qu'on murmure : « Pauvre petit, zob », à l'enthousiasme, quand notre équipe favorite marque un but et qu'on hurle : « Zob, quel but ! » Le « zob » est donc toujours en position de datif. Quand on a vraiment pas de chatte, il peut cependant se révéler génitif. Un cas limite de l'utilisation du zob se rencontre quand un ami, nous sachant énamouré, nous demande : « Alors, tu te l'es faite ? », et qu'on répond : « Zob ! »

En conclusion, le « zob » est au départ un terme vulgaire mais finit par devenir autre chose, puisqu'il est utilisé dans la langue italienne actuelle non seulement dans le sens d'organe sexuel mâle érectile et le cas échéant reproductif, mais en tant qu'auxiliaire, adverbe, synonyme ou antonyme. Et si, d'un côté, nous pouvons tranquillement affirmer que c'est grâce au « zob » que les années 70 sont complètement différentes des années 60 (quand le « zob » s'utilisait très peu par rapport à aujourd'hui), il faut également souligner que ce qui paraît de prime abord vulgaire ne l'est pas toujours réellement. Comme dans le fameux S'EN FOUTRE EST NOTRE DEVISE. SE FOUTRE DE LA MORT, SE FOUTRE DE BOMBACCI ET DU SOLEIL DE L'AVENIR *qui, malgré la présence du vulgaire « foutre », ne l'est en aucun cas, mais évoque au contraire des idéaux extrêmement élevés. Là où volent les aigles.*

J'arrive pas à le croire.

« Mais la dissertation était sur le Vulgaire, pas sur le vulgaire, je lui fais remarquer.

– ZOB, qu'est-ce que ça veut dire ?

– Sur le Vulgaire au sens de langue qui succède au latin, utilisée en poésie et en prose, je lui explique. Pas sur le vulgaire au sens du *zob*.

– Sans blague ? il me regarde ébahi.

– C'est évident.

– ZOB ! Je savais bien que cette CHIENNE voulait m'avoir, nom de Dieu ! »

Il donne un violent coup de pied au cartable de Mollo. Le cartable vole de sa place près du siège et atterrit au fond du couloir.

« Eh, mais j'y suis pour rien, moi », proteste Mollo en interrompant sa lecture simultanée de *Tuttosport* et de la *Gazzetta dello Sport*. Aujourd'hui, le *Corriere dello Sport* est en grève.

« Ta gueule, l'OBÈSE ! rugit Zazzi. C'est toujours de ta faute, même quand les usines chimiques pètent !

– Et pourquoi ça ?

– Parce que tu es tellement COUILLON que tu es la métaphore de la COUILLONNERIE ABSOLUE et que tu es automatiquement complice de toutes les COUILLONNADES commises sur cette boule suspendue dans le vide, des Apennins aux Andes, du pôle Nord à l'équateur !

– Mouais, mais maintenant tu te lèves et tu vas ramasser mon cartable ! » pleurniche Mollo.

Franz se tait. Il se contente de le fixer de son regard bleu fou. Total : Mollo baisse la tête et se lève en silence pour aller récupérer son cartable. Mais un sursaut du train le fait retomber sur son siège.

« Regarde-moi ça ! T'es GRAS comme un PORC ! Quatorze ans à peine et tu peux même plus soulever ce CUL d'hippopophant ! MARNER, PAS MARCHER ! Si c'était que moi, je te transformerais en MATAF chez les PARAS, nom de Dieu ! »

Puis, quand Mollo réussit à se décoller, il me murmure : « Donc, à ton humble avis, j'ai fait une MONUMENTALE CONNERIE, en résumé.

– À mon humble avis, oui.

– Ah. »

Mollo revient s'asseoir à côté de nous avec son cartable.

« Le voilà, le couillon obèse ! rugit Franz. Encore avec ce foutu cartable ! T'as tellement de lard autour du cerveau que tu t'es même pas aperçu que t'étais plus en primaire ! Tant que tu y es, demain t'as qu'à débarquer à l'école en tablier noir, col blanc et petit nœud bleu ! »

Mollo s'apprête à répondre, mais il renonce à ouvrir la bouche. Franz sort un marqueur noir de la poche de son cuir et sous je bois jaegermeister parce qu'à seveso y a la dioxine, il écrit en grosses lettres j'ose, je ne pose pas !

Par la fenêtre défile la campagne massacrée par les architectes. Aujourd'hui on a un paquet de devoirs. Et en théorie je devrais travailler. Mais je ne pense qu'à Margherita, à Margherita et à son sourire.

« À quoi tu penses ?
– Au sourire de Margherita, j'avoue.
– Et pourquoi ça ?
– Comment ça, pourquoi ? Parce qu'il est beau.
– Tu m'étonnes. Son père est dentiste. »

28.

Arsène Lupin

« Tu vois qui c'est, Arsène Lupin ? »

Huit heures moins cinq. On est dans la librairie-papeterie Falchi. Celle qui est en face de l'école. Monsieur Falchi et madame Falchi, planqués derrière la caisse, affrontent la masse des élèves qui chassent les copies doubles, les bics, les règles trigonométriques, les gommes, les compas, les canifs, les cartouches, le papier carbone, les crayons, les blocs-notes. Le coin des posters, avec les affiches de Fonzie, Che Guevara, Romeo Benetti, John Travolta, les Bee Gees et Inti Illimani, est le plus encombré. Les Falchi essaient de garder la boutique sous contrôle avec un miroir. Ils l'ont accroché au plafond, dans le coin à droite de la porte. Mais Franz a déjà réussi à faire disparaître trois livres de poche dans son Perfecto. Et j'en ai glissé deux sous mon pull, entre la chemise et la ceinture de mon pantalon. Total : s'ils nous chopent, on est cuits.

« Tu vois qui c'est, Arsène Lupin ? » me répète Franz à voix basse.

Je hoche la tête et j'attrape un autre livre de poche. Une grosse de troisième me couvre.

« Attention aux Falchi », me fait Franz.

À ce moment-là, la grosse se déplace. Je lève les yeux. Je croise ceux de monsieur Falchi. Mais il doit aussitôt se concentrer précisément sur la grosse, qui bave devant le poster de Travolta.

Je me tourne vers Franz. On pense la même chose : mieux vaut sortir.

Dehors, on salue la bande Berta et on franchit à toute vitesse la grille du lycée. Pour une fois, aller à l'école est presque un plaisir.

À l'intérieur, on traverse le hall et on monte la première série de marches. Sur le palier, on contrôle ce qui se passe derrière nous. Personne ne nous suit. Alors Franz ricane et, après s'être allumé une Marlboro, il sort de son blouson de cuir noir les livres de poche chourés. Je sors moi aussi les miens.

« Les voilà, les élèves modèles de la quatrrrième C ! » s'exclame une voix derrière nous.

Cavalla. Merde.

« Et les mains pleines de livrrres, avec ça ! » elle nous fait, noire de la tête aux pieds et pourvue de lunettes de soleil bien que la journée soit plus grise qu'un film polonais, comme ceux qui passent vingt-quatre heures sur vingt-quatre sur les nouvelles chaînes privées. L'heure est manifestement à la menstruation. « Voyons voir ça. »

Elle examine les livres. Kafka, *L'Amérique*. Musil, *Les désarrois de l'élève Törless*. Melville, *Bartleby le scribe.* Conrad, *Au cœur des ténèbres.* Döblin, *Berlin Alexanderplatz.*

« J'aimerrrais bien savoirrr à qui ils apparrrtiennent.
– À nous, madame », je dis.

Elle nous dévisage.

« Et vous les lisez ?

– Moi j'ai lu Pelville, Gonrad et le Hobbit, d'ailleurs je savais pas qu'il écrivait, lance Franz. Et Attila... » Il scrute rapidement le dos des deux autres livres. « Tafetas et Fusil. *La sœur des ténèbres*, MAGNIFIQUE, d'ailleurs. Sauf votre respect, vous devriez le lire vous aussi, madame. Et si je puis vous donner un conseil... »

Il n'arrive pas au bout de sa phrase.

« Tais-toi, Zazzi ! Vous perrrdez vos aprrrès-midi avec ces ânerrries, et ce que moi je vous donne à rrréviser vous ne le rrregarrrdez même pas ! éclate-t-elle. Et éteins immédiatement cette cigarrrette, la prrremièrrre cloche a déjà sonné, comme tu l'as sûrrrement rrremarrrqué, la rrrécrrréation est finie ! »

Franz prend une taffe.

« Tu m'entends, Zazzi ? »

Franz lui souffle la fumée au visage.

« Zazzi, je t'orrrdonne d'éteindrrre à l'instant cette cigarrrette. »

Franz prend une autre taffe.

« Zazzi, c'est vrrraiment pas le jourrr ! hennit la prof.

– Exactement, madame, s'exclame Zazzi. Je me dois de vous rappeler que nous n'avons pas cours avec vous aujourd'hui. De ce fait, ATTENDU que vous nous avez croisés par hasard tandis que nous nous rendions paisiblement en salle de cours, je ne vois pas pourquoi vous nous faites encore perdre un ÉON du temps précieux que nous voudrions consacrer avec ENTHOUSIASME et ABNÉGATION à notre cours de dactylographie qui commence à l'instant, si je ne m'abuse.

— Je n'en ai pas fini avec toi, Zazzi, lui fait-elle en tournant les talons.

— Non », confirme-t-il. Puis il me regarde et me fait : « Ça finira quand elle ira se faire METTRE.

— Elle est partie », je dis à Franz tandis que la prof monte les marches au galop.

Il soupèse les livres en ricanant.

« Ceux-là, on les revend au Juif, il fait. Mais d'abord, on en CHOURE au moins une trentaine, histoire d'amasser un beau petit paquet. C'est quoi, l'expression ? La culture n'a pas de prix. »

29.

Chez le Juif

« Fais-moi confiance, ce coup-ci, à vue de nez, on va se faire au moins VINGT BILLETS, me fait Franz. Peut-être même TRENTE. »

Avec nos sacs remplis de livres piqués aux Falchi, on monte à la Tour, chez le Juif. Autrefois, la Tour, qui est en haut d'une montée très raide et pleine de virages, était un truc médiéval comme le Château. Et puis ici aussi les architectes sont passés, on dirait un immeuble d'habitation.

« Il est peut-être juif, mais Zazzi, IL L'ARNAQUERA PAS, estimé confrère. »

Un paquet de neige est tombé dans les derniers jours et il neige encore. Total : mes Superga de basket en toile ne sont pas idéales pour la saison, il faut avouer. Surtout qu'elles sont en pleine putréfaction depuis des mois.

« Sans parler du fait que ça me PÈTE LES COUILLES de faire des affaires avec un juif, marmonne Franz. Mais pas par antisémitisme.

– Ah non ?

– Allons bon. Dans la Waffen SS il y avait des volontaires du monde entier, et même un régiment d'Indiens et un autre de musulmans. Mais EUX, ils sont juifs. Le peuple élu. Élu par qui ? D'abord ils se sont inventé un dieu, et puis ils ont décidé que ce dieu les avait élus. T'imagines la combine ? ABSURDE. »

Ce qui est sûr, c'est que je vais pas me balader avec les grosses chaussures de randonnée comme voudrait ma mère. Je les supporte pas, les chaussures de randonnée.

« PAÏENS on était. PAÏENS on aurait dû rester. Si on était encore tous païens, zéro guerre de Religion. Même ces foutus Irlandais. Catholiques, protestants. Là-haut à Belfast et Londonderry, à se foutre réciproquement des bombes dans le CUL. Et tu sais qui est à l'origine de tout, PUTAIN ? Les juifs, c'est clair. Leur dieu unique et omnipotent, ils se le sont inventé eux-mêmes. Avant y en avait pas. Et tout de suite après ils ont inventé qu'il les considérait SUPÉRIEURS à tous les autres peuples de la terre. Après ça on traite Hitler de raciste. T'imagines ? »

Les chaussures de randonnée, c'est bon pour Mollo. Déjà que Margherita me calcule pas. Si tu crois que je vais me pointer à l'école déguisé en homme des bois.

« De fait, ils restent toujours entre juifs. Il est bien rare qu'un juif ou une juive épouse l'un de nous. Parce que nous on est pas élus. Les élus c'est eux. Les CONNARDS, ils me PÈTENT salement les COUILLES. À l'école, on nous fait lire ce journal d'Anne Frank SUPER-CHIANT et ils nous prennent la tête avec l'Holocauste, et comme quoi le peuple juif a gagné le prix

115

de Victime Mondiale Numéro Un, etc. Et si tu oses dire un truc, t'es cuit. À tous les coups, si aujourd'hui un AUTOMOBILISTE juif renverse un PIÉTON allemand, le gars pourra même pas appeler l'ambulance sans être traité d'antisémite. Tu parles de liberté d'opinion. Avec les juifs, Y A PAS de liberté d'opinion. »

Cela dit, j'ai les doigts de pied gelés. Parce que la neige entre comme un rien, dans les Superga. Elle traverse la toile et passe même par les trous d'aération. J'éternue.

« Et puis au Congo belge, les Belges ont massacré cinquante millions de nègres au XIXe siècle. On me rétorquera que C'ÉTAIENT JUSTE DES NÈGRES. D'accord. Mais venez pas me dire que cinquante millions de nègres valent pas six millions de juifs. Et ces subtils humanistes d'Américains ? Ils ont déporté des palanquées de BONGOS BONGOS pour en faire des esclaves. Ils disent que c'est pas vrai que les juifs contrôlent la finance mondiale. FOUTAISES. Ils la contrôlent sacrément. Y a qu'à aller voir comment s'appellent toutes les grandes entreprises de Val Strit. Je me suis renseigné. Une, c'est Goldman Sax. L'autre, Morgan Stanlé. Une autre encore Métro Goldouine Meilleur. Des sociétés juives avec des noms juifs. »

J'aperçois la Tour. Encore deux cents mètres et on y est. La neige m'arrive aux chevilles. Elle entre dans les Superga même si elles sont hautes.

« Pareil avec les journaux. Ils contrôlent la presse à un niveau que t'imagines même pas. D'ailleurs on sait QUE DALLE de ce qu'ils infligent aux Palestiniens, parce qu'ils laissent seulement sortir les informations qui les arrangent. Et si un journaliste se hasarde à écrire un article, je dis même pas pro-palestinien mais à peine OBJECTIF, tout de suite on le traite d'antisémite. Et l'Amérique ? Tu t'es jamais demandé pourquoi elle soutient les Israéliens comme ça ? Eh ben, je vais te le dire : à cause du lobby juif, voilà pourquoi. »

Nouvel éternuement. Je devrais au moins les retirer et les laisser sécher sur un radiateur avec les chaussettes. Non, pas près du radiateur. Après le caoutchouc se décolle, au bout.

« Mais le truc FONDAMENTAL, regarde, au-delà de la finance et de l'information, c'est cette histoire de dieu unique qu'ils se sont inventée, avec pour conséquence sur nous qu'aujourd'hui on doit se FARCIR don Bob. Rome a bien essayé de leur faire changer d'idée. Les Césars, eux oui, ils savaient vivre. En païens, nom de Dieu, fouinant même dans la religion des autres, comme ça, de temps en temps, histoire de récupérer un RITE ORGIAQUE et hop, on TIRE un bon coup. T'imagines le PIED ? Une semaine de BAISE à trois cent soixante degrés, plutôt que se déguiser en Zorro ou en fée Clochette comme tous ces idiots à Carnaval ? Mais avec ces PUTAINS de juifs, rien à faire, ils étaient obsédés par ce foutu dieu unique qui les a élus. Eux. TÊTES DE CONS. Et c'est parti pour Yahvé, David, Pelé, Didi, Vava, et les dix commandements de mes COUILLES. Parmi lesquels, note bien, le plus cruel, le plus insensé : TU NE FORNIQUERAS POINT ! Salauds ! »

On arrive à l'endroit des arcades où se trouve le Juif. Je tape des semelles sur le trottoir, qui est sûrement mouillé mais où au moins il n'y a pas de neige. Collé à la vitrine du Juif, remplie de livres d'occasion, il y a un morceau de carton avec écrit J'ACHÈTE LIVRES D'OCCASION – SCOLAIRES ET AUTRES. Franz crache par terre. On entre.

« Salut », fait mon Arsène Lupin au Juif derrière son comptoir.

Qui nous regarde de derrière ses lunettes.

« On aurait des livres à VENDRE, croasse Franz.

– Si ce sont des livres scolaires, ça ne m'intéresse pas, ce n'est plus le moment.

– Mais non, quelle CONNERIE de livres scolaires ? » fait Franz en secouant la tête et en vidant son sac sur le comptoir.

Je vide également le mien. Sortent en vrac tous les livres de poche qu'on a chourés aux Falchi. *Les démons*, *Gatsby le Magnifique*, *Le maître et Marguerite*, et d'autres du même tonneau. En tout, il doit y en avoir une trentaine. Le Juif ne dit rien. En silence, il prend les livres un à un et les examine attentivement, vérifiant les prix.

« Ils sont tout NEUFS », fait Franz.

Le Juif continue à examiner.

« En EXCELLENT état », ajoute Franz.

Le Juif soupèse chacun des livres.

« MÊME PAS une page cornée ou un gribouillis », insiste Franz.

Le Juif finit d'examiner les livres.

« Croyez-moi, on les a même pas FEUILLETÉS », jure Franz.

Le Juif pose les mains sur le comptoir. Il observe Franz de derrière ses lunettes.

« Cinq mille cinq cents lires », il dit.

La mâchoire de Franz s'affaisse.

Il fixe le Juif.

Il me fixe moi.

Il fixe les livres de poche.

« Mais y a plus de TRENTE LIVRES ! il éclate.

– Vingt-neuf, nuance le Juif.

– Jamais touchés ! proteste Franz.

– Cinq mille cinq cents lires », persiste le Juif. Il indique à Franz le livre de Scott Fitzgerald. « Personne ne lit plus ces trucs-là. »

Franz se tourne vers moi. Je hausse les épaules.

« C'est bon ! Donnez-nous ce PUTAIN de fric, qu'on se barre de ce PUTAIN d'ENDROIT, hein ! »

Le Juif ouvre un tiroir. Compte cinq billets de mille, quatre pièces de cent et deux de cinquante aussi grosses que le grain de beauté poilu de Franz. Il dépose la somme sur le comptoir.

Franz empoche. Puis il attrape *Gatsby le Magnifique* et il fait :

« Celui-là, on le garde, ATTENDU que de toute façon personne le lira ! »

Le Juif ouvre la bouche pour dire quelque chose, mais on est déjà dehors.

« Juif ! » hurle Franz, couvrant les paroles de l'autre.

On file, en glissant sur la neige.

« Je te l'avais bien dit ! me fait Franz en tournant le coin. Et après ça ils prétendent que C'EST FAUX, qu'ils sont pas près de leurs sous ! Comme celui qui allait à l'école avec moi, l'année dernière, ses parents avaient une maison à Portofino et une autre à Samaurice, et lui il arrivait en classe avec le col de la chemise et les poignets REPRISÉS au point qu'on voyait plus le tissu ! Un truc de MORTS DE FAIM !

– Calme-toi, Franz, je lui dis. Ça sert à rien de péter les plombs. Et puis on les a volés, ces livres.

– ET ALORS ? On les a volés HONNÊTEMENT, nom de Dieu ! »

Il s'apprête à balancer le livre dans la rue, puis change d'avis et me le donne.

« T'as qu'à le prendre ! Et lis-le ! Comme ça on donnera tort à ce SAC À MERDE ! »

Je prends le livre de poche et je le glisse à nouveau dans mon sac. *Gatsby le Magnifique*. J'éternue. Fait chier. Allez. J'ai presque envie de rentrer chez moi, au chaud, et d'y jeter un coup d'œil. Lire, j'aime ça presque autant que jouer de la batterie.

30.

Huckleberry Finn

La plaie. Il se passe jamais rien ici. Pour changer, je vais dans les champs. Voir mon chêne.

En plus de jouer de la batterie, j'aime vachement lire. Mais pas les trucs de l'école. L'école c'est la plaie, à part de temps en temps l'italien et l'histoire. Ou la mythologie au collège. Surtout l'*Iliade* et l'*Odyssée*. Avec toutes ces batailles et ces aventures sur la mer. Moi, j'ai toujours été pour les Troyens. Un peu comme Franz avec les nazis. Et je sais pas combien de fois j'ai dessiné l'Hector orange avec casque, cuirasse, jambières, bouclier et épée, celui de l'anthologie *Du mythe à l'Histoire*. Chez moi il y a toujours eu des livres, grâce à grand-père. Il nous en a offert plein, à Alice et à moi. *Les trois mousquetaires*. *L'île au Trésor*. *Les gars de la rue Paul*. Et même *Les grandes espérances*. Et un paquet d'autres. Un été où j'avais plus rien d'autre à lire, je me suis tapé les seize volumes de l'*Encyclopédie du savoir*. Pas mal. Mais je sais pas si je le referais.

À partir d'un certain point, Alice s'est mise à lire

des trucs à elle, comme *Du sang dans les yeux*, le livre d'un type qui était dans les Panthères noires en Amérique, ou *Cent ans de solitude*, d'un Sud-Américain dont je retiens jamais le nom. Ou des trucs politiques, comme *Que faire ?* de Lénine, et *Les citations du président Mao Tsé-toung* en édition de poche Feltrinelli. Moi je suis plus romans. Mon roman préféré, dans l'absolu, avant de lire *Le soleil se lève aussi* d'Hemingway, c'était *Les aventures de Huckleberry Finn*. Je l'ai lu avant l'autre, *Les aventures de Tom Sawyer*, même si j'aurais dû faire l'inverse, en principe. Après, pendant deux étés, le torrent qui coule par ici était devenu le Mississippi. Et un îlot fait de rochers qui dépassaient de l'eau, l'île de Jackson. À un certain moment, j'ai même essayé de me construire un radeau comme celui de Huck. Mais sans hache, c'est pas facile. Pour les cabanes, je me débrouillais mieux. Je choisissais un arbre pas trop haut et j'attachais une série de branches à des buissons avec des herbes qui sont longues et fines, puis je prenais des branches d'autres arbres et je les coinçais entre celles du mien, et à la fin ça faisait des refuges d'enfer. Genre je serais un résistant comme grand-père, et les Allemands seraient pas près de m'attraper. Dans le village, tout le monde déteste les Allemands, à part Zazzi.

Quoi qu'il en soit, avant d'avoir lu *Le soleil se lève aussi*, mon livre préféré était *Les aventures de Huckleberry Finn*. Mais il y a deux ans, j'ai lu *Le soleil se lève aussi*. Et quand on a lu *Le soleil se lève aussi*, on voit la vie autrement. On comprend qu'être vivant, c'est carrément le pied, même si ça finit super-mal. Comme tous les personnages du livre, de Jake à Robert et à Tom, je suis tombé amoureux de la Brett Ashley du *Soleil se lève aussi*. Et quand je suis dans ma chambre, allongé sur mon lit à écouter de la musique, j'imagine souvent que je vais avec Margherita dans un café parisien et que je commande une bouteille de veuve-clicquot, sauf que les deux seuls cafés du village ont que du Barbera et qu'ils sont pleins de retraités bourrés qui jouent à la belote.

La fin du *Soleil se lève aussi*[1], je l'ai relue si souvent que je la connais par cœur :

– Oh, Jake, dit Brett, nous aurions pu être si heureux ensemble !
Devant nous, un agent de police en kaki réglait la circulation du haut de son cheval. Il leva son bâton. Le taxi ralentit brusquement, pressant Brett contre moi.
– Eh oui ! dis-je. C'est toujours agréable à penser.

Quand je suis triste à cause de Margherita, je pense à la fin du *Soleil se lève aussi*, qui est la fin la plus triste que j'aie jamais lue. Mais il n'y a pas seulement du désespoir pour ce qui aurait pu être et n'a pas été. C'est comme si ce qui pouvait être et n'a pas été était encore une possibilité, d'une certaine façon, même seulement une hypothèse. Et penser à cette possibilité, qui est en même temps réelle comme possibilité et irréelle

---

1. Hemingway, Gallimard, « Du monde entier », 1933, Folio, 1972, trad. Maurice-Edgar Coindreau. (*N.d.T.*)

dans la réalité, fait qu'on se sent mieux, en quelque sorte. Mais aussi beaucoup plus mal, c'est certain.

L'idée que Margherita et moi on se connaîtra jamais, et que par conséquent on sera jamais ensemble, fait que je me sens exactement comme Jake à la fin du *Soleil se lève aussi*. Et parfois, quand je me sens comme ça, je voudrais ne jamais l'avoir vue, Margherita. Et je voudrais ne jamais avoir lu *Le soleil se lève aussi*. Et je voudrais ne jamais avoir eu quatorze ans.

Quand j'étais petit, j'avais toujours vachement envie de devenir grand. Et pourtant il y a des jours où j'aimerais bien redevenir petit. Et jouer à être Huckleberry Finn, ici, dans les champs.

31.

Assemblée

Mais en entrant en classe, on découvre qu'il n'y a pas cours aujourd'hui.

« Prrréparrrez-vous à descendrrre dans le grrrand amphi, nous informe Cavalla. Le prrroviseurrr De Lirrio et moi qui, contrrrairrrement à vous, ai fait mai 68, avons décidé d'autorrriser une assemblée générrrale. »

Bruissement tout autour. Mollo referme l'Alighieri et exulte. Aujourd'hui ça craignait pour lui, c'est le seul qui n'a pas encore de note.

« À tous les coups, c'est parce que Renato Vallanzasca a été arrêté hier à Rome, me fait Zazzi en caressant son grain de beauté poilu. Mon idole, putain. Lui il est carrément BESTIAL.

– Mais il était pas recherché pour meurtre et enlèvement ? je lui demande.

– Un peu, oui. C'est pour ça que c'est une LÉGENDE. Tu verras que d'ici deux jours il va s'évader. Peut-être même qu'il s'est déjà ÉVADÉ ! » Ses yeux bleu fou s'illuminent. Il lève la main pendant que le reste de la classe range livres et cahiers et se dirige vers la porte.

« Qu'est-ce qu'il y a, Zazzi ? le dévisage Cavalla.

— Je vous prie de m'excuser, madame. Je voulais savoir si par hasard l'assemblée à laquelle nous allons participer a été convoquée parce que le beau René s'est ÉVADÉ.

— Le beau Rrrené ? Et c'est qui, ça, le beau Rrrené ?

— Renato Vallanzasca, lui explique-t-il, ajoutant à voix basse : la vache, quelle ignorance.

— Que vient fairrre ici Vallanzasca, Zazzi ?

— Non, rien. C'est juste qu'avant-hier il a été arrêté et je me demandais si par hasard il s'était déjà ÉVADÉ. Auquel cas je me permettrais de donner mon avis. À savoir que nous sommes là, comme disait le barde, pour HONORER Renato, pas pour le CONDAMNER. »

Cavalla le regarde, interdite.

« L'assemblée n'a pas été convoquée pourrr ce bandit. Mon Dieu, les enfants, vous ne lisez jamais les jourrrnaux ?

— Moi si, en profite Mollo, et il sort de sous son banc *Tuttosport*, la *Gazzetta dello Sport* et le *Corriere dello Sport*.

— Pas ceux-là », elle fait en secouant la tête. Elle sort de son sac la *Repubblica*. « Hier, à Rrrome, les autonomes ont manifesté de manièrrre incivile contrrrre le meeting de Luciano Lama, le secrrrétairrre de la CGT. Hurrrlant des slogans absurrrdes, affrrrontant le serrrvice d'orrrdrrre du PC et se laissant aller à des actes barrrbarrres de guérrrilla urrrbaine.

– Excusez-moi, quels slogans ? » lui demande Franz, qui est un fanatique du genre. Aujourd'hui il porte un T-shirt avec écrit au stylo-bille CELUI QUI S'ARRÊTE EST PERDU.

Cavalla jette un coup d'œil au journal.

« Eh bien... parrr exemple... PLUS DE TRRRAVAIL, MOINS D'ARRRGENT... LAMA EST À MOI ET J'EN FAIS CE QUE JE VEUX... PLUS DE BARRRRRAQUES, MOINS DE MAISONS... ASSEZ, ASSEZ, LA MISÈRRRE DES TRRRAVAILLEURRRS... LAMA, TU PEUX RRRESTER, ON ADORRRE LES POLICIERS... » Elle referme le journal. « Ce genrrre de choses. Des prrrovocations purrres et simples.

– Je n'appelle pas ça des provocations, lui fait Franz.

– Ah non ?

– D'après moi, les soi-disant provocateurs remuent le fameux COUTEAU dans la non moins fameuse PLAIE, même si je ne suis pas d'accord avec eux, comme vous le savez.

– Ta prrrise de position ne me surrrprrrend pas le moins du monde, Zazzi. D'ailleurs Berrrlinguerrr lui-même le dit : ces autonomes, ces prrrotestatairrres, ces Indiens métrrropolitains, se font appeler ainsi pourrr ne pas devoir dirrre leurrr vrrrai nom.

– C'est-à-DIRE ? s'enquiert Franz.

– Des fascistes !

– COMMENT ÇA, DES FASCISTES », s'insurge Franz, piqué au vif.

Je regarde autour de moi. Gina s'est rassise et a recommencé à se faire les ongles. Mollo dresse la liste des Meilleurs Masseurs de la Juventus de Tous les

Temps. Le reste de la classe rumine patiemment, un vrai troupeau de vaches.

« Ces gens-là, commence Franz, sont EMM... sont pas contents de la politique de votre pécé, madame. Qui, plutôt que de faire son travail de parti au service du prolétariat, ferme les yeux sur les saloperies de la décé, quand il ne s'associe pas MAFIEUSEMENT avec elle !

– Zazzi, écume la Cavalla. Comment oses-tu ! Que sais-tu du prrrolétarrriat ? Toi qui vantes le fascisme ! Qui rrregrettes Salò ! Qui désirrres arrrdemment la dictaturrre !

– Sauf votre respect, ATTENDU que vous dites qu'on est en démocratie, j'ai le droit de penser ce que je veux. Et c'est vous qui voulez une DICTATURE décé-pécé, ne vous f... »

Mais à cet instant précis, une pionne ouvre la porte et elle n'a même pas le temps de communiquer à la classe qu'on peut descendre pour l'assemblée générale que tout le monde est déjà en bas. Parmi les mugissements, les bêlements et les couinements de joie, naturellement.

32.
Tévécolor un

Aujourd'hui, de retour d'une de ses visites quotidiennes à la paroisse, ma mère s'est réunie avec ses sœurs pour essayer d'écluser un certain nombre de pots de supercrème. Et une des tantes s'est mise à brailler qu'elle, elle savait plus où la mettre, la supercrème. Mais l'autre n'a pas bronché. Au contraire. Elle jubilait carrément. Son mari, le petit patron chevalier de l'ordre du Mérite, venait de lui offrir une tévécolor. Sur le coup, les deux sœurs qui en étaient encore au noir et blanc sont restées de marbre. Et puis, de ma chambre, je les ai entendues réagir. *Il paraît que la tévécolor ça donne le cancer*, a lâché l'une. *Exactement. Le cancer*, a surenchéri l'autre. La sœur en couleurs ne s'est pas démontée. *On disait la même chose du frigo et on est encore là, bon pied bon œil. Pendant ce temps, il y a plein de nouvelles chaînes privées en Italie et moi j'en profite avec ma tévécolor*. Fin de la discussion. Et voilà pourquoi ce soir ma mère a accueilli mon père en larmes. *Il fallait vraiment que j'épouse un ouvrier !* Il n'a pas ouvert la bouche. *Et pendant ce temps mes sœurs pavoisent ! L'une d'elles s'est même fait offrir une tévécolor par son mari !* Elle a fait une pause sursignifiante. S'est mouchée. Papa en a profité pour commencer à manger. Je l'ai imité. *Parce que je me suis mariée par amour, moi, quelle ingénue !* Elle a vraiment dit ça. Papa l'a regardée. *Sans compter que la tévé en noir et blanc, on l'a achetée à crédit en 62 !* Papa a regardé son assiette. *Avec le frigo et le lave-linge !* J'ai regardé papa qui la regardait, elle et son assiette. *Et elle est encore là !* J'ai senti qu'il allait se passer quelque chose. *Tout ça parce que moi, quelle ingénue, j'ai épousé un* napuli *!* Papa s'est levé de table. Il a pris son assiette. La lui a écrasée sur la tête. Et VLAN ! Ma mère l'a regardé, éberluée. La sauce lui coulait sur le front et le long des joues. Elle a éclaté en larmes et

Non. Papa s'est levé de table. Il n'a pas pris son assiette. Ne la lui a pas écrasée sur la tête. Il est simplement sorti et il est allé au garage. Retrouver ses cages à oiseaux. Alors elle s'est tournée vers moi. *Et toi, fais-toi couper les cheveux !*

33.

Napuli

Napuli, on me le disait à peu près tous les jours, quand j'étais enfant. Pour mes camarades de classe de l'école primaire, j'étais un *napuli*, même si papa est en réalité sicilien, notre mère piémontaise, et que je suis né ici. Comme Alice, d'ailleurs. À cette époque-là, au village, chaque enfant était le fils du métier de son père. Le fils du boucher était surnommé Jambon. Celui du facteur Casquette. Celui du boulanger Baguette. Moi j'étais fils de *napuli*, et donc surnommé Napuli. Et le truc, c'est que personne ne voulait jamais jouer avec le *napuli*. Voilà pourquoi j'ai commencé, plus tard, à jouer de la batterie avec mon baril de Dash renversé et à lire des BD, des livres et des encyclopédies.

Papa est arrivé de Sicile après la guerre. Là-bas, à Marsala, il avait tout perdu. Une nuit, les Américains avaient bombardé la ville parce qu'il y avait une base de la Luftwaffe dans le coin. Papa est resté enterré avec plein d'autres gens dans les caves d'une église utilisée comme abri. Par chance, là-dessous il y avait aussi deux soldats de l'Afrikakorps. Avec leurs baïonnettes, en travaillant pendant des heures, ils ont réussi à creuser un tunnel et à faire sortir tout le monde. S'ils n'avaient pas été là, papa serait mort enterré vif. Mais quand il a voulu rentrer chez lui, la maison n'était plus là, ses parents et sa sœur non plus. Ce qui explique que je n'aie jamais connu mes grands-parents paternels.

En 46, papa a pris un train vers le nord. Pendant pas mal de temps, il a plus ou moins crevé de faim. S'intégrer dans une grande ville du Nord quand on arrivait de Sicile, c'était pas facile. Les gens parlaient piémontais exprès pour qu'on ne les comprenne pas. Et dans les rues, il y avait des panneaux qui disaient ON NE LOUE PAS AUX MÉRIDIONAUX. Et donc papa est parti de Turin et il est venu s'installer ici.

On y est allés une fois en vacances, à Marsala, en Sicile. L'année où la République fédérale d'Allemagne a gagné la Coupe du monde de football. De la Sicile, je me rappelle la couleur de la mer et du sable. Et aussi le goût des pâtes aux aubergines. Et le bruit du vent dans les palmiers. Mais surtout le goût de la *cassata*. Ma première *cassata* sicilienne, je l'ai goûtée un matin de juillet, au petit déjeuner, au comptoir de l'Ancienne Pâtisserie De Gaetano, via Rapisardi à Marsala. Marsala est chaude, jaune et chaotique, du moins au centre juste avant l'heure du déjeuner, quand les gens envahissent à pied, en voiture et en scooter la rue et la minuscule Ancienne Pâtisserie De Gaetano. Ce matin-là, les habitants bavardaient de tout et de rien du côté de la piazza della Loggia, certains avec le bouton noir du deuil cousu sur la chemise blanche à hauteur de la poitrine, d'autres avec l'ongle du petit doigt si long que le petit doigt semble aussi long que son voisin l'annulaire. Et j'allais demander à papa pourquoi tous ces boutons et tous ces ongles démesurés quand il m'a dit *Viens, arrête de regarder ces boutons et ces ongles, on va manger quelque chose de spécial.*

Moi, à vrai dire, j'avais pas très faim. À Marsala, quand on est parti depuis longtemps, on est invité tous les jours à déjeuner et à dîner par les parents et amis. Et les parents et amis de Marsala préparaient des déjeuners et des dîners interminables. On n'a pas le temps de se lever de la table du déjeuner qu'il faut déjà courir s'asseoir à celle du dîner. Et comme à Marsala ils sont très fiers d'être l'un des seuls endroits de Sicile où on fait le couscous, tout le monde, à déjeuner et à dîner, fait du couscous. Pour ne pas les vexer, il faut chaque fois le manger comme si c'était la première fois. Après quoi les hôtes exigent même qu'on se resserve. Le problème, c'est que rien n'est plus bourratif que le couscous. En particulier si on est obligé de suivre un régime à base de couscous au déjeuner et au dîner, en en reprenant à chaque fois, pendant des semaines entières. Parce qu'en plus, une fois ingéré, le couscous devient tout fou et gonfle.

Ce matin-là de juillet, notre mère avait voulu aller à l'église pour prier, et Alice avait dû l'accompagner. De mon côté, je m'en souviens très bien, le couscous remplissait tous mes organes internes. Je le sentais qui poussait dans la gorge, le nez et les oreilles. Et au moment où papa m'a dit *Viens, arrête de regarder ces boutons et ces ongles, on va manger quelque chose de spécial*, j'ai cru que j'allais m'évanouir. J'avais eu peur qu'il veuille à nouveau m'amener chez un ami ou parent de Marsala pour manger du couscous. Mais il m'a pris par la main et ensemble on a traversé une rue bondée avec le sol qui brûlait sous la fine semelle de nos chaussures d'été et on a laissé derrière nous la place inondée de superlumière à douze mille degrés Fahrenheit comme dans les comics Marvel et on est entrés dans l'Ancienne Pâtisserie De Gaetano.

Au garçon derrière le comptoir, qui préparait deux granités au citron pour des clients avec un bouton noir cousu sur la chemise blanche et l'ongle du petit doigt tellement long qu'il dépassait l'annulaire, papa a commandé deux tranches de *cassata* sicilienne. Et là, j'ai demandé : *Papa, qu'est-ce que c'est, exactement, la* cassata *sicilienne ?* Et il m'a répondu : *La* cassata *sicilienne, c'est la* cassata *sicilienne*. Comme j'avais pas trop confiance, je lui ai demandé : *Ils la font pas avec du couscous ?* Et lui : *Non, ils la font pas avec du couscous, mais avec de la ricotta, des biscuits à la cuillère, des fruits confits, du chocolat et de la pâte d'amandes*. Après quoi, il s'est passé deux choses. D'abord, le garçon derrière le comptoir nous a servi nos tranches de *cassata* sicilienne dans deux petites assiettes. Puis, armé d'une petite cuillère, je l'ai goûtée pour la première fois de ma vie. Et alors j'ai compris pourquoi papa m'avait répondu que la *cassata* sicilienne, c'est la *cassata* sicilienne, quand je lui avais demandé ce qu'était la *cassata* sicilienne. La *cassata* sicilienne, ça s'explique pas. Ça se mange.

Total : je donnerais un bras pour retourner à Marsala. À l'Ancienne Pâtisserie De Gaetano. Peut-être juste avec Alice. Mais Alice est à Milan. Et puis c'est la crise. Et donc on peut pas. Quoi qu'il en soit, si j'étais pas un *napuli*, la *cassata* sicilienne, je l'aurais jamais goûtée. Et donc, heureusement que je suis un *napuli*.

34.

Moyens de fortune

Je suis devant l'école et j'attends que Franz fasse son apparition dans la Mercedes noire de sa maman. Il n'était pas dans le train, mais il ne sèche pas, c'est exclu. Aucune interrogation en vue aujourd'hui. Total : il est sûrement en retard et il se fait accompagner par sa génitrice. La bande Berta stationne devant le café. Les trois frères en blouson de cuir regardent autour d'eux pour trouver des quatrième. Sans Franz, ils m'auraient déjà sauté dessus, mais maintenant on se salue d'un signe de tête. Cette nuit, quelqu'un a écrit sur le mur, près de la grille d'entrée du lycée : AVEC LE DOIGT ORGASME GARANTI AVEC LE ZOB TROP VITE FINI. Une pionne essaie d'effacer avec une éponge et un seau d'eau les lettres tracées au spray rouge, mais rien à faire. Je regarde ma montre. La cloche va sonner. Pas de Franz en vue.

« C'est quoi, ça ? » fait une voix derrière moi.

Je me tourne. C'est Gina.

« Salut, Gina, je lui fais. Quoi, c'est quoi ?

– Le truc écrit. À mon avis, ça partira jamais.

– Ils devront tout repeindre. »

Soudain je réalise que c'est la première fois qu'une fille de la classe m'adresse la parole hors de la classe. Après pas mal de mois. Je m'éclaircis la voix. Mais je ne dis rien.

« Tu attends Zazzi ? me fait Gina au bout d'un moment.

– Ouais, je réponds.

– Drôle d'oiseau.

– Oui, drôle d'oiseau.

– Mais vous êtes vachement différents, tous les deux.

– Tu trouves ?

– Ben oui. Pour commencer, lui c'est un facho de merde. Et puis on voit tout de suite qu'il est complètement à la masse. Toi t'es trop timide pour être vrai, mais on voit que t'es sincère. Tu balances pas des conneries comme ça, juste pour jouer les durs. »

Je sais pas pourquoi, je commence à me sentir mal à l'aise.

« Comme avec ce don Bob, elle continue, Zazzi y va superfort, mais on voit bien que c'est juste par provocation. Toi non. On dirait que t'y crois, quand tu parles de choses comme l'avortement. »

La cloche sonne. Je regarde autour de moi. Même pas le bout de la cigarette de Franz.

« Moi je crois pas qu'il balance pour balancer, je lui dis pendant qu'on va vers l'entrée. Il est comme ça, à prendre ou à laisser.

– Vu comment les choses se passent en classe, je penche plus pour la deuxième option, elle me fait. Tu es le seul à avoir choisi la première. Je me demande pourquoi.

– Ma foi, je hausse les épaules. Je sais pas. On est amis. »

On monte ensemble les escaliers. On traverse le couloir ensemble. À quelques mètres de notre classe, elle accélère imperceptiblement et elle me fait :

« Bon ben, salut.

– Salut », je lui dis. Et je rougis.

Heureusement, on entre en classe séparément. La prof de sténographie est déjà là, en train de tracer des hiéroglyphes sur le tableau. Ça commence vraiment à me stresser, ce truc de toujours rougir quand on m'interroge ou quand je parle avec une fille. Pourquoi les autres rougissent jamais et moi si ? Qu'est-ce que j'ai qui va pas ? Une tare héréditaire ? Une maladie du sang ? Mais non. Maintenant que j'y pense, en primaire je rougissais jamais. J'ai commencé au collège. Quand les filles de ma classe ont eu les nichons qui poussent. Et je pouvais pas m'empêcher de les regarder pousser. Je me concentre sur les nichons de Gina. Ils sont vraiment gros. Au moins du 95 B. Non, C. Qui sait quel est le diamètre de ses tétons. Moi j'aime bien les gros tétons. Elle est sympa, Gina. Je pourrais lui demander à la pause : *Dis-moi, Gina, tu m'excuses mais je me demandais : ils ont quel diamètre, tes tétons ?* Elle, elle me sourit et elle fait : *Ben, si tu veux je peux te les montrer*, et elle soulève son T-shirt et son soutien-gorge, et ses seins jaillissent, énormes, et ses tét

« EXCUSEZ MON RETARD. »

Franz débarque en classe dégoulinant de sueur, son sac US à la main, une paire de patins à roulettes dans l'autre.

« Tu trouves que c'est une heure pour venir en classe, Zazzi ? lui fait la prof.

– J'ai raté le train, madame, et cette CONN... enfin je veux dire, ma mère, elle a refusé de m'accompagner. Et donc, ATTENDU que j'ai pas de mobylette, je suis venu à l'école en utilisant des MOYENS DE FORTUNE – il montre les patins –, enfin ça.

– Va à ta place », coupe la prof.

Franz me rejoint.

« T'es venu jusqu'ici en patins ? je lui demande. Comment t'as fait ? Y a au moins douze kilomètres !

– MEMENTO AUDERE SEMPRE ! il me fait en s'effondrant sur sa chaise. Et puis cette PUTE qui m'accuse de sécher, aujourd'hui qu'on avait que deux heures de sténo, autant dire QUE DALLE ! À la place... »

Il n'a pas le temps de finir sa phrase.

« Zazzi, viens donc au tableau et montre à tes camarades qu'en plus d'être un as du patinage, tu es aussi un passionné de sténographie », lui fait la prof.

Franz a un moment d'absence. Je ne pense pas qu'il ait fait un seul exercice de sténo de toute sa vie.

« Alors ? Qu'est-ce que tu attends ? » insiste la prof.

Celui qui va mourir me salue.

« Allez, écris ton nom de baptême », lui ordonne la prof.

Il hésite longuement, la craie à quelques millimètres du tableau. Puis il dessine une série de signes incompréhensibles. Se tourne vers le bureau. Voit la tête de la prof.

« Non ! » il fait, sans que la prof ait rien dit.

Il efface les signes incompréhensibles. Hésite à nouveau. En fait d'autres. Toujours aussi incompréhensibles. Se tourne à nouveau vers la prof.

« Ah, ouais ! » il s'exclame.

Il efface les signes incompréhensibles. Hésite encore. En fait d'autres. Sur le tableau se forme une sorte de croisement entre la pierre de Rosette et la théorie de la relativité.

« Et voilà », proclame-t-il.

La prof le regarde comme s'il était un animal exotique.

« Et dire que je pensais vraiment que votre camarade s'appelait Francesco, elle nous dit. Mais je viens de découvrir que ses parents ont choisi pour lui un nom nettement plus original. »

On attend qu'elle nous le dise, vu que personne n'arrive à déchiffrer Franz. Et elle nous le dit :

« Votre camarade ne s'appelle pas Francesco. Il s'appelle Usine. »

35.
À l'usine

La plaie. Il se passe jamais rien ici. Pour changer, je vais dans les champs. Voir mon chêne.

L'usine, on y a été en visite de classe l'année dernière, avec les camarades de cinquième. Une idée géniale de notre génial prof de maths. C'est lui qui a définitivement convaincu mes parents de ne pas m'inscrire au conservatoire. *Avec la crise économique actuelle, il vaut mieux que votre fils cherche tout de suite du travail*, il leur a dit en juin quand ils sont allés voir les résultats de l'examen. *Au cas où vous voudriez qu'il continue ses études, je vous déconseille vivement de l'inscrire dans un lycée d'enseignement général*, il a affirmé. *Mettez-le plutôt dans un lycée professionnel, ou à la limite dans un institut technique.* Et c'est comme ça que je me suis retrouvé en comptabilité.

L'usine, c'est la PUN, là où papa travaille, et PUN, ça veut dire Produits Usinés et un autre truc que j'ai oublié. Dans le village, on appelle ceux qui y travaillent les punaises. Quand on est arrivés à l'usine, un cube de ciment gris qui a poussé comme une tumeur au milieu de la campagne, le prof de maths nous a présenté le patron, un requin en costume gris, cheveux gris et yeux gris. C'était mon oncle, le chevalier de l'ordre du Mérite. Qui a ouvert l'usine avec l'argent parachuté par les Américains aux résistants, m'a dit grand-père. Et mon oncle nous a tout de suite fait un beau discours. Comme quoi dans la vie, il faut trimer dur, et qu'avec la crise économique actuelle il vaut mieux s'ôter toute fantaisie de la tête, et que ses ouvriers, les fantaisies ils se les ôtent directement le premier jour et ils triment dur sans rechigner, contrairement à ce qui se passe dans les usines des grandes villes, parce que si on trime pas dur et qu'on refuse de faire des heures supplémentaires, de travailler la nuit ou les samedis et s'il y a besoin le dimanche aussi, lui il les vire sans y penser à deux fois, et dans son usine le mot syndicat n'existe pas, il n'a jamais existé et n'existera jamais, et un jour on devra trimer dur nous aussi et remercier Notre Seigneur Jésus-Christ si une noble âme comme lui consent à nous en donner la possibilité. Et pendant que mon oncle le chevalier mastiquait l'air avec ses dents de requin, je me souviens d'avoir croisé le regard taché de graisse d'un ouvrier affecté au tour, c'est-à-dire d'une punaise, et d'avoir compris pour la première fois de ma vie ce qu'est la résignation. Cet ouvrier, c'était mon père.

Ces dernières années, le monde a changé, les enfants, nous a informés mon oncle le chevalier pendant que notre génial prof de maths hochait la tête, en extase, ce n'est plus celui de vos parents, quand il y avait du travail pour tout le monde et qu'on venait vous chercher chez vous pour vous en proposer, maintenant, avec la crise, il y a pas mal de chômage et les choses vont sûrement s'aggraver, et si on a la chance d'être pris à l'essai, alors on doit se comporter en conséquence, si le contremaître dit de faire une chose, on la fait sans discuter, à l'usine on n'est pas payé pour discuter, on est payé pour trimer dur, et le mois de vacances il faut pas y compter, ici c'est quatorze jours maximum et c'est tout. Et je me souviens qu'à chaque phrase du requin gris, c'est-à-dire mon oncle le chevalier, à chaque mot, je me disais non, jamais je finirai comme ça, tout ce temps enfermé dans un endroit pareil avec à peine deux semaines de vacances par an, et la saleté, et le bruit, et la graisse qui sort des machines et des regards des punaises, si j'avais pu je les aurais flanqués sous une presse tous les deux, mon oncle le chevalier et le génial prof de maths, moi je voulais jouer de la batterie, pas devenir une punaise, sûrement pas trimer dur et faire ce qu'on me dit sans discuter, et le mois de vacances faut pas y compter, mais après, pendant que l'autre continuait à déblatérer que le travail ennoblit l'homme et qu'il y a des primes de productivité pour ceux qui font des heures supplémentaires de leur propre initiative et qu'après vingt ans on peut même espérer une petite augmentation de salaire, j'ai regardé autour de moi. Et dans les yeux de mes camarades, j'ai vu la même résignation que dans ceux de la punaise préposée au tour, c'est-à-dire mon père.

Aujourd'hui, ils travaillent là pour la plupart. Avec leur premier salaire, ils se sont acheté une moto.

36.

Une lettre d'Alice

Cher frangin, m'écrit Alice, hier à la librairie Feltrinelli j'ai trouvé un magazine de bandes dessinées tout nouveau, Alter Alter, *et j'ai tout de suite pensé à toi, et du coup, même si je ne suis pas très riche j'ai décidé de te l'acheter et de te l'envoyer avec cette lettre. Mais d'abord je l'ai lu, et dedans j'ai trouvé des planches de ce gars, Andrea Pazienza. D'après moi, il est vraiment super. Tu me diras. Et toi, comment ça va ? Comme ça marche, la batterie ? Et l'école ? Et les filles ? Essaie de pas trop les idéaliser et de t'amuser. L'adolescence finit en un clin d'œil. Fin du chapitre Conseils Non Sollicités.*

Depuis que je suis à Milan, ma vie a beaucoup changé. Ici on ne se sent pas loin de tout comme chez nous. On voit les choses différemment. À ce sujet : si par hasard tu entends ou lis quelque part qu'un étudiant a été tué par un policier qui a trébuché et lui a tiré dessus accidentellement, eh bien, sache que c'est faux. Les soi-disant forces de l'ordre tirent à hauteur d'homme, pour tuer. Mais à la télé, rien de ce qui se passe n'est rapporté comme ça se passe. C'est systématique, crois-moi.

Pour le reste, entre deux manifestations j'essaie de travailler, mais avec toi je peux être sincère : les examens avancent un peu au ralenti. Tu te souviens de la fois où on était en haut, à la Tour, quand je t'ai fait asseoir sur le guidon du vélo et qu'on s'est précipités dans la descente pleine de tournants à toute vitesse sans jamais freiner ? Parfois, j'ai l'impression de vivre comme ça, ici à Milan.

J'aimerais tellement te revoir, cher frangin, et t'emmener faire le tour de la ville. Je suis sûr que tu adorerais prendre le métro. Mais d'ici quelques années, quand tu auras grandi encore un peu, je viendrai te chercher pour de bon, et je te ferai rencontrer le Steve (comme on dit ici, avec l'article devant) et quelques amis de Sesto avec lesquels j'apprends à jouer de la guitare, d'ailleurs on est déjà très bons. Mais ici, un chêne comme le tien, ça n'existe vraiment pas, et s'il y a une chose qui me manque, c'est bien nos après-midi passés dans les prés et nos soirées chez grand-père.

Je regarde la pendule de la petite chambre d'étudiante que je sous-loue, il est minuit et demain je dois me lever tôt (si tu savais comme elle a changé, ta feignasse de sœur : entre une chose et l'autre ça fait des mois que je dors très peu). Alors n'oublie pas, continue à t'exercer sur ton baril de Dash, souviens-toi que tu dois travailler à l'école (au moins de temps en temps) et ne cours pas trop après cette fille dont tu ne veux rien me dire. Tu verras que c'est elle qui courra après toi.

Salut, frangin, je te serre fort. Je vous embrasse tous les deux, grand-père et toi. À bientôt, Alice.

37.

Volontaire

Franz est debout à côté du bureau.
Seul.
La prof d'anglais le regarde.
Il a les yeux fermés, les paupières serrées en un effort de concentration qu'on devine démesuré.
La prof vient de lui demander : *Zazzi, how do you do ?*
Et Franz devrait répondre.
La classe se tait.
Aujourd'hui aussi, Franz s'est porté volontaire. Par erreur. Hier, après la pause, à cause de Cavalla qui était en retard. Ponchia est montée sur l'estrade pour rappeler à la classe que le lendemain, c'est-à-dire aujourd'hui, la prof d'anglais devait interroger. Mais le lendemain, c'est-à-dire aujourd'hui, on aurait ou plutôt on a un devoir de français. *Où est le problème ? Il suffit que quelqu'un qui a des* COUILLES *se porte volontaire*, a fait Zazzi en se les grattant sous la table. *Alors fais-le, toi*, a sifflé Mastrullo pour le défier. Franz n'a pas réfléchi avant de lui répondre. Franz ne

réfléchit presque jamais avant de répondre. Il ne réfléchit presque jamais avant de parler. *Si tu savais COMME JE M'EN BRANLE ! Bien sûr que je suis volontaire ! MASSIVE ATTAQUE À LA ZAZZI ! OUAH !* Total : Franz s'est mis dans le pétrin tout seul. Classique.

Le *how do you do* de la prof flotte dans la salle. Ce n'est pas une question très difficile. Mais même si on est en mars, Franz n'a pas encore acheté le livre d'anglais. L'argent, il a préféré le fumer.

« *Zazzi, have you heard me ?* lui fait la prof. *I've just asked you a very simple question. How do you do ?*

– *Iesse*, il lui fait, les yeux exorbités, avec une esquisse de sourire. Franz a un faible pour la prof d'anglais. Enfin, pour reprendre ses mots, il la *NIQUERAIT VOLONTIERS*. Brune, lèvres pulpeuses, seins pointus, jambes kilométriques, la prof d'anglais est du genre communicatif. Qui plus est, elle porte des jeans extrêmement moulants, sans prendre la peine de nouer un pull autour de sa taille pour cacher quoi que ce soit. En somme, faire mauvaise figure devant elle est vraiment un crime. Impossible de ne pas faire mieux qu'un *Iesse*. Ce serait une vieille sorcière, comme la prof de français, d'accord. Mais Franz, qui prétend être doué pour les langues parce qu'il connaît la première strophe du *Deutschland über alles*, il se l'est vraiment fumé, le livre d'anglais.

« *Yes what ?* lui fait la prof en se remettant en place une mèche de cheveux bruns. *How do you do, Francesco Zazzi ?*

– *Iesse*, marmonne Franz, sans aucune pudeur. *Aï am Francesco Zazzi.* »

La prof le fixe.

« *Zazzi please. This is a very simple question. I can't believe you're not able to give me a correct answer. Would you mind thinking about it, before you open your mouth ?* »

Le problème avec la prof d'anglais, c'est qu'elle a une méthode très anglaise. Elle ne parle jamais italien, toujours et seulement anglais.

Franz s'éclaircit la voix.

« *Iesse*, il lui fait, même si on voit bien qu'il est un peu sur des charbons ardents.

– *So, how do you do, Mister Zazzi ?* » elle insiste.

Il se reconcentre comme si on venait de lui demander d'expliquer avec ses propres mots la fission de l'atome. Les secondes passent, on dirait des siècles. Puis il a un éclair de génie.

« *Iesse, aï am mister Zazzi.* »

Par chance, la prof a de toute évidence une vie sexuelle épanouie. Les crises d'hystérie de Cavalla ne font pas partie de son répertoire.

« *Zazzi, I wonder why you asked to come here*, soupire-t-elle. *Anyway : this morning I'm in a good mood. Go back to your desk and let me hear someone else...* »

Franz la fixe les yeux écarquillés. Il a compris que dalle. Mollo s'agite. Elle lui fait signe de se rasseoir. Et tandis que Franz s'éclipse de l'estrade, la prof dit à Mollo :

« *Mollo, come here please...*

— Nom de Dieu, quel PUTAIN d'air CON j'avais..., me murmure doucement Franz en se rasseyant à côté de moi. J'ai vraiment été À CHIER, hein ?

— Ben, ma foi..., je hausse les épaules.

— C'est la TENSION, il fait en secouant la tête.

— Nerveuse ?

— Non, ÉROTIQUE. T'as pas vu comment elle me regardait ?

— Et comment elle te regardait ?

— Comme quelqu'un qui a envie de BAISER, non ? il me fait. Du coup, c'est normal qu'on ait plus toute sa tête, n'est-ce pas ? C'est-à-dire, ATTENDU que je suis un homme, elle peut pas me fixer comme ça, comme pour me dire METS-LA-MOI devant tout le monde, PLANTE-MOI sur le bureau et fais-moi JOUIR comme une CHIENNE en CHALEUR. Tu crois pas ? »

« *Mollo, how do you do ?* demande la prof à Mollo.

— *Very well*, il répond tout de suite. *And you ?* »

« Tu vois comment elle regarde ce COUILLON de Mollo ? me fait Franz avec un coup de coude.

— Et comment elle le regarde ?

— Autrement. Pas comme moi. »

J'observe mieux la scène.

« D'après moi, elle le regarde vraiment pareil, je lui dis.

— Sans blague ?

— Je vois aucune différence. »

Il réfléchit.

« Tu veux dire qu'elle veut aussi S'ENVOYER Mollo ? il éclate. Ah ouais, la NYMPHOMANE... »

C'est ça, les idéalistes. La réalité, ils sont incapables de la regarder en face. Ils préfèrent s'en inventer une.

38.

Fables

Pense, gonzesse, aux poils d'Achille à la couleur disgracieuse. Ce qui serait le début de l'*Iliade* selon Zazzi. Mais grand-père, qui connaît par cœur les poèmes homériques, me racontait l'histoire de la guerre de Troie quand j'étais enfant, à partir de *Chante, Déesse, du Péléiade Achille la colère désastreuse, qui de maux infinis accabla les Achéens, et précipita chez Hadès tant de fortes âmes de héros, livrés eux-mêmes en pâture aux chiens et à tous les oiseaux carnassiers* : et cetera, et cetera, etc. Il n'allait que rarement contrôler les vers dans le petit livre à la couverture bleu clair qu'il a encore sur sa table de nuit. *L'Iliade traduite par Vincenzo Monti*, c'est écrit sur la couverture. *Avec illustrations de monuments antiques, G. C. Sansoni, Éditeur à Florence, MCMXIV. Prix Lires 2,50.* Voilà pourquoi j'étais fou de poésie épique à l'école primaire. D'habitude, c'est Franz qui me fait venir à l'esprit le poème d'Homère. Mais hier soir aussi j'ai repensé à l'*Iliade*, quand ils ont montré à la télé les affrontements entre les étudiants du Mouvement d'un côté et la police de l'autre. Là aussi boucliers et lances. Enfin, bâtons ou matraques. Seulement à la place de Troie, il y a Rome en toile de fond. Et puis ils lançaient des gaz lacrymogènes et des cocktails Molotov.

Maintenant grand-père ne me raconte plus d'histoires. Mais après manger, quand il commence à fouiller parmi les livres de la bibliothèque qu'il s'est construite au-dessus du divan, ça veut dire qu'il a envie de me lire quelque chose. Comme là.

« Ah, regarde où il était planqué, nom de Dieu, il s'exclame. Exactement ce que je cherchais. » *Giacomo Leopardi*, est écrit sur le dos, *Œuvres complètes*.

« Voyons voir. » Il feuillette le gros volume. « Écoute-moi ça... C'est le *Discours sur l'état présent des mœurs en Italie* [1]. »

J'écoute.

« *Or telle est précisément la vie des Italiens, sans perspective de meilleur sort à l'avenir, sans occupation, sans but, et réduite au seul présent. (...) Avec le désespoir, ni plus ni moins, le mépris de la vie et l'intime sentiment de sa vanité sont les plus grands ennemis du bien agir, les causes du mal et de l'immoralité. De ces dispositions naît l'indifférence envers soi-même et les autres, cette indifférence profondément enracinée et terriblement efficace, qui est le pire fléau pour les mœurs, les caractères et la morale. (...) Les Italiens rient de la vie : ils en rient bien plus qu'aucune autre nation, et avec plus de vérité, de conviction intime, de mépris et de froideur. Voilà qui est bien*

---

[1]. Les Belles Lettres, 2003, trad. Yves Hersant. (*N.d.T.*)

naturel, puisque la vie a beaucoup moins de valeur à leurs yeux qu'aux yeux des autres... » Il s'éclaircit la gorge, ajustant sur son nez les lunettes qui tiennent avec du scotch. « *Les classes supérieures d'Italie sont plus cyniques que toutes leurs homologues des autres nations. La populace italienne est la plus cynique des populaces (...), le cynisme est tel qu'il dépasse de loin celui de tous les autres peuples (...). On rit partout, et c'est là la principale affaire des conversations (...). Les dommages sont incalculables, qu'inflige aux mœurs cette habitude de cynisme...* » Il se gratte la tête, c'est-à-dire son chapeau. « *En ne respectant pas les autres, on ne peut se faire respecter. Les étrangers et les hommes de bonne société ne respectent autrui que pour être respectés et ménagés eux-mêmes, et ils y parviennent. On ne saurait y parvenir en Italie, car là où tout le monde est armé et combat contre tout le monde, il est nécessaire que tôt ou tard chacun se résolve à prendre les armes et à livrer bataille – sans quoi, vous trouvant désarmé et sans défense, les autres vous écrasent...* »

Il me regarde.

« Tu comprends, Attilio ? Tout est écrit ici. C'est un problème anthropologique. Qu'est-ce que tu veux que ces chevelus agités obtiennent maintenant, à part une volée de coups de bâtons de la part des CRS et des communistes, comme à Bologne ? Ils en ont après les politiciens. Et ils ont bien raison, nom de Dieu, comment pourrait-on leur donner tort ? Le pays est dévasté, l'État est corrompu, le peuple abruti. Et les politiciens, engeance infâme, obtuse et perfide, profitent de la situation. Mais les peuples et les sociétés ont l'État qu'ils méritent, sacrebleu, et donc les politiciens aussi. À quoi pourrait bien servir le fait de laisser tomber l'usine ou les études à vingt ans pour empoigner une clé anglaise ou une mitraillette ? Ce n'est pas un pays de révolutionnaires, c'est un pays d'opportunistes. Souviens-t'en. Et ceux qui tuent ou se font tuer dans l'espoir que les fameuses masses se réveillent un jour, eh bien ils rêvent. »

Il pose le livre. Se lève. Prend la cafetière. L'ouvre. La remplit d'eau et de café. L'allume.

Il retourne à la bibliothèque et, de ses mains noueuses, saisit un gros volume blanc. *Elsa Morante*, c'est écrit sur le dos, *La Storia*[1]. « Alors, voyons voir », murmure grand-père en feuilletant le livre à la recherche d'une page.

« Voilà, il fait quand il l'a trouvée. *La nature appartient à tous les vivants, elle était née libre, ouverte, et eux, ils l'ont comprimée et ankylosée pour la faire entrer dans leurs poches. Ils ont transformé le travail des autres en titres de Bourse, et les champs de la terre en rentes, et toutes les vraies valeurs de la vie humaine, l'art, l'amour, l'amitié en marchandises à acheter et à empocher* », il s'interrompt pour surveiller le café. Il reprend. « *Leurs États sont des banques d'usure, qui investissent le prix du travail et de la conscience d'autrui dans leurs sales affaires : fabriques d'armes et d'immondices, louches manigances, vols, guerres*

---

1. Gallimard, « Du monde entier », 1977, Folio, 2004, trad. Michel Arnaud. (*N.d.T.*)

homicides ! » La cafetière commence à gargouiller. « *Leurs fabriques de biens sont d'affreux Lager d'esclaves, au service de leurs profits...* » Elle siffle. « *Toutes leurs valeurs sont fausses, ces gens vivent d'ersatz...* » La vapeur s'échappe. « *Et les Autres...* » Grand-père va vers la machine. « *Mais peut-on encore croire en d'autres à leur opposer à eux ?* » Il éteint. « *Peut-être leurs falsifications resteront-elles l'unique matériau de l'Histoire future. C'est peut-être là le point crucial d'un irrémédiable non-retour, où tous les calculateurs scientifiques de l'Histoire, même les meilleurs, hélas ! se sont trompés dans leurs comptes.* » Le parfum de café remplit la cuisine. « *Le pronostic funeste du Pouvoir, bien sûr, est éludé par ceux qui, dans le poing fermé de la Révolution, cachent la même plaie infectée que le Pouvoir, niant sa malignité ! On diagnostiquait le mal bourgeois comme étant symptomatique d'une classe (et donc, une fois cette classe supprimée, le mal était guéri !), alors qu'en réalité le mal bourgeois est la dégénération cruciale, éruptive, de l'éternelle plaie maligne qui infecte l'Histoire... c'est une épidémie de peste... Et la bourgeoisie suit la tactique de la terre brûlée. Avant de céder le pouvoir, elle aura empoisonné toute la terre, corrompu la conscience jusqu'à la moelle. Et ainsi, pour le bonheur, il n'y a plus d'espoir. Toute révolution est déjà perdue !* » Il lève les yeux de la page. « Qu'est-ce que tu en penses ?

– La vache ! » je fais.

Il sort deux tasses du buffet. Y verse le café.

« Le problème, c'est l'homme, nom de Dieu. L'homme et sa faim de pouvoir. Et bien sûr, si l'homme est italien, c'est encore pire. Un vrai cancer.

– Et si on se rebelle parce qu'indépendamment de savoir comment sont les Italiens, on se résigne pas à une vie comme ça ? je lui demande.

– Ah, eh bien c'est différent. C'est pas une question de révolution, mais de dignité individuelle. »

Il me tend une tasse.

« Quoi qu'il en soit, il me sourit, il vaut toujours mieux réussir à vivre dignement plutôt que mourir dignement. Pour ça, il y a le temps. Surtout à ton âge et ou à celui d'Alice. »

39.
Dans le train

Dans le train qui nous conduit à l'école, Mollo et moi on révise les maths. Ou du moins, Mollo révise les maths. Moi je fixe les caractères imprimés dans le livre de maths et je pense à Margherita. Franz, lui, est plongé dans la lecture de *L'Écho des savanes*. Une matinée comme une autre. Le soleil orange suspendu par-delà les vitres. Le contrôleur qui arpente les couloirs pour trouver des Portugais. Les éternuements mêlés de gloussements qui viennent surtout des places majoritairement féminines. Sur le siège qui me fait face, quelqu'un a écrit au feutre SOYEZ GENTILS, ENVOYEZ-LES CHIER. J'essaie de me concentrer sur les logarithmes. Puis je lève à nouveau les yeux et je vois que Franz a levé les siens de son *Écho des savanes*, il regarde un type grand et gros en survêtement bleu de la section Sport Études, qui serre contre lui une fille plutôt canon en survêtement bleu de la section Sport Études. Tous les deux, assis de l'autre côté du couloir aux mêmes places que nous, voyagent avec des tas de gros sacs bleus marqués section Sport Études. Ça doit être des gens de la section Sport Études, j'en déduis. Mais pourquoi Franz ne lâche pas des yeux le type grand et gros en survêtement bleu de la section Sport Études ? Ma foi, je me dis. Il doit aimer les survêtements bleus de la section Sport Études et il est en plein trip inscription à la section Sport Études. Je reviens à mon livre. Mais la seule chose à laquelle j'arrive à penser est que si je n'arrive pas à rencontrer Margherita avant la fin de l'année scolaire, l'année prochaine elle sera à Turin, à l'université. Et c'est seulement si elle décide d'être dentiste comme son père que j'aurai la possibilité de la revoir, étendu dans le fauteuil de son cabinet. Du genre elle qui attrape sa perceuse et qui me fait *Ouvrez la bouche s'il vous plaît,* et quand elle verra tout ce tartre et toutes ces caries elle poussera un grand *Ooohhh* et

« Et ALORS ? » hurle Franz au type grand et gros en survêtement bleu de la section Sport Études. « Qu'est-ce que t'as à me regarder, BORDEL ? »

Le type grand et gros en survêtement bleu de la section Sport Études s'apprête à ouvrir la bouche mais Franz ne lui en laisse pas le temps.

« Qu'est-ce que t'as à me regarder, BORDEL, hein, TÊTE DE MERDE ? il lui fait, toujours en hurlant. Moi, PERSONNE ose me regarder ! T'as compris, ATHLÈTE DE MES COUILLES ?

– Mais c'est toi qui me regardais, lui répond calmement le type grand et gros en survêtement bleu de la section Sport Études.

– Et t'as pas intérêt à ME RÉPONDRE MAL, dans ton survêt de TARLOUZE ! » braille Zazzi. Héroïque, il retire

159

son Perfecto et le T-shirt avec écrit dessus au stylo à bille VAINCRE OU MOURIR, l'équivalent pour lui du casque en bronze et de la cuirasse que devait porter le fier Hector, et se *jette* littéralement sur l'autre.

Tout se passe si vite que sur le moment personne ne peut intervenir. Torse nu, Franz agite les mains, grince des dents et en même temps ricane avec un regard fou d'assassin. Il est dans son élément. Le type grand et gros en survêtement bleu de la section Sport Études ne dit rien mais cogne dur en visant le nez et sous la ceinture. À la deuxième ou troisième tentative, un de ses coups au visage met dans le mille. Zazzi commence à saigner. Deux filles leur hurlent d'arrêter comme des hystériques. Mais à la vue du sang, l'ardeur épique de Franz redouble.

« CONNARD ! Tu m'as fait SAIGNER ! T'es un homme MORT ! OUAH ! » il hurle, pendant que l'autre le roue de coups.

« Le contrôleur ! Le contrôleur ! Que quelqu'un appelle le contrôleur ! » couine la fille plutôt canon en survêtement bleu de la section Sport Études.

« Ferme ta GUEULE, espèce de CONNASSE ! » Zazzi trouve le temps de hurler tout en encaissant un autre direct à l'arcade sourcilière et en entraînant son adversaire sur le sol du wagon.

Franz a le visage et la poitrine couverts de sang. Cette fois il a vraiment trouvé son Achille au poing rapide. Je laisse tomber les logarithmes et j'essaie de séparer les deux combattants.

« LAISSE-MOI ! me fait Zazzi. Celui-là je vais le BOUFFER ! »

Le type grand et gros en survêtement bleu de la section Sport Études lui flanque un coup précisément sur la bouche. La lèvre de Franz éclate.

« AH AH AH, il ricane. Tu sortiras pas vivant de ce PUTAIN de train ! » il grommelle, avec le sang qui éclabousse son jean flingué. Il attrape les cheveux de l'autre et tire de toutes ses forces.

Par chance, on arrive à notre station à ce moment-là.

« Franz ! On descend ! » je lui dis.

Le contrôleur fait alors son apparition. Ils se séparent. Zazzi a le visage en sang.

« C'est juste une avance, FILS DE PUTE ! » il rugit en ramassant sac, Perfecto, T-shirt et exemplaire de *L'Écho des savanes*. « Si je te chope, tu vas morfler pire qu'aujourd'hui, ta copine te RECONNAÎTRA MÊME PLUS ! »

Le type grand et gros en survêtement bleu de la section Sport Études ne répond pas.

On descend. Franz semble un rescapé de la guerre des Gaules. Torse nu malgré la température et avec le sang qui lui coule de la lèvre et du nez, il donne des coups de poing à la vitre derrière laquelle se trouvent les deux élèves de la section Sport Études.

« T'as eu du BOL que j'aie dû descendre, il hurle, sinon je te faisais un cul COMME ÇA, sac à merde ! »

Puis, heureusement, le train repart et, isolés des autres élèves, on se dirige vers l'école.

« Qui c'était, celui-là ? lui fait Mollo.

– Qu'est-ce que j'en sais ? » répond Franz. Il renfile T-shirt et blouson, essuie le sang sur son visage avec un mouchoir sale.

161

– Il te regardait mal ? je lui demande.

– Sans blague ?

– Et alors pourquoi tu lui as sauté dessus comme ça ?

– Bof », il hausse les épaules.

Sacs sur l'épaule, on traverse les voies. Je regarde à droite et à gauche, devant et derrière nous. Personne.

« C'est qu'à force, prendre ce foutu train tous les matins, ça me GAVE », fait Zazzi en s'allumant une cigarette. Homérique.

40.

Monsieur Stanko

Je rentre à la maison de retour des champs, et je trouve dans la cuisine monsieur Stankovic, Stanko pour les amis. Monsieur Stanko est un gitan. De temps en temps, il débarque dans le village avec son triporteur Piaggio en ruine pour vendre sa camelote. Genre une ou deux fois par an. Monsieur Stanko est plutôt vieux. Très bronzé. Couvert de rides. Avec plein de dents en or. Impossible de lui donner un âge précis. Papa le revoit toujours avec plaisir. Et si on est dimanche et qu'il n'est pas à l'usine, comme aujourd'hui, il met de côté ses cages à oiseaux et le fait entrer dans la maison. Puis il lui offre le café et lui achète quelque chose. Un seul patin à roulettes, parce que l'autre est perdu. Deux raquettes de ping-pong et le filet qui va avec, mais de volley-ball. Une pendule à coucou cassée, mais réparée par monsieur Stanko lui-même : et donc avec une souris en plastique gris à la place du petit oiseau. En revanche, ma mère n'aime pas monsieur Stanko. Elle prétend que même s'il faut se comporter de façon charitable, comme le dit don Curio, un gitan reste un gitan. De plus, celui-ci est musulman. Et il pue.

« Bonjour, monsieur Stanko », je dis, en m'asseyant à table.

Monsieur Stanko me sourit et me salue d'un signe de la main. Il sait seulement dire *Schersuma nen*, qui signifie en italien *Soyons sérieux*. Pour le reste, il parle une langue bien à lui, parfaitement incompréhensible, où on arrive parfois à distinguer des mots comme *Zorro* ou *Rintintin*. Je pense que monsieur Stanko regarde les émissions pour les enfants à la télévision pendant son temps libre. Papa et lui communiquent par gestes. Ils prennent le café sous le regard hostile de ma mère. Qui, avec alcool et chiffon, nettoie sur-le-champ de peur que notre invité contamine toute surface touchée. Quand monsieur Stanko finit son café, elle lui prend la tasse des mains et la jette directement à la poubelle. Monsieur Stanko lui sourit. Comme ma mère fait ça à chaque fois, il croit sûrement que c'est une coutume indigène. Ou du moins de notre tribu. J'allume la télé. Sur la une, il y a déjà les variétés du dimanche après-midi. Je mets aussitôt sur la deux. Là, c'est encore le journal.

« *Affrontements violents à l'université de Turin entre les autonomes et le service d'ordre du parti communiste.* »

Ma mère fait signe à monsieur Stanko d'enlever son coude de la table.

« *Hier, au terme d'une manifestation antifasciste, les étudiants inscrits à la Fédération des jeunes communistes italiens avaient été chassés de l'assemblée générale réunie suite au cortège par des autonomes armés de barres de fer. »*

Il regarde sans comprendre mais obéit.

« Aujourd'hui, devant le bâtiment qui accueille les facultés de sciences humaines, les autonomes ont trouvé de nombreux membres du service d'ordre du parti communiste qui les attendaient sur les marches du portail de l'université et les ont chargés. Intervention immédiate des forces de l'ordre », poursuit la télévision tandis que ma mère s'active. Un jet d'alcool. Un coup de chiffon.

Monsieur Stanko adresse à ma mère un de ses sourires dorés. Puis il sort d'une poche un tube pour faire des bulles de savon. Il fait des gestes pour dire que c'est pour elle, un cadeau. Pas d'argent, il le lui offre.

Elle secoue la tête et continue à frotter.

Monsieur Stanko ne se décourage pas. Il sort d'une autre poche une balle magique, de celles qui rebondissent partout quand on les lance par terre.

Elle secoue la tête et continue à frotter.

« Dans le même temps à Padoue, l'université a dû interrompre les cours, tandis qu'à Pérouse les facultés de sciences humaines sont occupées. »

Monsieur Stanko réessaie. Il sort d'une troisième poche une montre de femme. On dirait de l'or, comme ses dents.

Elle pose sur la table alcool et chiffon et l'examine de près. Allez savoir pourquoi, elle décide de l'accepter. Monsieur Stanko fait une demi-courbette en portant la main à la poitrine. Papa sort son portefeuille. Mais monsieur Stanko l'arrête, faisant non de la tête.

« *Schersuma nen* », il fait, remettant les coudes sur la table. Ma mère s'apprête à dire quelque chose. Puis hésite. Enfin sort de la cuisine et se glisse dans le débarras.

« *À Rome, on attend pour les prochains jours le verdict dans l'affaire Mantakas, l'étudiant du MSI assassiné.* »

Quand elle revient, montre au poignet, elle serre dans la main une bombe de Raid.

41.

La horde sauvage

On est assis dans la salle de sciences. La salle de sciences est une pièce humide aux murs couverts de moisi. On est descendus ici pour le ciné-club. Franz est armé. Il tient dans son dos une baguette de bambou qui fait plus d'un mètre de long.

« C'est quoi, ce truc ? » je lui demande. Comme d'habitude, on s'est installés au fond de la classe. Aujourd'hui, plus qu'elles ne grognent, bêlent ou piaillent, nos camarades féminines hululent littéralement. Allez comprendre les filles.

« Quoi ça ? il ricane.
– La baguette.
– Quelle BAGUETTE ?
– Cette baguette.
– Je vois aucune BAGUETTE », il me fait.

À côté de nous, Mollo lève la tête de sa liste des Meilleurs Magasiniers de la Juventus de Tous les Temps et fixe un instant les nichons de Gina. Un signe de normalité assez inquiétant, le connaissant. *Eh*, j'ai envie de dire à Franz, *vise un peu Mollo*, mais je n'ai pas le temps. Sous le drap blanc sale et à moitié déchiré qui, d'après le technicien de l'école, est censé servir d'écran, Cavalla prend la parole.

« Les enfants, n'oubliez pas que si aujourrrd'hui il y a des ciné-clubs, c'est parrrce que moi, contrrrairrrement à vous, j'ai fait mai 68. Mais assez de désorrrdrre, autrrrement on rrretourrrne tout de suite en classe, menace-t-elle. Surrrtout toi, Zazzi !

– MOI ! s'insurge Franz qui, de fait, ne dérangeait encore personne.

– Oui, toi ! Prrécisément toi ! » le désigne-t-elle, tandis que nos camarades de classe continuent imperturbablement à hululer en se passant de main en main quelque roman-photo. Les romans-photos sont l'équivalent féminin de *Playboy*. En moins chaste.

« Mais j'ai RIEN fait, moi, lui dit Franz.

– Ne me prrrends pas pourrr une idiote », elle coupe court.

Le technicien s'approche de Cavalla et lui murmure quelque chose.

« Les enfants ! » Elle essaie de se faire entendre. « Malheurrreusement il y a un changement de prrrogrrramme. Au lieu de *Butch Cassidy et le Kid*, nous aurrrrons *La horrrde sauvage*, film que je ne connais pas, perrrsonnellement.

– Mais madame ! couine Sardella. On voulait voir le beau Robert Redford, nous !

– Et le super-beau Paul Newman, ajoute Urru, la bave aux lèvres.

– Moi aussi », admet la Cavalla en arborant un sourire tellement immonde que Robert Redford et Paul

Newman, à choisir entre elle et une mule, choisiraient sûrement la mule. « Mais on ne trrrouve pas le film, alorrrs rrregarrrdons celui-là. »

Murmures de déception dans l'assistance. Les lumières s'éteignent. Le rayon lumineux du projecteur derrière nous fend l'humidité de la salle et atteint le soi-disant écran. Le générique de début part, défilant à l'envers. Toujours la même histoire. Pas une fois le technicien ne réussira à faire quelque chose de technique.

« BOUH ! » hurlent les filles.

Franz lance un coup de sifflet mortel, l'index et le pouce de la main droite dans la bouche.

« Mollo, arrête ça », je crie.

Mollo essaie de me donner un coup de pied, mais il tape dans le vide. Le projecteur s'éteint. Se rallume. S'éteint à nouveau. Puis, alors que Franz s'apprête à donner un coup de baguette sur la tête de Mastrullo, il se rallume. Et cette fois-ci le film part dans le bon sens.

Au début, quand les enfants torturent le scorpion, Franz s'amuse à glisser la baguette, ou du moins son ombre, dans le derrière des acteurs. Suivent protestations et éclats de rire. Mais après vient la scène du hold-up. Et la violence bestiale qui se dégage de l'écran fait taire les filles et freine même Franz, qui jette le morceau de bambou et se met à fixer avec fascination les corps frappés par les balles qui tombent au sol au ralenti. Total : pour finir, tous les deux, on regarde le film en silence, faisant férocement taire les inconscientes qui osent déranger de temps en temps. Et quand les bandits se préparent à mourir contre tout et tous, que William Holden dit aux autres *Allons-y* et qu'ensemble ils vont sauver l'ami torturé et affronter toute l'armée mexicaine, on est vraiment sciés.

Une fois que les lumières se rallument, Franz reste comme ça une éternité. Je regarde régulièrement autour de moi et je découvre que la salle s'est vidée. Puis il se reprend et il fait :

« Bestial, nom de Dieu : SI J'AVANCE SUIVEZ-MOI, SI JE RECULE TUEZ-MOI, SI JE MEURS VENGEZ-MOI ! Comme la Division Folgore à El Alamein ! C'est comme ça qu'on doit partir ! Debout, en regardant la mort en face, comme des HOMMES, OUAH ! »

Soit, dit à la manière Zazzi, ce que je pense plus ou moins moi aussi.

42.

Sport

Étant donné que Mollo, Franz et moi, on est les seuls garçons de la classe, on doit faire du sport avec ceux de troisième. Normal qu'au début ils aient pensé passer l'année à nous faire faire le *saltino* dans les vestiaires. Mais l'un d'eux a dû assister à la scène de Zazzi aux prises avec la bande Berta. C'était le troisième jour d'école et j'avais presque réussi à atteindre l'entrée sain et sauf quand une des trois armoires à glace en blouson d'aviateur m'a ordonné de m'arrêter. *Eh, toi ! Fais le* saltino *!* a beuglé un des Berta. *C'est quoi, ça, le* saltino ? j'ai risqué pour gagner du temps. Ils se sont regardés, incrédules. *Essaie pas de faire le malin, minus*, m'a averti un deuxième Berta, *et bouge-toi un peu*. Il faut vraiment qu'ils aient besoin de se défouler, je me suis dit. *Si tu fais pas le* saltino, *tu vas morfler*, a ajouté le troisième Berta. Mais à ce moment-là, Zazzi est sorti du café. Regard bleu fou. Grain de beauté poilu. Perfecto noir. Jean flingué. T-shirt avec écrit dessus au stylo à bille BEAUCOUP D'ENNEMIS BEAUCOUP D'HONNEUR. Et facilement deux cigarettes, l'une allumée à la bouche, l'autre éteinte sur l'oreille. *Matez-moi un peu ces héros de* MERDE, *trois gros costauds contre un petit tout maigre. Pourquoi vous essayez pas de me le faire faire à moi, le* saltino, *hein,* TÊTES DE NŒUD *?* Il ne leur a pas laissé le temps de réfléchir et de répondre. Il a retiré Perfecto et T-shirt et, torse nu, s'est jeté sur eux tête baissée, donnant des coups avec son sac de livres tel le fier Hector avec son épée. Total : depuis ce jour-là, on est amis. Et avec la bande Berta, plus de problèmes.

Mais aujourd'hui, ceux de troisième ont massivement séché, il paraît qu'ils avaient un devoir de chimie. Et du coup on est les seuls à se présenter au gymnase. Le prof, musclé et bronzé, ressemble aux acteurs porno des magazines de Zazzi. Assis sur un banc, il lit la *Repubblica*. « Scandale Lockheed : La Malfa et Craxi sauvent Rumor », c'est écrit en première page. Il ne lève même pas les yeux du journal.

« Faites vingt tours pour vous échauffer, il grommelle.

— Vingt tours ? proteste Mollo. Mais monsieur, c'est trop !

— Secoue-toi, GROS TAS ! lui fait Zazzi. Comme ça tu perdras peut-être quelques grammes. »

On commence à courir. Franz essaie de faire un croche-pied à Mollo. Mollo râle. Je rigole. Le prof continue à lire. À la moitié du deuxième tour, Mollo ralentit. Au début du troisième, il met les mains sur les hanches. Peu après, il s'arrête près d'un ballon de volley.

« Pourquoi on joue pas un peu au foot ? » il propose.

Franz se jette sur la sphère de cuir blanc. Il frappe violemment du pied droit et touche Mollo en plein ventre.

« Aïe ! se plaint ce dernier. Ça va pas, non ? T'es fou ? »

Le ballon m'arrive. Je le contrôle du pied gauche et je l'envoie sur la tête de Franz. Mais il saute à contretemps et manque complètement la balle. Mollo essaie alors de s'en emparer, mais Franz lui tombe dessus.

« OUAH ! » il hurle, et il le frappe furieusement. Le ballon jaillit comme un missile et fait SBAM sur le mur à côté de l'espalier. Plein de débris en tombent. C'est à ce moment-là que le prof se souvient de nous.

« Les enfants, arrêtez ça tout de suite. Ou je vous colle un zéro et vous allez vous rhabiller ! il crie. Je vous ai dit de faire vingt tours, pas de jouer au football. Vous ne pensez qu'au football, à rien d'autre ! Et puis on ne joue pas avec les ballons de volley, ça les abîme ! Vous le savez très bien ! »

Mollo s'apprête à dire quelque chose.

« Et je ne veux rien savoir ! » l'arrête le prof.

On recommence à courir. Zazzi essaie à nouveau de faire un croche-pied à Mollo. Mollo râle. Je rigole. Le prof se replonge dans son journal. Il a tourné la page. *La défense de Moro : la DC est sacrée*, je lis en passant près de lui. Mais après un demi-tour, Mollo tire à nouveau la langue. Et peu après il s'arrête, plié en deux. Franz me regarde en ricanant. Il va vers le ballon. L'attrape d'une main. Revient. Le pose par terre comme s'il devait tirer un penalty. Puis s'éloigne. Prend beaucoup d'élan. Et, en regardant vers Mollo, frappe le ballon du pied droit avec une violence hallucinante. Mais au lieu de toucher Mollo, le ballon s'envole et va s'écraser sur le panneau de basket. Un BOUM terrifiant résonne dans le gymnase.

C'est comme une explosion. Le panneau tremble. On dirait qu'il va tomber. Il tombe, même. CRASH ! Un coup mortel. Instinctivement, on courbe l'échine. On se tourne vers le prof. *La DC resserre les rangs autour de ses hommes : nous n'accepterons pas d'être jugés par les manifestants*, c'est écrit dans le journal. Mais lui ne bronche pas, étrangement.

43.
Une question de méthode

« Vois-tu, estimé confrère, tout est une question de MÉTHODE », explique Franz à Mollo, tirant à fond sur un joint de compétition.

Vautrés dans la chambre de notre hôte sur une moquette qui fut peut-être immaculée autrefois mais est plutôt dégueu à présent, on discute du concept d'études en général au lieu de nous consacrer comme prévu à réviser l'histoire et l'enlèvement des Sabines. La stéréo vomit tant bien que mal le *School's Out* d'Alice Cooper. La télé diffuse des images d'affrontements sans le son. Hier soir à l'heure du dîner, j'ai entendu qu'un étudiant de Lotta Continua avait été accidentellement tué par la police à Bologne.

« Je m'explique : IMMOLER tant d'après-midi de notre seule et unique adolescence au TOTEM des études, est... comment dire ? UNE CONNERIE, mon cher Mollo. Tu en conviens, Attila ?

– J'en conviens », je dis, en regardant l'écran noir et blanc où défilent des blindés et des gros pavés.

« Mais Cavalla a dit à mes vieux que si je me

bouge pas un peu ce trimestre, elle me plante..., geint Mollo.

– Qu'est-ce que ça peut te foutre ? TÊTE DE NŒUD. » Les paroles de Franz résonnent comme un concentré de sagesse. « Enfin, bouge-toi sans te bouger. Tu me suis ?

– Plus ou moins », fait Mollo en haussant les épaules.

Franz lui souffle un nuage toxique au visage. Puis, se tournant vers moi, il affirme : « Comme d'habitude, l'estimé a compris QUE DALLE. » Il se lève, bâille, s'étire, se gratte les couilles, renifle ses aisselles, marmonne un « PUTAIN, l'ambiance », puis se rassied, satisfait. Et, d'un ton académique, s'adresse à nouveau à notre disciple : « Tu vas voir. Avant tout, si jamais j'étais à court de shit, que l'électricité était coupée et que, sans la stéréo, je pouvais plus écouter ZOB, pour apprendre quelque chose, plutôt que d'étudier ces MERDES qui nous niquent les neurones, je lirais soit *Mein Kampf* soit Charles Kubowski.

– Qui ça ?

– TU SAIS PAS qui est Charles Kubowski ? s'indigne Zazzi.

– Non, admet Mollo.

– Attila, tu te rends compte ? Ce PAYSAN sait pas qui est Charles Kubowski !

– À vrai dire, moi non plus », je dis, pendant qu'à la télé les affrontements s'intensifient.

Zazzi se jette sur son bureau, couvert d'une montagne de trucs. Volent par terre un avion de chasse nazi couleur kaki échelle 1/48, une chaussette de sport crasseuse, trois canettes de bière vides, un T-shirt froissé avec marqué au stylo-bille LA CHARRUE TRACE LE SILLON MAIS L'ÉPÉE LE DÉFEND, un paquet de Marlboro vide, deux paquets de papier à rouler Rizza, un album de Kiss, un bic couvert d'encre, un *Fluide glacial*, le manuel de sténographie intact et un exemplaire tout froissé de *Hustler*. Avant que n'apparaisse entre les mains de Franz un livre de poche Feltrinelli. Charles Bukowski, je lis sur la couverture : *Contes de la folie ordinaire*.

« OUAH ! exulte Franz. Celui-là c'est un GÉNIE ! Il fout jamais RIEN, nique comme un TARÉ, boit comme un TROU et il est toujours aux courses de CHEVAUX ! Un type DÉMENT ! Complètement FAIT ! Totalement CONTRE LE SYSTÈME ! BESTIAL ! »

Il me lance le livre. Je l'ouvre. Je remarque la dédicace : *À Linda King, à qui je dois tout et qui le reprendra en se tirant.*

« Lisez et diffusez, ricane Franz. C'est autre chose que cette tapette d'Hermann Hesse ! Et pour ce qui est du sexe et de la violence, ça écrase cette redoutable DAUBE qu'est *Moi, Christiane F., 13 ans, droguée, prostituée*, nom de Dieu !

– Oui, mais je lui raconte quoi, moi, à Cavalla, sur l'enlèvement des Sabines ? pleurniche Mollo.

– Alors : il y a une méthode essentielle, enfin y en a deux. Ouvre tes oreilles, pauvre Dumbo salésien, et agis en conséquence. Méthode Numéro Un, à savoir celle de notre estimé confrère Attila ici présent. Réviser, jamais. Mais tu fais attention en cours et tu te souviens de ce qu'a raconté cette CONNASSE. Économie d'énergie considérable. Bien sûr, il faut se casser le cul et se FARCIR les CONNERIES qui sortent de cette bouche d'ÉGOUT. Tu confirmes, estimé confrère ?

– Je confirme.

– Méthode Numéro Deux, c'est-à-dire la mienne. Réviser, jamais. Et tu fais même pas attention en cours. Tu t'occupes directement de TES affaires. Économie d'énergie radicale. Et en plus tu as la science infuse puisque, pratiquement, ATTENDU que de toute façon pendant que cette CHIENNE explique, toi, en classe, tu y es, même PHYSIQUEMENT, et du coup, inévitablement, quelque chose finit bien par rentrer. Enfin, pour dire les choses simplement, selon les théories jungiennes, tu fais inconsciemment travailler ton subconscient. À ne pas confondre avec l'inconscient, qui est l'endroit d'où viennent toutes les perversions SEXUELLES. C'est clair ? »

Mollo le regarde, perplexe. Alice Cooper cesse de vomir. Zazzi monte le volume de la télé.

« *Suite aux violentes manifestations qui ont eu lieu à Rome aujourd'hui après la mort de Francesco Lorusso, le militant d'extrême gauche qui a perdu la vie hier à Bologne, dans un affrontement avec les forces de l'ordre intervenues pour empêcher que ne dégénèrent les bagarres entre les étudiants du soi-disant Mouvement et ceux de Communion et Libération, le ministre de l'Intérieur Francesco Cossiga a déclaré qu'on assistait à un projet criminel et organisé de guérilla urbaine.* »

« LA VACHE ! éclate Zazzi. Vous imaginez LE PIED, être là à se fritter avec les CRS ! »

« *Piazza del Popolo, des groupes d'autonomes, les mêmes qui peu auparavant avaient pris pour cible le siège de la Démocratie chrétienne piazza del Gesù, ont lancé des cocktails Molotov sur la caserne des carabiniers, puis donné l'assaut à deux postes de police, à la rédaction du journal* Il Popolo, *à l'ambassade du Chili près le Saint-Siège, à des banques et des concessionnaires Fiat. Cent vingt-six jeunes ont été arrêtés, dont trente et un incarcérés. Concernant ces événements, d'importants représentants du parti communiste ont exprimé leur solidarité envers la Démocratie chrétienne, parlant de troubles manœuvres antidémocratiques...* »

« PUTAIN DE COMMUNISTES ! commente Zazzi. Ils se CHIENT dessus, les lâches. »

Puis il éteint le tube cathodique et met un disque d'Iggy Pop and the Stooges. Encore et toujours *No fun, my baby, no fun.*

44.

Chère Alice

Chère Alice, j'écris, super merci pour ta lettre ! Je l'ai trouvée qui m'attendait la semaine dernière en rentrant de l'école, et c'était pas exactement comme de te voir toi, mais c'était déjà quelque chose.
Le magazine que tu m'as envoyé, Alter Alter, *c'est vraiment le super-pied, et cet Andrea Pazienza m'a l'air bestial, comme dirait un gars que je connais. Je sais pas pourquoi, mais il m'a vachement donné envie de jouer de la batterie. Dommage que j'aie été enlevé par un commando d'exercices de maths. T'imagines pas comme c'est la plaie, cette foutue comptabilité. En classe, on est trois garçons contre un tas de filles (l'une plus moche que l'autre, à part Gina, mais elle me plaît pas. Enfin si, elle me plaît, mais je suis déjà engagé avec l'autre, même si elle le sait pas encore). Les matières sont nulles (sauf italien, histoire et anglais). Et le prêtre qui nous fait religion est un fanatique. Le seul côté positif de l'affaire, c'est qu'au moins, chez nous, y a pas tous les minets dont déborde le lycée d'à côté. Ils se la pètent à mort, cocos ou fachos c'est*

pareil. Quand on les croise à la gare ou avant d'entrer à l'école, ils nous regardent de haut comme s'ils étaient déjà avocats ou notaires dans l'étude de papa. Si je me dis qu'en principe, après les études je devrais me retrouver derrière un guichet à compter leur fric, ça me fait trop mal. Mais je ferai sûrement autre chose. J'espère.

Ma foi. Si je t'écris un secret, tu le garderas ? Il y a quelques mois, à la fin des cours, je suis entré dans le lycée pour accompagner Franz, ce gars qui est en classe avec moi et qui n'est pas exactement un camarade du Parti mais il est tellement fou que je l'aime bien. Bon, lui, il allait en cours là, l'année dernière, et il devait revoir quelqu'un. Enfin, il voulait surtout le cogner, mais peu importe. Total : j'étais là, sur les marches et d'un coup j'ai vu la fille du dentiste. Belle, mais belle : j'ai cru que j'hallucinais. Mais non. Le problème, c'est que c'est la fille du dentiste, justement, et elle va au lycée, elle est même en terminale. Tu imagines si elle va sortir avec quelqu'un comme moi. Mais j'arrive pas à l'oublier.

Mais ça suffit. Je crois que je t'en ai déjà trop dit. Maintenant je vais faire mes exercices de maths et puis je relirai Alter Alter. *Ou mieux : d'abord je relis* Alter Alter *et ensuite je ferai les exercices de maths. Ou bien je relis* Alter Alter, *je tape un peu sur mon baril de Dash et les devoirs, je les ferai demain matin. À l'aube. Tu te souviens quand on se réveillait avant six heures pour sortir le chien avec papa ? Écris-moi vite ! Je t'embrasse, Attila.*

45.
À la chasse

La plaie. Il se passe jamais rien ici. Pour changer, je vais dans les champs. Voir mon chêne.

La chasse, papa a jamais voulu nous y emmener pour de bon, Alice et moi. Il a toujours eu peur que quelque chose arrive, comme de se faire tuer par une balle perdue d'un autre chasseur. Moi j'aurais donné ma main droite pour pouvoir tirer avec son Remington automatique à cinq coups. Parfois, quand il était au travail et ma mère à l'église ou à une de ses réunions, je le sortais de son étui en cuir marron rangé derrière l'armoire de leur chambre à coucher et j'épaulais, caressant la culasse en bois, l'extrémité en caoutchouc et le canon métallique. Il avait une bonne odeur d'huile, le fusil de papa. Il l'a toujours bien entretenu. Même pendant les mois de fermeture de la chasse, il le sortait de temps en temps et il le nettoyait de fond en comble. Mais quand j'épaulais en cachette avec le Remington, je touchais jamais la détente. *On ne joue pas avec les armes et la détente, on ne l'effleure même pas*, je sais pas combien de fois papa nous l'a répété, à Alice et à moi. Total : pour moi, amener le chien au dressage pendant les mois de fermeture de la chasse était la chose qui s'approchait le plus d'aller chasser pour de bon. Et chaque fois qu'on était en vacances et que papa prononçait la phrase type : *Demain matin à l'aube, je vais faire un tour dans les champs avec Tom, qui veut venir ?* j'y réfléchissais pas à deux fois avant de me joindre à eux, même s'il fallait se lever à six heures. Alice, elle, hésitait un peu avant de se décider. Elle a toujours aimé dormir. Et donc, le lendemain matin, quand papa nous réveillait, il faisait encore nuit. Et quand il allumait la lumière de la cuisine, Tom se mettait à aboyer comme un fou. Au bout d'un moment, on était prêts, avec bottes, pantalons en velours, sandwichs au Nutella dans la sacoche et tout. Et quand papa lui mettait la laisse dans la cour, Tom commençait à tirer comme un forcené. Un truc à s'étrangler tout seul.

Et puis, tous les quatre, Tom, papa, Alice et moi, on traversait à pied le village encore endormi. Et on se retrouvait en pleine campagne, avec l'herbe mouillée jusqu'au genou. Alors papa détachait la laisse du collier de Tom, et Tom glapissait de joie. Pour nous remercier de l'avoir emmené en promenade, il se mettait à aboyer et à courir en rond autour de nous, comme un Apache. Après quoi papa lui disait *Allez, Tom, cherche !* Et alors Tom se calmait et commençait à renifler dans l'herbe à droite et à gauche, s'éloignant dans une direction et disparaissant derrière un taillis avant de revenir sur ses pas, regarder papa comme pour dire qu'il n'avait rien trouvé, et tout de suite après repartir, toujours guidé par son flair. Parfois il partait si loin qu'il était impossible de le suivre. Papa sortait de sa veste de chasse un sifflet long et étroit, qui émettait des sons tout aussi longs et tout aussi étroits, et au bout d'un moment Tom débouchait d'un taillis ou d'un champ de blé, souvent du côté opposé à celui où on l'avait vu la dernière fois. Le mieux, c'était quand il repérait un oiseau invisible pour nous et soudain s'arrêtait, la patte droite suspendue en l'air et la queue dressée, et papa nous faisait signe de nous taire, à Alice et à moi, autour de nous la campagne semblait se pétrifier dans un silence complet. Tom immobile regardait l'herbe devant lui. Immobile, papa regardait Tom immobile et l'herbe devant Tom. Immobile, Alice regardait papa et Tom et l'herbe devant Tom. Immobile, je regardais Alice, papa, Tom et l'herbe devant Tom. Jusqu'à ce que Tom fasse un bond en avant et que quelque chose jaillisse de l'herbe devant lui. Alors Tom sautait, convaincu d'avoir des ailes lui aussi, retombait à terre et se tournait vers papa comme pour dire *Mais pourquoi tu tires pas ?* et papa s'exclamait *Une perdrix !* ou bien *Une caille !* ou encore *Un faisan !* et il se baissait pour caresser Tom en lui disant *C'est bien, mon chien, c'est bien*, et le chien remuait la queue et glapissait à nouveau de joie, même si on voyait bien qu'il continuait à se demander pourquoi papa n'avait pas sorti son Remington au bon moment et tiré.

Plus tard, au premier cours d'eau qu'on croisait, Tom courait se désaltérer. Et tandis que papa fumait une cigarette, Alice et moi on en profitait pour manger nos sandwichs au Nutella. On était tous les trois assis sur l'herbe, qui avait un peu séché entre-temps avec l'apparition du soleil. De retour de ses ablutions, Tom se secouait à bonne distance, pour ne pas nous éclabousser. *C'est bien, mon chien*, lui répétait papa. Et lui nous faisait comprendre du regard qu'il était temps de se lever, il était impatient de repartir.

Un jour, papa s'est aperçu que Tom, qui était né la même année qu'Alice et souffrait depuis longtemps de rhumatismes, était devenu aveugle. Un matin, à la chasse, il avait grimpé sur un arbre pour suivre une proie et n'avait plus réussi à redescendre. Papa avait posé le fusil par terre et l'avait pris dans ses bras pour l'aider. L'après-midi, le vétérinaire avait dit que Tom était vieux et qu'on ne pouvait pas l'opérer.

Deux mois plus tard, papa a vendu le Remington et rendu son permis de port d'armes. Peu après, il a fait abattre Tom. C'est alors qu'il a commencé à construire des cages à oiseaux. Et qu'on a arrêté de se lever tôt les matins d'été pour aller dresser le chien.

46.
En boîte

Samedi après-midi. Je regarde ma montre. Quatre heures. Franz et moi, on est en boîte. La boîte du village. Sur la piste, je compte sept filles et autant de garçons. Qui ont tous leur moto garée dehors. Ce qui explique qu'ils dansent et nous pas. Les enceintes au-dessus de nos têtes diffusent à plein volume des chansons des Bee Gees. Vautré sur le divan à côté de moi, Franz vient de s'envoyer un whisky et dort. Hier, il a séché et il est allé à Turin pour *choper un peu de shit, du bien costaud, nom de Dieu*. Il en a visiblement trouvé, puisqu'il a passé la matinée à rire bêtement et, quand Cavalla l'a appelé au tableau, il s'est mis à marmonner quelque chose au sujet des première, deuxième et troisième guerres *tuniques*, et à jurer que le chef des Carthaginois était *un certain Cannibale*, pour finir en beauté avec *l'enlèvement des Sardines* et les *Fourches bovines*, toujours en riant bêtement. Pour sa part, Cavalla n'a pas ri du tout. Pas même quand Franz a essayé de se sortir du méli-mélo qu'il avait fait entre Odoric, Théodoric et Odoacre en inventant un *Théodoacre*.

Sur la piste, les mecs se la jouent méchamment. Ils portent tous des Levi's. Et ils essayent de copier les mouvements de John Travolta dans *La fièvre du samedi soir*. Séduites, les filles sourient. Par chance, aucune d'elle n'est Margherita. Je crois pas que je supporterais de la voir danser avec un autre. Même si elle le fait forcément, peut-être dans une boîte de Turin. Et pas le samedi après-midi. Moi, je suis incapable de danser. Je viens jamais ici. Je me demande ce que je suis venu y faire aujourd'hui. C'est Franz qui a insisté. Incapable de danser lui aussi. Et d'ailleurs il est en train de ronfler, si je ne m'abuse.

Je lève les yeux. Soudain je m'aperçois que quelqu'un arrive vers nous depuis le bar. J'essaie de voir qui c'est, mais c'est pas facile, avec les lumières stroboscopiques dans les yeux. Je porte la main à mon front, comme pour me protéger du soleil. Alors je me rends compte que c'est Margherita. Avec son merveilleux sourire de fille de dentiste, elle s'apprête à me rejoindre. Putain ! Et je lui dis quoi maintenant ? Je tousse et je vérifie ma coiffure dans le mur couvert de miroirs qui est derrière nous et

Non. C'est pas Margherita. C'est la barmaid qui vient récupérer le verre vide de Franz puis s'en va.

De toute façon, maintenant, Margherita, je m'en contrefous, en gros. Heureusement. Une fille comme ça, il vaut mieux l'oublier. Ne serait-ce que parce que les dentistes, moins je les vois, mieux je me porte. Admettons qu'à l'avenir j'arrive à l'épouser. À tous les coups elle sera dentiste comme son père. Quel stress, se réveiller et se retrouver au lit avec un dentiste ! Enfin une. Qui chaque matin, avant de t'embrasser, te colle sous la lampe, attrape une pince et t'examine la cavité buccale. Un truc à secouer Franz et à rentrer chez moi pour jouer de la batterie. J'en ai assez de rester assis là à regarder ces John Travolta de campagne qui assurent comme des bêtes juste parce qu'ils ont une moto. Moi j'en ai pas, de moto. Et donc j'assure pas. En plus je supporte pas les Bee Gees. Et la boîte me dégoûte. Rester enfermé ici tout le samedi après-midi quand on n'a pas de copine, ça n'en finit pas.

47.

En résumé

Don Bob me fixe. Puis il fixe Franz. Puis il fixe le livre d'inspiration religieuse dont on a décidé de parler, comme il nous l'a expressément demandé. Cette fanatique de Mastrullo a choisi un texte de don Giussani, le fondateur de Communion et Libération. Et, comme dit Franz, on a dû se le farcir. Ponchia, potentiellement aussi extrémiste que sa voisine de banc, a pris l'encyclique *Pacem in Terris*. Et ça aussi, on se l'est farci. Gina, qui au fond est à moitié hippie, *Le livre des morts tibétain*. La plaie aussi, entre autres parce qu'elle l'avait pas lu. Sardella, qui se la joue intello, *Jonathan Livingstone le goéland*. La plaie totale. De son côté, Mollo a découpé dans *Tuttosport*, la *Gazzetta dello Sport* et le *Corriere dello Sport* une série d'interviews du père Eligio, l'aumônier du Milan AC, et il a voulu en parler. Plaie infinie. Le reste de la classe a couru comme des moutons vers les Évangiles et les paraboles de la Bible. Festival de prises de tête. Franz et moi, on a proposé *L'antéchrist* de Friedrich Nietzsche. Et aujourd'hui, pour la plus grande joie du don et la prise de tête de nos estimés confrères, c'est-à-dire de nos estimées consœurs et de cet abruti de Mollo, c'est à nous d'exposer.

« En réalité, ce texte ne parle pas de religion, nous fait don Bob en lorgnant vers le sous-titre, *Imprécation contre le christianisme* : Nietzsche était un asocial, alors que c'est précisément dans la dimension sociale de notre être que l'Homme trouve le Chemin. De plus, c'est un philosophe mineur et un fou notoire. Et comme si ça ne suffisait pas, il était même nazi. Et donc je me demande, et je vous demande, si à une période de vos jeunes vies où l'on sent poindre la Recherche, maintes fois exprimée, de Motivations et d'Expériences profondes qui donnent un Sens à votre Vie personnelle et sociale, je me demande s'il y a lieu de perdre du temps avec cette camelote. »

Franz me donne un coup de pied sous la table. Moi j'ai lu le livre. Lui l'a seulement feuilleté. C'est à moi de parler.

« Je vous prie de m'excuser », je dis en rougissant, comme d'habitude. Mais qu'est-ce que ça peut foutre ? « Comment Nietzsche pouvait-il être nazi alors qu'il est mort avant la naissance du nazisme ? »

Don Bob lève les yeux au ciel. Peut-être que c'est là qu'il voudrait être.

« Ne pinaillons pas sur les dates. Les nazis ont formulé leurs théories sur la race en puisant largement dans la tristement célèbre philosophie du Surhomme, qui n'est rien d'autre qu'un amas d'affabulations. C'est un fait. De plus, c'est un texte qui va contre notre religion...

– ATTENDU que les nazis avaient parfaitement rais... »

Je rends son coup de pied à Franz, qui fort heureusement laisse tomber.

« Mais quand vous nous avez dit de choisir un texte qui parle de religion, vous n'avez pas spécifié s'il devait être pour ou contre », je dis.

Mastrullo lève la main. Le don lui sourit.

« Nous t'écoutons, très chère.

– Si je puis exprimer mon opinion, ce serait peut-être mieux d'écouter ce qu'ont à dire nos deux camarades, mugit-elle, tout affable dans son petit col en dentelle, nous surprenant tous, le don et nous. Ce n'est qu'en nous confrontant à eux que nous réussirons à leur faire comprendre les erreurs qu'ils commettent. Au fond ce sont deux brebis égarées, n'est-ce pas ?

– La brebis égarée, ce serait pas plutôt ta sœur ? éclate Franz. Tu te prends pour qui ? Mère Teresa ?

– Zazzi, adresse-toi à tes camarades avec respect », lui fait don Bob. Mais Mastrullo l'a mis en difficulté. « Puisque tu as envie de faire marcher tes cordes vocales, parle le premier. Lis un passage et commente-le-nous. »

Le don lui tend le livre. Franz me regarde avec ses yeux bleu fou exorbités. *Fais péter*, je lui dis en remuant seulement les lèvres. Alors il ouvre au hasard *L'antéchrist* et se met à tourner frénétiquement les pages.

« Hum, je vais lire... donc... voyons voir... ATTENDU que... enfin non... Absurde... ah, voilà... », il se gratte les couilles. S'éclaircit la voix : « *Loi contre le christianisme. Article 1. Est vicieuse toute sorte de contre-*

nature. L'espèce d'homme la plus vicieuse est le prêtre : il enseigne la contre-nature. » Il ricane. *« Contre le prêtre, on n'a pas de raisonnements, on a les travaux forcés. »*

Franz regarde don Bob. Don Bob se tait.

« Prêcher la chasteté est une incitation publique à la contre-nature. Mépriser la vie sexuelle, ricane-t-il, *la souiller par la notion d'impureté, tel est le vrai péché contre l'esprit saint de la vie. »*

Franz regarde don Bob. Don Bob se tait.

« Manger à la même table qu'un prêtre exclut : on s'excommunie par là de la société honnête. Le prêtre est notre tchan... » Il hésite : *« ... tchan... »* Il ricane. « ABSURDE, c'est écrit *tchandala*... bof... ça doit être un synonyme archaïque de tête de n... bon, reprenons : *le prêtre est notre tchandala, il faut le mettre en quarantaine, l'affamer, le bannir dans les pires déserts. »*

Franz regarde don Bob. Don Bob a l'air dégoûté.

« Nous attendons ton brillant commentaire, Zazzi, siffle-t-il.

– Oui, euh..., fait Zazzi en fixant Mastrullo. Donc... » Il tripote son grain de beauté poilu. « Alors... ATTENDU que... oui... non... ah, oui ! »

Il s'arrête. Me regarde. Reprend.

« Comme vous l'aurez certainement remarqué, en gros, Nitche, quoi qu'on en dise, loin de délirer, est non seulement un nazi mais un vrai génie. »

Il s'arrête à nouveau. Me re-regarde. Re-reprend.

« En fait, il dit que forniquer c'est bien, alors que les prêtres non. En résumé. »

48.

En vélo avec Alice

Et aujourd'hui quand je suis rentré à la maison, j'ai trouvé un paquet expédié de Milan la semaine dernière qui m'attendait. Dedans, il y avait une paire de baguettes de batterie Vic Firth, celles que j'ai toujours voulues. Et un petit mot d'Alice Tresses rousses Yeux bleus qui disait : *Je pensais t'envoyer une vraie batterie, mais je crois que tu vas devoir attendre encore un peu. Pour le moment contente-toi de ça. Je t'embrasse fort, Alice.* Et j'ai sauté de joie, j'ai déballé les baguettes et je me suis mis à jouer même si, sur le moment, comme j'étais habitué aux crayons, j'ai tout de suite défoncé le baril de Dash. La plaie. Et puis j'ai repensé à la dernière lettre de ma frangine, et à la fois où elle m'a fait asseoir sur le guidon de son vélo, quand on est descendus de la Tour en riant et à toute vitesse, sans qu'elle effleure une seule fois les freins, même pas par erreur. Et je me suis souvenu du vent dans nos cheveux, de nos cris et de la sensation géniale de danger, mais aussi de sûreté qu'elle me donnait. Parce que même si j'étais en équilibre sur le guidon d'une bicyclette lancée à tombeau ouvert vers je ne sais quoi, alors qu'on jaillissait dans les virages de la descente, je savais qu'Alice était avec moi, derrière moi, et qu'avec elle près de moi rien de mal ne pouvait se passer. Mon Alice. Alice a un sourire plus lumineux que celui de Margherita, bien que n'étant pas fille de dentiste. Et deux yeux d'un bleu si intense qu'ils te traversent quand ils te regardent. Et des cheveux qui ressemblent aux vagues de la mer dans les dessins de ce Japonais dont j'ai oublié le nom, je devrais aller voir dans l'*Encyclopédie du savoir*. Elle est Alice Tresses rousses Yeux bleus et c'est tout. Toujours joyeuse. Toujours en veine de plaisanteries. Toujours prête à raconter tout ce qui lui passe par la tête comme si c'était une histoire vraie, comme quand j'ai acheté mes Superga et qu'elle m'a demandé, *Mais t'es sûr que c'est des vraies ?* Et moi, *Bien sûr que c'est des vraies. Pourquoi, y en a des fausses ?* Et elle : *Ben tiens, les vraies tu les reconnais facilement, la semelle a un goût de réglisse quand tu la lèches.* Et moi : *Mais qu'est-ce que tu racontes ? T'es folle ?* Et elle : *Donne, on va vérifier*. Après quoi elle m'a arraché des mains une basket que je venais de sortir de sa boîte et elle a léché la semelle en secouant la tête. *Tu vois ? Je te l'avais dit. Tu t'es fait avoir, ça a pas un goût de réglisse, donc c'est des fausses.* Alors j'ai pris l'autre basket et je l'ai léchée, effectivement elle avait un goût de caoutchouc, je pense. Elle a éclaté de rire et m'a montré que la chaussure, elle l'avait même pas effleurée du bout de la langue, la semelle était toute sèche, contrairement à celle que je tenais à la main. La vache, j'étais furax. Mais on a ri comme des fous. Je regarde mes baguettes Vic Firth toutes neuves et je relis ses derniers mots : *Je t'embrasse fort, Alice*. Moi aussi je t'embrasse fort, frangine, plus fort que n'importe qui d'autre.

49.

Emmanuelle

Non, rien à foutre, je te dis, demain je vais pas à l'école, ZOB ! Je mets les voiles et je vais en Allemagne ! Dixit Zazzi, hier, à la récréation. *Chez nous il sortira jamais, je peux pas rater ça !* Il était comme fou. On aurait dit une boule de flipper, du genre à rebondir d'un mur à l'autre de la classe. D'après ce que j'ai compris, un nouveau film sur Hitler était sorti en Allemagne et il mourait d'envie de le voir. *Et on peut savoir ce que c'est que ce truc ?* je lui ai demandé. HITLER – EINE KARRIERE ! il m'a répondu, en faisant claquer le salut nazi. *D'un certain Fest*, il m'a expliqué, en s'allongeant une seconde sur le bureau avant de se relever aussi vite et d'aller à la fenêtre. *En gros, le type a mis ensemble tout un tas de films d'époque.* L'ASCENSION *et le* TRIOMPHE *du Führer racontés par les images d'actualité de la UFA.* Puis la cloche a sonné, marquant le début de deux abominables heures de mathématiques, et il m'a dit : *Du coup, m'attends pas à l'école demain, je serai déjà dans un Fokker* SURVOLANT *les Alpes vers Munich.*

Mais ce matin, je me le suis retrouvé devant moi à la gare. Et quand je lui ai demandé ce qu'était devenu son projet d'escapade allemande, il a grommelé quelque chose à propos de sa CONNASSE de mère, *qui préférerait crever plutôt que de lâcher une lire, la* SALOPE, et il était tellement hors de lui qu'il a bien failli mettre le feu à une Porsche garée dans la contre-allée, *de toute façon le type a sûrement les moyens de s'en payer une autre*. Et puis il s'est souvenu que cette voiture avait été conçue par l'ingénieur Ferdinand Porsche, celui-là même qui avait donné naissance à la Coccinelle sur ordre de Hitler. Alors il a salué la voiture d'un HEIL *!* sonore, puis il m'a pris par le bras et a ajouté que *de toute façon ce matin je vais au cinéma, amène-toi, on va* SALEMENT *sécher*. Sécher, ça m'était pas arrivé depuis un moment. Sur le moment, l'idée ne m'a pas déplu. Mais maintenant je préférerais presque être allé en classe.

« Franz, écoute, je lui dis en secouant la tête. Je le sens pas trop.

– Et pourquoi ça ? il me fait.

– Et s'ils nous demandent nos papiers ?

– MEUH NON. Ils s'intéressent qu'au nombre d'entrées. C'est pas des douaniers.

– Et alors pourquoi ils mettent cette interdiction sur les affiches ? » j'objecte.

Il fixe les lettres majuscules de l'autre côté de la rue. La formule FILM RÉSERVÉ AUX ADULTES, RIGOUREUSEMENT INTERDIT AUX MOINS DE 18 ANS couvre les nichons de Sylvia Kristel, l'héroïne d'*Emmanuelle*.

« Ça, c'est comme qui dirait un truc de pure forme, proclame-t-il au bout d'un moment. Histoire de rajouter un peu de sel à l'œuvre cinématographique en question. De plus, ATTENDU que la Cristel a des nichons D'ENFER, ça fait office de soutif pour éviter d'offenser la saine pudeur commune. Enfin, celle des mineurs.

– Nous, donc.

– Oui, mais ATTENDU qu'on n'est ni des retardés, ni des handicapés moteurs, ni des débiles profonds, on sera VRAIMENT pas offensés si une SUPERBONNASSE hollandaise aime se foutre une BANANE dans la MOULE, ou tailler une PIPE à quelqu'un en Technicolor. Pas vrai ? »

Il ne me laisse pas le temps de répondre.

« ALLEEEZ, Attila, qu'est-ce que ça peut foutre ? il fait en me prenant par le bras et en me traînant vers l'entrée du cinéma. Offrons-nous un peu de SAINE distraction, nom de Dieu. »

Et aussitôt après, on franchit le seuil du cinéma. Un type chauve est recroquevillé sur la caisse. Il fait les mots croisés de *Télé 7 Jeux*.

« Deux billets », fait Franz.

Sur une deuxième affiche, Sylvia Kristel nous mate lascivement depuis son trône en osier. Soudain je me demande ce que Margherita penserait de moi si elle me voyait ici. Et si par hasard elle a séché elle aussi ? Et si elle passe devant le cinéma quand on sort ? Et si elle nous a vus tout à l'heure nous précipiter dans ce lieu RIGOUREUSEMENT INTERDIT AUX MOINS DE 18 ANS ? Je me tourne vers la rue. Et Margherita est là, juste devant la vitrine du cinéma. Elle me regarde d'un air pour le moins dégoûté. Elle me montre à ses amies, qui naturellement me regardent elles aussi d'un air dégoûté et se mettent à hurler TREMBLEZ ! TREMBLEZ ! LES SORCIÈRES SONT ARRIVÉES ! Et il y a aussi son père, en blouse de dentiste, la roulette à la main et

Non. Le type chauve à la caisse détache deux billets sans lever les yeux de ses mots croisés. Franz a raison. On pourrait aussi bien être deux gamins de primaire.

« Tu peux payer pour nous deux ? me fait mon Charon. Je suis sorti sans mon portefeuille. »

Je paie pour nous deux. Puis on passe les rideaux rouges poussiéreux et, veillant à ne pas trébucher, on pénètre dans l'obscurité de la salle.

Le film vient de commencer. Le générique défile. Mais sur l'écran, je ne lis pas *Emmanuelle* tout court, mais *Emanuelle*, avec un seul *m*, suivi de *et les derniers cannibales*. Je tire Franz par le blouson.

« Mais c'est pas le titre qu'il y a sur l'affiche, je fais à mi-voix.

– Bah, ça voudra dire que les cannibales aussi, pour NIQUER ils NIQUENT », il coupe court.

Dans le noir, on distingue trois ou quatre spectateurs assis en ordre dispersé. Tous des hommes. Franz et moi, on s'assied au fond de la salle, derrière les autres. Pendant les cinq premières minutes, il ne se passe pas grand-chose sur l'écran. Pas l'ombre de la Kristel. En contrepartie, arrive un type, un adulte, qui s'assied juste à côté de Franz. Lequel le regarde avec méfiance. Moi aussi. Le type nous fait un sourire hébété. Ouvre sa braguette. Sort son machin. Commence à se le tripoter. Oh non, je me dis. Et maintenant ? On fait quoi ?

« EH LÀ », fait Franz.

Le type tend sa main libre vers lui. Franz écrase son poing sur le sourire hébété du type. Qui se transforme en grimace de douleur.

« Aïe ! » pleurniche le type.

Les autres spectateurs se retournent.

« Putain, tu veux quoi, espèce de sale PÉDÉ SEXUEL DE MERDE ? rugit Franz en flanquant un autre coup au type, cette fois sur le nez.

– Au secours ! fait l'autre, le visage en sang. Ouvreuse ! Ouvreuse ! On m'agresse ! »

Mais avant que quelqu'un n'intervienne, on a déjà franchi le rideau rouge et quitté le hall du cinéma pour regagner la rue.

« BEN VOYONS ! » ricane Franz.

On court. Par chance, il n'y a aucune trace de Margherita, de ses amies ou de son père.

50.

Chère Margherita

Salut Margherita, j'écris, *tu ne me connais pas, et tu vas sans doute te dire que, comme je suis un homme, à la place de salut Margherita il y a en réalité écrit viens ici que je te baise, mais*

N'importe quoi.

Salut Margherita, j'écris, *tu ne me connais pas, et à vrai dire je ne te connais pas non plus, et parfois je me dis que comme tu es en terminale et qu'en plus ton père est dentiste, du coup on ne se rencontrera jamais et*

Non, pas comme ça. Trop pleurnichard.

Salut Margherita, j'écris, *tu ne me connais pas, et à vrai dire je ne te connais pas non plus, et je pense que c'est pour ça que je t'écris, parce que d'après moi c'est vraiment trop con que toi et moi on ne se connaisse pas, et*

Putain, c'est quoi ce langage ?

Salut Argherita,

Et merde.

Salut Margherita, j'écris, tu ne me connais pas, et à vrai dire je ne te connais pas non plus, et je pense que c'est pour ça que je t'écris, parce que d'après moi c'est vraiment dommage qu'on ne se connaisse pas, même si ton père est dentiste et le mien non. La première fois que je t'ai vue, c'était au début de l'année scolaire, dans ton école, où je me trouvais par erreur avec un camarade de classe qui, soit dit en passant, est un ancien de votre lycée, un certain Zazzi, je ne sais pas si tu vois. Peut-être qu'il vaut mieux pas. Bon, ce matin-là, Zazzi... discutait torse nu avec un type, et moi, sur les marches de l'escalier qui monte au premier étage, j'ai levé les yeux et je t'ai vue descendre, et comment dire... je ne sais pas, parfois les mots sont pas assez parlants. Bref, je t'ai vue et naturellement je ne savais pas encore qui tu étais, enfin, que tu es la fille du dentiste, quoi qu'il en soit je n'ai plus pu faire un geste et je ne comprenais pas pourquoi. Après j'y ai réfléchi et j'ai compris. Quoi donc ? tu te demandes. Eh bien, je me le demande moi aussi. Total : jamais j'avais vu une fille aussi belle que toi avant. Et après non plus. Et même si je ne te connais pas et qu'on n'a jamais discuté, même pas du temps qu'il fait ou de la dernière journée de championnat de football, j'aime-

rais pouvoir le faire. Enfin, non pas que j'aie l'intention de te parler du temps qu'il fait ou de la dernière journée de championnat de football. C'est juste que... j'aimerais avoir la possibilité de te voir un après-midi et de parler un peu. Je sais bien qu'on se rencontre pas comme ça, en remplissant un formulaire de demande. Mais tu vas au lycée et moi dans ce foutu institut technique, tu es en terminale et moi en quatrième, et ton père est dentiste, alors que le mien (je préfère te le dire tout de suite) est ouvrier à la PUN, alors si j'attends que toi et moi on se rencontre par hasard, ça n'arrivera jamais. C'est facile de prendre rendez-vous avec le dentiste, il suffit de téléphoner. Mais avec la fille du dentiste, on fait comment ? Je sais bien que théoriquement, je pourrais attendre que tu deviennes dentiste, comme c'est souvent le cas des fils et filles de dentistes, et venir à ton cabinet pour un contrôle. Mais ça serait pas terrible, comme premier rendez-vous. Je te préviens, j'ai pas de moto. Mais j'ai un chêne. Enfin, il est pas vraiment à moi, mais il est très grand et très beau, c'est même le plus beau chêne de la terre, et donc vous avez quelque chose en commun. Je ne sais pas si j'arriverai à te donner cette lettre. Si j'y arrive, j'espère que tu ne me prendras pas pour un fou. Et que peut-être tu me répondras. Même un petit mot. Genre ce serait mer-veil-leux, crois-moi. Comme quand j'étais petit et qu'on allait à la mer. Bon, c'est à peu près tout. À bientôt, j'espère, Attilio.

P-S. Attila pour les amis.

51.
À la mer

La plaie. Il se passe jamais rien ici. Pour changer, je vais dans les champs. Voir mon chêne.

Il y a des années, quand on allait à la mer, on partait la dernière semaine de juillet et on restait jusqu'au 15 août. La veille au soir, on préparait les bagages et on se levait tôt le matin, on chargeait tout sur le porte-bagages de la Fiat 500 blanche de papa qui, au bout d'un moment, disparaissait presque sous la montagne de valises et de sacs, de chaises longues et de nattes, de canots gonflables et de bouées, de seaux et de pelles, avec le parasol par-dessus. Il faisait encore nuit quand on partait et, même si j'étais excité par le voyage, je m'endormais tout de suite sur la banquette arrière, serré contre Alice, et quand je rouvrais les yeux on était déjà sur l'autoroute, sous le soleil, avec la campagne qui défilait à notre droite et les voitures qui nous dépassaient à notre gauche, et à chaque fois je me disais que le monde devait vraiment être grand si rien que pour aller à la mer, il y avait toutes ces fermes et ces villages et ces voitures, et à chaque fois je me demandais qui étaient les personnes qu'on laissait derrière nous dans les fermes et dans les villages ou celles qui nous dépassaient dans les autres voitures. Le voyage jusqu'en Ligurie durait seulement quelques heures mais à moi il me semblait très long. Et au snack-bar où on s'arrêtait tous les ans, la radio passait toujours la même chanson de Lucio Battisti, *Acqua azzurra, acqua chiara*.

Quoi qu'il en soit, à la fin, on arrivait au péage de sortie et après un peu d'attente, on prenait une route pleine de virages au milieu d'une rangée de pins très différents de ceux de chez nous, c'est-à-dire plats plutôt que pointus, et une fois passé le dernier tournant, la mer nous entrait directement dans les yeux à travers les fenêtres. Alors Alice et moi, on criait LA MER ! et à partir de ce moment-là les minutes passaient encore plus lentement, parce que la mer avait tendance à berner, vu qu'elle semblait très près mais qu'elle arrivait jamais. Mais à un certain moment, on commençait à sentir son parfum, et à partir de là on était vraiment en vacances.

En Ligurie, à Noli, papa connaissait une famille qui louait des appartements en haut d'un grand escalier blanc. Chaque appartement avait un petit jardin protégé par un auvent en plastique ondulé vert et par de la vigne vierge. Là, à l'ombre, on mangeait assis sur des bancs autour d'une table couverte d'une nappe à carreaux et on se reposait au retour de la plage. Puis, le soir après dîner, on allait au café près des manèges manger de la glace à la *stracciatella*. Pendant que notre mère s'éloignait pour téléphoner à don Curio *juste pour savoir comment ça va à la paroisse*, Alice et moi on jouait à qui finirait le plus vite, et d'habitude elle gagnait parce qu'elle me cachait sa glace pour me faire croire qu'elle l'avait finie, allez savoir comment. Si je n'avais pas fait de bêtises pendant la journée, genre me disputer avec elle ou avec un voisin de parasol ou voler ses petits soldats à un camarade de jeu, papa me laissait faire un tour d'autos tamponneuses. Et pendant que j'allais me cogner plein de fois contre les autres mini-pilotes sous les lumières colorées et les palmiers et les étoiles, je riais comme un fou et je pensais au gâteau recouvert de pignons de pin exposé dans la vitrine de la pâtisserie devant laquelle on passait pour aller à la plage, et au camion rouge accroché dans l'entrée du magasin de jouets devant lequel je m'arrêtais à chaque fois avant de descendre dans le passage souterrain qui conduisait de l'autre côté de l'esplanade de la mer, et aussi à l'album de *Mickey* placé à hauteur d'enfant dans le kiosque en face du marché aux poissons, et j'étais sûr que le lendemain, tout ça serait à moi pour toujours, le gâteau recouvert de pignons de pin, le camion rouge accroché dans l'entrée du magasin de jouets et l'album de *Mickey*, et aussi la plage et la mer et les glaces et les palmiers et les lumières colorées et les étoiles et le soleil.

52.
Tévécolor deux

Aujourd'hui, en rentrant d'une de ses visites quotidiennes à la paroisse, ma mère s'est réunie avec ses sœurs pour essayer d'écluser un certain nombre de pots de supercrème. Et une des tantes s'est tout de suite mise à brailler qu'elle, la supercrème, elle savait plus quoi en faire. Mais l'autre n'a pas bronché. Au contraire. Elle jubilait. Son mari, l'adjoint au maire chargé de l'urbanisme, venait de lui offrir une tévécolor. Sur le coup, les deux sœurs, aussi bien celle déjà en couleurs que celle encore bloquée au noir et blanc, c'est-à-dire ma mère, sont restées de marbre. Et puis, de ma chambre, je les ai entendues réagir. *Mon mari m'a déjà dit qu'il m'en offrirait une autre. On la mettra dans la chambre à coucher*, a fait la première. *Il paraît que la tévécolor, ça donne le cancer*, a bredouillé la seconde, c'est-à-dire toujours ma mère. Les sœurs en couleurs ne se sont pas démontées. *On disait la même chose du frigo, et on est encore là, bon pied bon œil*, elles se sont exclamées en chœur. *Pendant ce temps, il y a plein de nouvelles chaînes privées en Italie et nous on en profite avec nos tévécolor*. Fin de la discussion. Et voilà pourquoi ce soir ma mère a accueilli mon père en larmes. *Il fallait vraiment que j'épouse un ouvrier !* Il n'a pas ouvert la bouche. *Je sais bien ce que tu penses ! Que ta femme dit toujours la même chose ! Mais pendant ce temps mes sœurs pavoisent ! L'une d'elles s'est même fait offrir par son mari une* DEUXIÈME *tévécolor !* Elle a fait une pause sur-signifiante. S'est mouchée. Papa en a profité pour commencer à manger. Je l'ai imité. *Parce que je me suis mariée par amour, moi, quelle ingénue !* Elle a vraiment dit ça. Papa l'a regardée. *Sans compter que la tévé en noir et blanc, on l'a l'achetée à crédit en 62 !* Papa a regardé son assiette. *Avec le frigo et le lave-linge !* J'ai regardé papa qui la regardait, elle et son assiette. *Et elle est encore là !* J'ai senti qu'il allait se passer quelque chose. *Tout ça parce que moi, quelle ingénue, j'ai épousé un* napuli *!* Papa s'est levé de table. Il a pris le couteau à viande. S'est jeté sur elle. Lui a tranché la gorge. LA VACHE ! Ma mère l'a fixé, effarée. Le sang coulait sur sa robe à fleurs. Elle a porté les mains à sa blessure et

Non. Papa s'est levé de table. Il n'a pas pris le couteau à viande. Ne s'est pas jeté sur elle. Ne lui a pas tranché la gorge. Il est simplement sorti et il est allé au garage. Retrouver ses cages à oiseaux. Alors elle s'est tournée vers moi. *Et toi, fais-toi couper les cheveux !*

53.
À la télé

D'ailleurs, à la télé, y a jamais rien. C'est vrai que maintenant ils sont en train de faire plein de télés privées partout en Italie et il y a des gens qui regardent leurs voisines moches se désaper. Génial. Moi je sépare les programmes en *bbien* et *pabbien*, comme le bègue qui passe le dimanche après-midi. Sauf que les *pabbien* surclassent les *bbien*. Les variétés du samedi soir, par exemple, c'est *bbien*, avec un peu de chance on peut même voir un nichon à l'air. Mais le *Jésus-Christ* de Zeffirelli est *pabbien*, indiscutable. Comme les trucs du dimanche après-midi. Parmi les *bbien*, il y a surtout *Stalag 13*. Franz aussi aime bien, parce qu'il y a les Sturmtruppen. Selon lui, il s'agit de L'EXALTATION DE LA FORMIDABLE ARMÉE NAZIE, COMPOSÉE DE SURHOMMES QUI EN QUELQUES MOIS ONT CONQUIS TOUTE L'EUROPE D'UN COUP, DES PYRÉNÉES AU CAUCASE, DU CAP NORD À TOBROUK, OUAH ! J'ai bien essayé de lui expliquer *mais tu sais, c'est une série antimilitariste*. Mais il lui a suffi de voir un bout de casque allemand pour s'enflammer. Ma mère, au contraire, s'enflamme quand elle voit Maurizio Costanzo. Le lundi soir, rien à faire, on a droit à son émission. Quand le roquet ferme la fenêtre et que l'épisode commence, elle entre en transe. Elle en perd pas une miette. Quel que soit l'invité. Comme si ça la concernait. *Ce Costanzo est vraiment un grand monsieur*, elle délire à la fin de l'émission. *Dommage qu'il n'invite jamais Caroline de Monaco. Si j'avais fait carrière comme actrice dramatique, à l'heure qu'il est c'est moi qu'il inviterait*, elle délire. *Alors que je me suis vouée corps et âme à la famille*. À l'école, ils sont tous fous d'*Happy Days* et donc de Fonzie. Depuis qu'il y a *Happy Days*, ils se prennent tous pour Fonzie, sur leur moto. Certains se prennent aussi pour Fonzie sur un Ciao. Et ils passent la récréation dans le couloir à se balancer sur leurs jambes, à la Fonzie, en disant tout le temps *Hey !* à la Fonzie, et en dressant tout le temps le pouce, à la Fonzie. Le plus incroyable, c'est que les filles aiment ça, au lieu de les envoyer se faire voir. D'après moi, vue l'ambiance, *Happy Days* fait partie d'un plan global. Ils veulent neutraliser les jeunes et ils leur font un lavage de cerveau avec la télé, ce qui les réduit à sortir de chez eux déguisés en Fonzie. Déjà, rien que pour se coiffer à la Fonzie, on gaspille un temps qu'on consacrera pas à apprendre comment faire un cocktail Molotov. Derrière *Happy Days*, il y a la CIA. Au minimum.

54.

Un après-midi comme les autres

Un après-midi comme les autres. Zazzi et moi, on est assis sur le muret devant le Café des Alpes. Le soleil va et vient. Du café nous arrive un morceau des Pink Floyd. *Money*, je pense.

« Mais toi, t'y penses jamais, Attila ? » me fait tout à coup Franz, une énième cigarette aux lèvres et le regard bleu fou perdu dans le désert de la route où ne transite pas âme qui vive depuis une éternité.

« À quoi, Franz ?

– Au fait que dans ce bled de MERDE, on est LOIN DE TOUT, on est complètement LOIN DE TOUT.

– Ça m'arrive.

– Et au fait que quand on finira l'école, ATTENDU qu'ainsi va le monde, on devra être comme nos parents ?

– Moi j'ai aucune intention de devenir comme mes parents.

– Moi non plus, la vache. Mais à mon avis tous les CONNARDS de notre âge disent ça et ils tombent dans le piège quand même. Maintenant ils font les minets en jean, veste en cuir et baskets, mais je parie mes BURNES que derrière ils sont déjà prêts à plier le genou devant le chef de bureau en costume-cravate. Même, d'après moi ils attendent que ça. Un gentil travail sûr. La petite femme qui lave et repasse et SUCE et fait la cuisine. Une maîtresse, histoire d'avoir une autre casse-COUILLES. Les vacances à la mer passées à mater le CUL des voisines de parasol et à flanquer des beignes à sa progéniture. Bingo. Les Mollo de service sont la majorité, Attila. À vingt ans ils sont déjà morts. Ils font leur service et ils reviennent encore plus DÉFAITS qu'avant, la seule chose qui leur vienne à l'esprit est d'aller travailler à l'usine du coin. Et ATTENDU qu'ils mènent cette vie ABSURDE, pour tenir le coup ils se bourrent la gueule le samedi soir. Sinon cette planète de MERDE serait pas aussi MERDIQUE, après tout. »

Il se gratte les couilles, méditatif.

« Si je me dis qu'en principe, après le diplôme, je suis censé être comptable, j'ai envie de gerber, je soupire. Et toi, tu t'y vois, dans une banque ?

– Seulement comme BRAQUEUR, il ricane. Ce qui, soit dit entre parenthèses, n'est pas un mauvais métier, si on vit comme Vallanzasca mais sans se faire choper. Oui, un avenir de BRAQUEUR je cracherais pas dessus... Comme Al Pacino dans ce film BESTIAL, *Un après-midi de chien*... Ou même un avenir de DEALER... Ou de MAC... Mais – il caresse son grain de beauté poilu – si je dealais, je ferais faillite tout de suite, parce que je m'enverrais tout avant de le vendre. Et comme MAC, je sais pas... S'occuper d'une écurie de SALOPES, ça doit pas être simple... Tant qu'elles BAISENT, ça va... Mais y a aussi les moments de pause entre une BAISE et l'autre... T'imagines, la PLAIE ?

— Comment ça ?

— C'est évident : les PUTAINS ont beau être des PUTAINS, et donc des êtres infiniment respectables, au fond c'est aussi des FEMMES. Ou bien t'es une de ces brutes qui les frappent jusqu'au sang dès qu'elles ouvrent la bouche, ou bien elles te font PÉTER LES PLOMBS, crois-moi.

— Mais toi t'es une brute.

— En apparence, Attila, il sourit. Mais pas assez. Tu vois, tu vas peut-être pas me croire, mais je suis un timide. Et au fond, tu vois quel idéaliste je fais, je suis aussi un mec vachement romantique...

— Vachement romantique ?

— Bien sûr. Comme toi. Les autres, au contraire, les Ponchia, les Sardella, les Mastrullo, tous ces PUTAINS de démocrates-chrétiens en herbe ou pas en herbe de ce bled de MERDE, ils pensent qu'à l'argent. Mais pas pour en profiter, comme je ferais moi, tu dévalises la bijouterie de ta vie, tu fonces dans un avion et tu te vautres sous le soleil de Rio avec toutes ces Brésiliennes topless, au point que si tu t'allonges sur le ventre ton OISEAU reste planté dans le sable, et si tu NIQUES l'Eldorado tu trouveras même du pétrole. Non, eux ils se contentent d'accumuler. Terrains, maisons, argent, argent, maisons, terrains. Ils pensent qu'à ça. Et crois pas qu'ils sont vraiment démocrates ou encore moins chrétiens. Ils voteraient pour n'importe qui, pour avoir le CUL au chaud et s'occuper de leurs MERDES. » Il fait le salut romain. « À NOUS ! » il hurle.

Après quoi il pose sa cigarette sur le mur, d'un bond se catapulte à terre et commence à faire des pompes sur le bitume.

« UNE POUR LE DUCE ! UNE POUR LE DIXIÈME ! UNE POUR L'EMPIRE ! UNE POUR LE FASCIO ! UNE POUR LA MUTI...

– Ornella ? je lui demande.

– C'est ça. La Brigade noire Ettore Muti, l'élite de l'élite ! » il me fait en continuant, en haut, en bas, sous le soleil, le front couvert de sueur.

Il essaie de garder le rythme, mais à présent il l'a perdu. Et en plus, une moto qui passe l'effleure presque et le couvre de poussière.

« VA TE FAIRE FOUTRE, CONNARD ! » il hurle en se relevant et en faisant un bras d'honneur au centaure, un Fonzie qui a quitté l'école pour la PUN.

La moto s'éloigne. Zazzi s'époussette.

« Trop de cigarettes, nom de Dieu, il soupire. Il vaudrait mieux que je me calme un peu avant de me présenter au bureau de recrutement de Marseille pour mettre le KÉPI BLANC.

– Je sais pas si je réussirai un jour à gagner ma vie avec la batterie. Mais ce qui est sûr, c'est que je resterai pas ici », je lui dis quand il se rassied sur le muret, le visage tout rouge et les yeux très pâles exorbités.

Il reprend sa cigarette qui s'est éteinte entre-temps et la rallume avec son briquet. On dirait que le morceau des Pink Floyd n'en finira jamais.

« Mon Dieu quelle PLAIE, ces Pink Floyd ! Personne a l'idée d'écouter autre chose ? il s'emporte. Bon, à la limite on peut toujours se faire un joint pendant ce temps-là. Y a ce Jamaïcain que j'aime bien, c'est quoi son FOUTU nom, ah ouais, Mob Barley, sûrement un nègre, mais BESTIAL, et il joue cette musique de nègres, PUTAIN comment ça s'appelle, ah ouais, le régué, et ATTENDU qu'il s'envoie une trentaine de joints à la minute, en gros il plane à MORT.

– Franz, promets-moi un truc, je lui dis.
– Quoi ?
– Qu'on deviendra jamais comme eux.
– Jamais.
– Jure. »

Il bondit au garde-à-vous et, bras tendu, il hurle : « JE LE JURE ! »

On reste silencieux pendant un moment. Le soleil va et vient. Pas un chat ne passe.

« J'ai hâte d'être majeur. Quand on sera majeurs, ce sera différent », je dis.

Zazzi crache dans la poussière.

« Oui, on sera plus vieux de quelques années. »

Et soudain ce mot défile dans ma tête en lettres majuscules, VIEUX, et je me vois le jour de mon trentième anniversaire, VIEUX, avec le même regard que papa, un regard de VIEUX, et les traites de la maison à payer, et les factures de gaz, d'électricité, du téléphone, et l'assurance, et les week-ends tous pareils, et les dimanches à attendre les résultats du championnat de football, et je me dis que c'est pas possible, que ça n'arrivera pas, que je me laisserai pas avoir, même si je sais pas comment faire.

55.

Gens

Quand j'étais enfant, je me souviens que j'aimais bien les grands. Maintenant que j'y pense, ça me semble étrange. Mais à ce moment-là, c'était le cas.

Madame Piera, par exemple, chez qui on allait prendre le lait avant que le mini-marché ouvre dans le village. Dans l'étable, l'odeur des vaches était très forte et en entrant je retenais mon souffle aussi longtemps que possible. Mais elle était toujours très gentille, madame Piera, avec son tablier à fleurs, ses poils noirs sous les aisselles qui dépassaient sous deux bras gros comme des troncs et ses bottes en caoutchouc aux pieds, elle m'accueillait, moi et ma bouteille, avec un beau sourire édenté mais sincère, et souvent elle me faisait goûter la *ricotta*. Madame Piera est morte d'avoir trop bu et son fils s'est pendu parce qu'il ne voulait pas faire lui aussi le *marghé*, l'éleveur.

Vittorio, lui, était un ami de papa, ils allaient chasser tous les deux, et il était toujours de bonne humeur, très très grand et très très maigre, avec un visage allongé et tordu comme celui de Totò. Vittorio fumait beaucoup, il avait toujours une cigarette allumée aux lèvres, il portait des chemises à carreaux et jouait très bien au tarot, papa l'appelait *mon associé*, parce qu'en plus d'aller à la chasse ensemble, ils faisaient tout le temps la paire aux cartes. Vittorio est mort d'asbestose. Il travaillait dans la montagne, dans une mine d'amiante à ciel ouvert. Les experts désignés par le tribunal ont dit à sa femme qu'il était pas mort à cause de son métier, mais des cigarettes qu'il fumait.

Et puis il y avait Tino, le menuisier. Il travaillait dans la menuiserie où était grand-père avant de publier *Sur la méthode optimale de lavage dominical du véhicule automobile à l'usage des Italiens*, grand-père et lui étaient restés amis, on les voyait souvent ensemble en train de jouer aux boules sur le terrain de sable gris derrière le moulin, le dimanche après-midi. Tino était énorme, on aurait dit Obélix, et il était capable de soulever tout seul un de ces immenses troncs comme si c'était un menhir. À Pâques, il nous apportait un œuf en chocolat chacun, à Alice et à moi, avec une surprise dedans, et à Noël il oubliait jamais de nous offrir quelque chose. Tino aussi est mort du cancer, après la fermeture de la menuiserie, il avait été embauché par une usine de peintures à une dizaine de kilomètres d'ici.

Mais heureusement ils ne sont pas tous morts. Il y a Gisella, la patronne du tabac, qui vend aussi des journaux et qui me met de côté les bandes dessinées depuis toujours. Il y a Franco, le barbier, sicilien comme papa, qui plaisante et rit avec tout le monde, et quand il parle de chez lui, on sent le parfum de la mer même quand il applique une lotion qui pue, et il raconte quand il était gosse là-bas, avec son copain Nuzzo, et parfois il a les larmes aux yeux. Il y a Agnese, la patronne du café à côté du barbier, qui fait des *agnolotti* à la viande ou en sauce une fois par semaine, et si par hasard on va acheter une glace chez elle ce jour-là, elle demande si on en veut une assiette et elle l'offre. Et il y a monsieur Esposito, un vieux, très vieux même, séducteur napolitain, envoyé chez nous en résidence surveillée et qui n'a pas d'amis dans le village, mais qui est toujours gentil avec tout le monde et très élégant, même s'il gagne sa vie en ramassant chiffons, papier et métal pour les revendre. C'est la seule personne que je connaisse qui utilise un fume-cigarette, comme dans les films.

Mais avec le temps quelque chose a changé. Les morts ont gardé leur magie, alors que les vivants l'ont perdue petit à petit. Si je devais dire précisément ce qu'est cette magie, je ne saurais pas, mais elle était là. Maintenant, seuls grand-père et Alice l'ont encore. Et Margherita, sauf que la sienne est très particulière. Et puis les champs. Et naturellement mon chêne.

56.

Assemblée deux

Mais en entrant en classe, on découvre qu'aujourd'hui il n'y a pas cours.

« Prrréparrrez-vous à descendrrre dans le grrrand amphi, nous informe Cavalla. Le prrroviseurrr De Lirrio et moi qui, contrrrairrrement à vous, ai fait mai 68, avons décidé d'autorrriser une assemblée générrrale. »

Bruissement tout autour. Mollo referme l'Alighieri et exulte. Aujourd'hui ça craignait pour lui, c'est le seul qui n'a pas encore de note.

« À tous les coups c'est parce que Graziano Mesina a été arrêté la semaine dernière à Caldonazzo, me fait Zazzi en caressant son grain de beauté poilu. Mon idole, putain. Lui, il est carrément BESTIAL.

– Qui ça ? Le bandit sarde qui s'est évadé de prison l'été dernier ?

– C'est ça. Voilà pourquoi c'est une LÉGENDE. Tu verras que d'ici quinze jours il se sera de nouveau ÉVADÉ ! » Ses yeux bleu fou lancent des éclairs. Il lève la main pendant que le reste de la classe range livres et cahiers et se dirige vers la porte.

« Qu'est-ce qu'il y a, Zazzi ? lui fait Cavalla.

– Je vous prie de m'excuser, madame. Je voulais savoir si par hasard l'assemblée à laquelle nous allons participer a été convoquée parce que Mesina s'est à nouveau ÉVADÉ.

– Mesina ? Et c'est qui, ça ?

– Graziano Mesina, le bandit sarde, lui explique-t-il, ajoutant à voix basse : la vache, quelle ignorance.

– Que vient faire ici Graziano Mesina ?

– Non, rien. C'est juste qu'ATTENDU qu'il a été arrêté la semaine dernière, je me demandais s'il s'était déjà ÉVADÉ. Auquel cas je me permettrais de donner mon avis. À savoir que s'il est vrai, comme dit le poète, que nul homme n'est une île, il est tout aussi vrai que l'île pénitentiaire de l'Asinara est un endroit inhumain. »

Cavalla le regarde, interdite.

« L'assemblée n'a pas été convoquée pourrr Mesina. Mon Dieu, les enfants, vous ne lisez jamais les jourrrnaux ? »

Mollo s'apprête à sortir les siens.

« Non, pas ceux-là, Mollo », elle l'arrête. Elle sort la *Repubblica* de son sac. « Hierrr, à Rrrome, les terrrrrorrristes ont tué deux policiers. Ils avaient rrreconnu deux membrrres des NAP dans un bus...

– Mais..., commence Franz.

– Pas de mais, Zazzi, elle l'interrompt. Les terrrrrorrristes sont des crrriminels, des monstrrres sanguinairrres, des gens qui n'ont rrrien de commun avec l'humanité.

– Mais...

– Zazzi ! Ça suffit ! Je n'ai pas l'intention de me lancer dans une discussion surrr les terrrrrrorrristes avec toi ! Maintenant on descend dans le Grrrand Amphi, les enfants, allez ! »

Dans l'escalier, j'attrape Franz par le bras.

« Tu voulais dire quoi ?

– Que ce matin aux toilettes, pendant que je CHIAIS, j'ai entendu dire sur une radio libre qu'un des policiers, c'est pas les terroristes qui l'ont trucidé. C'est une patrouille qui était à leur poursuite qui l'a flingué par erreur. Mais...

– Mais sur le terrorisme, on ne discute pas », je l'interromps.

57.

Radios libres

Maintenant qu'il y a toutes ces radios libres, certains soirs, plutôt que de me faire aspirer par la télé, je me couche de bonne heure. Mais je dors pas. Allongé dans le noir, je tourne le bouton de la radio pendant des heures pour trouver une radio qui ne sature pas les ondes avec l'habituel *Fiera dell'Est* de Branduardi. Mais c'est pas facile. Il y a plein de radios qui passent les succès du moment. *I feel love* de Donna Summer ou *Hotel California* d'Eagles ou *Suspiria* des Goblin ou *Mi vendo* de Renato Zero ou *Macho man* de Village People ou *Orzowei* d'Oliver Onions. Et de programmes de dédicaces téléphoniques en direct, avec le didji qui a juste le temps de demander *Salut, c'est quoi, ton nom ?* avant d'être submergé par *Salut je m'appelle Pina je voulais dédier la dernière chanson de Demis Roussos à mes copines Nina, Lina, Tina, Rina, Gina, Sina, Bina, Mina, Fina et Dina, et aussi à Genny, mon mari*. Quand ça va bien, il y a un petit malin qui demande *Sexy Fonni* de Benito Urgu. Et puis il y a plein de radios spécialisées dans les chanteurs engagés italiens, qui passent seulement les chanteurs engagés italiens et, après quelques chanteurs engagés italiens, nous collent deux ou trois chanteurs engagés italiens puis, pour varier un peu, des chanteurs engagés italiens, Lolli, Guccini, Vecchioni, Venditti, De André, De Gregori, Lolli, Guccini, Vecchioni, Venditti, De André, De Gregori, Lolli, Guccini, Vecchioni, Venditti, De André, De Gregori, en boucle, sept jours sur sept, vingt-quatre heures sur vingt-quatre. Et si par hasard ils se trompent, après l'énième version de *Via Paolo Fabbri 43*, que d'ailleurs Alice aime bien, ils te flanquent Inti-Illimani. Un truc tellement déprimant que quoi qu'on en pense politiquement, après trois chansons on profite du peu de vie qu'on a encore pour se suicider. Total : j'ai beau faire, à la fin les radios libres me gavent. Et si j'attrape pas *Get up stand up* de Peter Tosh ou *Sex and Drugs and Rock'n'roll* de Ian Dury, je lâche le bouton et je mets une cassette. Comme maintenant.

À part ABBA, le seul qui ne trahit jamais, c'est Iggy Pop. Iggy Pop est l'homme le plus laid du monde. Iggy Pop prend tellement de drogue que c'est un défi vivant aux lois de la nature, et à celles des États-Unis. Iggy Pop nique tout ce qu'il trouve à des kilomètres à la ronde, amplis compris. J'aimerais vachement rencontrer Iggy Pop, s'il niquait pas tout ce qu'il trouve à des kilomètres à la ronde, amplis compris. S'il niquait pas tout ce qu'il trouve à des kilomètres à la ronde, amplis compris, je lui demanderais de donner un concert devant le lycée à la sortie des cours et de le dédier de ma part à Margherita. *Salut, c'est Iggy Pop, je dédie ce concert de la part d'Attilio, Attila pour les amis, à cette fille aux cheveux très blonds, dont on me dit qu'elle est la fille du dentiste, Margherita.*

Margherita.
Margherita.
Margherita.

Quelle connerie. Je rencontrerai jamais Iggy Pop. Iggy Pop dédiera jamais un concert de ma part à Margherita. Et je ne réussirai jamais à échanger même un demi-mot avec elle. D'un coup, j'ai plus envie d'écouter quoi que ce soit.

J'appuie sur STOP. La radiocassette s'arrête. J'attends de me sentir une merde. Je me sens une merde presque tout de suite.

58.

Une république fondée sur

Même quand je déjeune chez grand-père, pendant qu'il parle de politique, je pense à Margherita.

« Bah, cette histoire comme quoi les petits jeunes qui s'en prennent aux soi-disant institutions démocratiques sont des criminels, j'en mettrais pas ma main au feu », me fait grand-père, enveloppant dans une feuille de papier journal ce qu'il reste d'un civet de lièvre qu'on a mangé au déjeuner, c'est-à-dire les os. DEUX AGENTS DE POLICE TUÉS PAR DES TERRORISTES À ROME, c'est écrit en lettres majuscules en haut de la feuille. Et je pense à Margherita.

« Si au moins elles étaient vraiment démocratiques, ces fichues institutions, pour commencer... »

Il referme le journal. Et je pense à Margherita.

« Mais c'est pas une république démocratique fondée sur le travail, comme dit l'article premier... »

Il se lève de table, glisse les os enveloppés dans le journal à l'intérieur du sac en plastique accroché à la porte et revient s'asseoir. Et je pense à Margherita.

« C'est une république fondée sur les crimes d'État.

À commencer par Portella della Ginestra, en Sicile en 47, nom de Dieu. »

Il retire ses lunettes qui tiennent avec du scotch et se frotte les yeux. Et je pense à Margherita.

« Et l'attentat de piazza Fontana, à Milan, en 69... »

Il remet ses lunettes. Et je pense à Margherita.

« Et encore ceux de piazza della Loggia, à Brescia, et de Peteano... »

Il récupère un bout de cigare dans le tiroir de la table où il range les couverts. Et je pense à Margherita.

« Et naturellement, de la part des hommes d'État, ce ne sont que mensonges, omissions, réticences, diversions, contradictions, témoignages qui d'un seul coup font tout s'effondrer comme un château de cartes, et documents qui disparaissent on ne sait où. »

Il prend une allumette de cuisine dans la boîte carrée au centre de la nappe à carreaux verts et allume son cigare. Et je pense à Margherita.

« Et les commanditaires de ces massacres ? C'est qui ? »

Il tousse. Et je pense à Margherita.

« Qui les a armées, bon sang, ces mains assassines ? »

Il aspire si fort que je m'attends à voir de la fumée lui sortir par les oreilles. Et je pense à Margherita.

« Évidemment il n'y a pas de preuves. D'ailleurs ce serait étrange qu'un massacre soit commandité par écrit, avec papier à en-tête, cachets, signatures et numéro de protocole. »

Étrangement, la fumée lui sort par le nez.

« Mais la vérité saute aux yeux, si on veut la voir : et si c'est l'État lui-même qui a commandité les massacres, alors c'est un État terroriste... »

Il secoue la tête. Et je pense à Margherita.

Margherita me fait penser à Lucio Battisti. Lui aussi est un chanteur engagé italien. Mais il est différent des autres. Intérieurement, tout en pensant à Margherita, je chante *La chanson du soleil*.

Tes tresses blondes
Tes yeux bleus et puis
Tes chaussettes rouges
Et l'innocence de tes joues
Deux oranges plus rouges encore
Et la cave sombre où nous
Respirions tout bas.

« Et comment un État terroriste ose-t-il accuser ceux qui se rebellent d'être des terroristes ? »

59.

Quatre frères new-yorkais

Quand j'arrive en bas de chez les Zazzi, je ne suis pas accueilli par les traditionnelles déclarations de guerre contre les démocraties ploutocrates, mais par une chose inédite. Une sorte d'ouragan. Mais plus rapide et plus violent. À base de guitare, basse et batterie.

Je fais une première tentative à l'interphone. Rien. Une deuxième. Que dalle. Une troisième. Nada. Je réessaie. Et allez. C'est comme si, après voir mis le volume à fond et ouvert grandes les fenêtres comme de coutume, Franz avait mis une tronçonneuse sur la chaîne stéréo. Ou même une usine de tronçonneuses.

« Franz ! » je hurle depuis la rue.

Sur le balcon apparaît Adolphe, le chien-loup des Zazzi. Il me fixe avec les mêmes yeux que le coyote du dessin animé quand il sait qu'il va tomber dans le vide.

« Franz ! » je m'époumone.

D'habitude, Adolphe aboie furieusement même après les mouches. Aujourd'hui il se contente de japper. Jamais j'avais vu un chien aussi affligé.

« Franz ! » je crie sans trop de conviction. Mais cette fois-ci j'ai de la chance, car l'ouragan s'interrompt à ce moment-là l'espace de deux secondes, et ma voix a juste le temps de se faire entendre avant le ONE TWO THREE FOUR qui précède l'ouragan suivant.

Zazzi apparaît à la fenêtre. Il est nu, ne porte qu'un slip taché. Il éclate de rire quand il me voit et saute sur le rebord de la fenêtre en se tenant à sa Marlboro. Adolphe et moi, on le regarde, préoccupés. Il glisse la cigarette entre ses lèvres et, jambes écartées, essaie d'imiter les gestes d'un guitariste. Le show dure une minute et demie, peut-être deux. Zazzi réussit à ne pas tomber, je ne sais pas comment. S'ensuit un nouveau et bref moment de silence, mais ni Adolphe ni moi on n'a le temps d'applaudir. Aussitôt explose un autre ONE TWO THREE FOUR et l'ouragan repart. Franz me fait un sourire jusqu'aux oreilles, disparaît de la fenêtre et m'ouvre au bout de quelques secondes. Je franchis le seuil de l'ex-Château et je monte.

J'arrive à pied au deuxième étage, celui des Zazzi. À travers la porte de chez Franz m'arrive, à peine atténué, un vacarme monstre. J'hésite devant la sonnette. Mais soudain la porte s'ouvre et l'ouragan projette dehors mon kamikaze de voisin.

« ATTILA, PUTAIN, POURQUOI TU SONNES PAS ? » me crie Franz, nu comme un ver, à part le grain de beauté poilu et le slip taché.

« MAIS J'AI ESSAYÉ ! je hurle en réponse.

– BON, il me fait, ENTRE, LE CONNARD DE VOISIN SUPPORTE PAS QU'ON PARLE SUR LE PALIER ! »

Je jette un coup d'œil à la porte du voisin.

« PAS VRAI, SALE TÊTE DE NŒUD ? hurle Franz. MONSIEUR N'APPRÉCIE PAS, HEIN ? SORS UN PEU QUE JE TE CASSE LE CUL, BÂTARD ! »

Mais le voisin ne dit rien. Zazzi est tout de même satisfait, et me fait signe d'entrer. J'entre. Les murs tremblent. C'est comme d'entrer dans la salle des presses d'une aciérie, je me dis. Adolphe passe la tête par la porte du balcon et fait mine de nous suivre, mais il change d'avis et reste dehors. L'épicentre est dans la chambre de Zazzi. Franz me précède, il est debout sur son lit, suspendu à sa Marlboro, et joue de nouveau de la même guitare imaginaire qu'avant, toujours jambes écartées. Par terre, près de la chaîne stéréo, j'aperçois la pochette de l'album qui tourne sur le plateau. C'est une photo en noir et blanc de quatre voyous en blouson de cuir devant un mur de briques. Derrière eux, il y a un énorme graffiti blanc. RAMONES. Je regarde Zazzi qui s'agite comme un fou. Le drap froissé qui recouvre le matelas présente de nombreuses brûlures de cigarette.

« ATTILA, OUAH ! PRÉPARE-TOI ! RIEN SERA PLUS JAMAIS COMME AVANT ! » il me hurle.

Une énergie incroyable se dégage de la musique diffusée par la chaîne. Franz est comme ivre. Sans avoir rien pris.

« T'ENTENDS CE DÉLIRE ! OUBLIE TON PARL CALMER, ET ABBA AUSSI ! LE PUNK A EXPLOSÉ ! »

60.

No future

« Eh allez, tu t'en FOUS des gonzesses ! me fait Franz.

– Avec le mal que j'ai eu à les faire pousser, je proteste.

– Mais ça a pas de sens de les garder longs, CROIS-MOI ! Il faut les porter comme ça, maintenant. C'est en les raccourcissant qu'on se REBELLE.

– Et qui a dit ça ?

– Je l'ai vu à *Odéon*, hier.

– Quoi donc ?

– Ce groupe punk anglais BESTIAL, comment ils s'appellent putain, ah ouais, les Sex Fistols, non Pistols. Leur devise c'est NO FUTURE, ils sont super-NAZIS, ils se baladent avec des T-shirts pleins de CROIX GAMMÉES et ils VOMISSENT sur les photos de la reine. À la télé, ils en ont parlé SUPER-MAL, ils ont dit que c'est une HONTE pour l'Angleterre et pour le genre humain. L'un d'eux a CRACHÉ sur la caméra, J'TE JURE, le PIED total ! Et ils ont tous les cheveux super-courts. T'imagines la CLASSE si demain on débarque à l'école avec les cheveux comme ça nous aussi ? »

Zazzi et moi, on est depuis une demi-heure devant chez le coiffeur, qui lève de temps en temps les yeux de son journal et nous regarde.

« Déjà que Margherita me calcule pas comme ça, je dis à Franz. T'imagines si demain je me présente à l'école avec les cheveux courts à la punk ?

– Tu parles, avec les cheveux courts à la punk, elle te MATERA à tous les coups. Tous ces CONNARDS chevelus lui ont sûrement cassé les COUILLES à elle aussi. On lance une mode, Attila, crois-moi ! »

Il pousse la porte sous l'enseigne FRANCO BARBIER.

« Allez, viens, il me fait.

– Ça fait des années que ma mère me prend la tête pour que je les coupe !

– Oui, mais pas comme moi je dis ! » ricane Franz, et il entre.

Je le suis. Franco, le barbier, pose son journal et nous accueille en souriant.

« Il était temps, les enfants, il fait. Encore un peu et j'aurais dû vous faire la barbe aussi. »

Franco est comme ça avec ses clients, toujours de bonne humeur. Zazzi s'assied le premier.

« ATTENDU que le punk a explosé, je veux une coupe un peu punk », il dit.

Le coiffeur le regarde dans le miroir, tout en lui mettant un nylon autour du cou.

« C'est-à-dire ?

– C'est-à-dire courts. Je les veux très courts mais

décoiffés. Enfin, DÉZINGUÉS, je voulais dire. C'est ça : je les veux DÉZINGUÉS.

– Dézingués ? lui demande Franco.

– DÉZINGUÉS », confirme Franz.

Le coiffeur prend ses ciseaux et son peigne, et il me regarde, toujours dans le miroir.

« Le client a toujours raison, il lui fait. Mais une fois que c'est coupé, c'est coupé. Tu ne pourrais pas être un peu plus clair ? »

On entend un coq chanter dans la cour derrière le magasin. Franz s'illumine.

« Je reviens tout de suite », il fait. Le nylon autour du cou, il se précipite dehors.

Par la porte de derrière, le coiffeur et moi on le regarde donner la chasse au volatile, qui zigzague et tente désespérément de lui échapper. Zazzi fonce sur ses Superga pourries. Glisse. Tombe. Se relève. Rigole, les yeux exorbités, transpirant et jurant. Mais il ne lâche pas. À la fin, il arrive à coincer le coq dans un coin. Il l'attrape par le cou et par les pattes, et tandis que la pauvre bête essaie inutilement de se rebeller, il entre, triomphal.

« Voilà, vous devez me les faire COMME ÇA ! » il dit à Franco en lui montrant la tête du volatile.

Le coiffeur hausse les épaules.

« Comme tu voudras... »

Pendant que Franco s'affaire autour de la tête de Franz, je préfère ne pas regarder et je jette un coup d'œil au journal. Il y a une interview de Pulici, qui dit qu'il veut gagner le championnat et arriver en tête des buteurs cette année aussi. Espérons.

Quand je lève les yeux, Zazzi me fixe, rayonnant,

depuis le miroir. En effet, il a vraiment les cheveux DÉZINGUÉS. Si ce n'était pas mon voisin de banc, je le prendrais vraiment pour un coq. Franco n'est peut-être pas un coiffeur londonien dernier cri, mais il sait quand même s'y prendre.

« Au suivant », il me sourit.

Et en une demi-heure, avec l'aide d'une lotion bleue malodorante du nom de Stilfix qui, une fois versée dans les cheveux, fait l'effet d'une colle, il s'occupe aussi de moi. Du coin de l'œil, je dis adieu à mes chères boucles éparpillées sur le sol. On paie, enfin je paie, parce que Franz est sorti sans portefeuille, ça alors, on salue Franco et on sort.

« Et VOUALÀ, maintenant on est des punks nous aussi, me dit Zazzi après quelques minutes, alors qu'on monte chez lui. D'ailleurs, maintenant que j'y pense, je dois encore faire un truc, avant qu'on retourne à l'école demain. »

Et dans sa chambre, sous le regard ébahi d'Adolphe et le mien, avec les Ramones à fond, il écrit JE VOUS HAIS TOUS au stylo-bille sur un T-shirt blanc.

« À part ceux ici présents », il nous fait en souriant, à Adolphe et à moi. Puis il s'éloigne du T-shirt et admire son œuvre. « Tu verras, Attila, cette fois-ci Cavalla va en CREVER, il ajoute, satisfait.

– Oublie pas que tu es déjà mal barré et qu'on arrive vers la fin de l'année, je lui rappelle en touchant ma crête de coq, un peu inquiet.

– Eh ben ? il éclate. NO FUTURE, Attila. Y a pas de futur. Et si y a un futur, excuse-moi, mais on s'en BAT les COUILLES, non ? »

61.

Punk !

Mais qu'est-ce que tu as fait à tes cheveux ? s'est emportée ma mère hier soir, quand elle m'a vu rentrer à la maison.

« Mais qu'est-ce que vous avez fait à vos cheveux ? » s'emporte la Cavalla ce matin quand elle nous voit entrer en classe.

« Alorrrs ? Vous avez perrrdu votrrre langue ?

– Non, madame, nous n'avons pas perdu notre langue, fait Zazzi jaillissant tel un cobra. Nous sommes devenus PUNK !

– Vous êtes devenus quoi ?

– PUNK, madame. »

Silence général. Mastrullo et Ponchia nous regardent horrifiées. Mollo est occupé à faire la liste des Meilleurs Arbitres au Service de la Juventus de Tous les Temps. Sardella révise. Les autres chauffent leur chaise en silence, reluquant nos têtes de coqs de basse-cour. Ce matin, avant de sortir de la maison, j'ai écrit au feutre dans le dos de mon blouson en jean le seul mot punk que je connais. RAMONES.

« Et qu'est-ce que c'est que cette histoirrre de punk ? Vous rrressemblez plutôt à deux Irrroquois », fait Cavalla.

Rires bêtes. Alors Gina lève les yeux de ses ongles et, tandis que Franz fusille d'un regard de producteur de foie gras les oies qui se sont permis de rire, elle explique :

« Le punk est une nouvelle musique.

– Une nouvelle musique ? Et pourrr écouter cette nouvelle musique vous êtes obligés de massacrrrer vos cheveux de cette façon ? nous demande la prof.

– Mais madame, le punk n'est pas seulement une nouvelle musique, s'insurge Franz. C'est surtout une PHILOSOPHIE de vie, et même une prise de position POLITIQUE, voire, si vous m'autorisez le terme, une ATTITUDE !

– C'est-à-dirrre, Zazzi ?

– En Angleterre il y a ce groupe, ils s'appellent les Sex Fistols, non Pistols, qui, ATTENDU qu'ils les ont montrés au journal télé l'autre soir, INSULTENT la reine, font le salut FASCISTE, ont des crucifix renversés et des CROIX GAMMÉES sur leurs T-shirts, crachent sur les passants et vomissent dans les aéroports, enfin ils sont BESTIAUX, et leur disque, je l'ai même pas, vu que pour le moment il est introuvable ici, mais il y a aussi les Ramones, qui sont américains, eux, ils viennent de New York, quatre frères SUPER-LAIDS du Queens qui se baladent tous en Perfecto comme un geng, parce qu'en fait *c'est* un geng, et leur disque je l'ai, ils jouent...

– C'est bon, Zazzi, j'ai comprrris », l'interrompt Cavalla. Rien qu'au ton, on comprend qu'elle est furax.

« Faites-vous donc rrrepousser les cheveux, comme ça vous êtes monstrrrueux. Et ce trrruc, le punk, je ne veux plus en entendrrre parrrler en classe. Vous devrrriez écouter Vecchioni, De Gregorrri, Guccini, Lolli, et à la rrrigueurrr Brrranduarrrdi. Des vrrrais musiciens, avec des choses à dirrre, comme tous ceux qui, contrrrairrrement à vous, ont fait mai 68 d'ailleurrrs, pas des voyous ! »

Elle ouvre le registre de classe. C'est parti.

« Si je pense à toute la bonne chanson engagée qu'il y a en Italie, même Venditti... Et puis il y a les textes, les enfants, les textes. Ceux de Pietrrrangeli, De Andrrré, Vecchioni...

– Vecchioni, vous l'avez déjà dit, madame, précise Zazzi.

– Zazzi, ne m'interrrrrrromps pas ! Quand l'enseignant parrrle, on ne l'interrrrrrompt pas ! C'est clairrr ? Le cas échéant, vous levez la main et si je le juge utile, je vous interrrrrroge ! »

Et heureusement qu'elle, contrairement à nous, et cetera, et cetera. Je lève la main.

« Qu'est-ce que tu veux, toi, avec ces cheveux ?

– Hum, je m'éclaircis la voix. Je voulais seulement dire que les textes des Ramones, je les ai écoutés, ils sont très intéressants...

– Ah oui ? Et qu'est-ce qu'ils disent d'intérrrressant, ces Rrramones ?

– Ils disent des choses comme *Now I wanna sniff some glue, now I wanna have something to do*, je cite de mémoire, en rougissant, comme d'habitude.

– Je te rrrappelle que nous sommes en courrrs d'italien, pas d'anglais. Que signifie cette phrrrase ?

– Ouais, ça veut dirrre quoi ? me murmure Franz, très intéressé.

– Eh bien, plus ou moins ça veut dire *Maintenant je veux sniffer de la colle, maintenant je veux avoir quelque chose à faire*, j'explique.

– Dément, ricane Franz.

– Ça suffit. Il est temps d'interrrrrroger ! hennit Cavalla.

– Je crois que je vais demander à aller aux chiottes », murmure Zazzi à voix basse. Mais il n'en a pas le temps.

« Zazzi ! Toi et ton voisin, au tableau tout de suite ! »

62.

Aux chiottes

Le truc, c'est que moi, aux chiottes, je réussis pas à me libérer si je lis pas quelque chose, je sais pas pourquoi. N'importe quoi. *Diabolik*, par exemple. Avec *Diabolik*, je sais pas pourquoi mais je me vide à merveille. Avec *Dylan Dog* moins. Si par hasard je suis pressé et que j'ai pas le temps de prendre quelque chose avec moi, je lis même la composition du dentifrice ou les instructions sur les produits ménagers.

Parfois je dois y aller hors de chez moi. Chez Franz, ça va encore, il a toujours quelque chose à lire, ne seraient-ce que des BD de guerre du genre *Super Eroica*. Mais à l'école, si on doit demander la permission d'aller aux toilettes, difficile d'emmener avec soi le livre d'histoire. Et donc, souvent je me fais prêter un journal par le pion de notre étage, qui achète la *Repubblica*, comme Cavalla.

Je regarde autour de moi. Sur les murs du cabinet, il y a écrit :

TORO DE MERDE

Et juste dessous :

JUVE DE MERDE

Il y a aussi un

LAURA COUCHE PAS
MAIS ELLE SUCE TOUT CE QUI BOUGE

Et un

SI EN CLASSE ON NIQUAIT
UN TAS DE GENS VIENDRAIENT

J'ouvre la braguette de mon jean. Le baisse jusqu'aux chevilles. M'assieds. Lis. Les pages internationales.

« *Le Premier ministre israélien Rabin a démissionné suite à la découverte d'un compte en dollars dans une banque américaine.* »

Mmmmmm. *Diabolik*, c'est quand même autre chose.

« *Après l'échec de SALT 2, les négociations USA-URSS pour la limitation des armes stratégiques, la tension s'accroît entre les deux superpuissances suite aux protestations américaines contre les violations des droits de l'homme en Union soviétique.* »

Mmmmmm. Ben voyons. Rien à faire. Je passe aux nouvelles sur l'Italie.

« *La Cicciolina : "Tu veux coucher avec moi ?"
C'est ainsi que commence la seule émission érotique
de la radio italienne, du moins c'est ce que disent ses
auteurs. Elle est diffusée par Radio Luna, une radio
privée de Rome qui essaie de conquérir de nouveaux
auditeurs par tous les moyens. Cette fois-ci, le
"moyen" est une jeune femme blonde aux yeux bleus,
hongroise, âgée de vingt-deux ans, Ilona Staller.* »

Mmmmmm. Voilà. Je le sens. Il vient. Il met le nez à la fenêtre.

« *MON NOM EST BERLUSCONI ET JE VEUX ALLER LOIN* », dit le titre d'une interview. Allez, on y est presque.

Question : « *Quelle est votre position sur le plan politique ?* » Réponse : « *La vraie alternative est dans la Démocratie chrétienne, si elle se transforme pour permettre au parti socialiste italien de revenir au gouvernement. Vous savez, je suis quelqu'un de pragmatique, mais je suis aussi un rêveur : j'espère que va naître une nouvelle classe politique, avec quelques idées claires et la capacité de se faire entendre, sans cadavres dans les placards et avec les mains propres.* »

Aaaaaah ! C'est bon ! J'ai bien cru que ça viendrait jamais. Un truc énorme.

63.

On part

Et enfin, nous voici en excursion.

De bon matin, selon le plan élaboré la veille par Franz dans le café en face de l'école, c'est-à-dire *PAR SURPRISE, comme au Gran Sasso quand les parachutistes allemands commandés par l'Hauptsturmführer SS OTTO SKORZENY ont libéré le Duce, OUAH !* on prend d'assaut le bus pour conquérir le dernier rang, derrière les élèves des deux classes, la nôtre et l'autre quatrième. Donc, comme prévu, Zazzi sort un magnétophone de son sac militaire martyrisé de croix gammées et de faisceaux romains. Total : le chauffeur n'a même pas le temps de partir. *ONE TWO THREE FOUR !* Les quatre frères Ramones plein pot, comme si on avait tendu un câble transocéanique entre le Queens et nous. Un truc à faire monter tout de suite lamentations mêlées de grognements des sièges des filles. Nous sommes poliment informés par les connasses que lesdites connasses, inhabituellement solidaires entre elles, entendent chanter pendant tout le trajet. Près de nous, Mollo tord la bouche.

« Merde, Franz, baisse un peu ! Cavalla a dit que si on se tenait pas bien, au retour elle nous le ferait payer cher. »

Zazzi le fixe avec un rictus velu, ses yeux bleus flingués comme son jean. On voit bien que malgré l'heure, il tourne déjà à plein régime, paré pour l'excursion.

« Et nous, estimé confrère, QU'EST-CE QU'ON EN A À PÉTER ? Je me permets de te faire remarquer que nous nous trouvons dans un autocar LANCÉ à toute allure ou presque vers la byzantine Ravenne, et donc pour un soi-disant voyage d'AGRÉMENT, pas dans cette absurde école de MERDE, nom de Dieu !

– Attila, essaie de le raisonner ! me fait Mollo. L'autre va finir par péter les plombs ! C'est le deuxième semestre et j'ai une moyenne pas terrible ! »

Les filles ont déjà commencé avec Branduardi.

« *À la foire de l'Est ...* »

Pitié. Pas Branduardi.

« Et alors arrête de faire des listes d'équipes de foot et travaille un peu, abruti, je siffle à Mollo.

– Vous avez entendu ce que vient de dire notre tout aussi estimé confrère ici présent, comptable Mollo ? ATTENDU que, contrairement à nous deux qui sommes des GÉNIES de la flemme, vous êtes un ABRUTI complet, pensez un peu à étudier comme tous les ABRUTIS dignes de ce nom, espèce de ZOBICÉPHALE ! » ajoute Franz pour clore la discussion.

« *Au marché de l'Est, pour deux sous une souris...* »

Zazzi essaie de monter encore le son du magnétophone. Qui fait ce qu'il peut, étant déjà en position MAX depuis le début.

« ALLEZ, écrase-les, ces THONS, nom de Dieu ! » il s'applique, en flanquant des claques monumentales à l'appareil.

Les filles nous regardent dégoûtées. On n'a pas encore atteint l'entrée de l'autoroute, même pas le premier feu rouge, que tout le monde nous déteste déjà. Un résultat qui va au-delà de nos prévisions les plus roses, il faut bien avouer.

Après quelques kilomètres, Gina lâche vernis et lime et vient vers nous pour négocier.

« Vous voulez pas baisser un peu ? elle commence. Ponchia a mal à la tête.

— Ah ouais ? À mon avis elle est enceinte, avec toutes les ZOBS qu'elle s'enfile !

— Ce que tu peux être con », elle répond en retournant à sa place.

Puis, tandis que Mollo dresse sur son cahier de textes la liste des Meilleurs Arbitres de Touche au Service de la Juventus de Tous les Temps et que je regarde par les fenêtres la campagne qui ne sait pas encore ce qui l'attend quand les architectes vont lui tomber dessus, je pense qu'au lycée, la classe de terminale est partie en voyage à Paris, Margherita aussi est partie, et à tous les coups, pendant le voyage à Paris, un minet de terminale se l'enverra. Si elles couchent pas avec les minets de terminale pendant le voyage à Paris, quand est-ce qu'elles couchent, les filles de dentistes ? De l'avant du bus, qui est réservé aux professeurs, nous parvient le très reconnaissable hennissement de Cavalla.

« Zazzi ! Mais c'est pas possible ! Encorrre deux minutes et je confisque le magnétophone ! Je me suis rrrenseignée ! Cette histoirrre de punk que vous écoutez est une cochonnerrrie fasciste ! Une couverrrturrre pourrr légitimer des phénomènes de violence politique ! Ça ne laisserrra sûrrrement pas de trrraces dans l'histoirrre de la musique ! Impossible que des forrrmes à ce point vides de tout contenu culturrrel puissent durrrer ! Aussi pauvrrres surrr le plan musical ! »

Très calme, Franz ouvre la fenêtre. Crache vers la route. Éteint les Ramones. Puis sort tabac, papier et shit et, caché derrière un siège, se roule un joint tout en sifflotant le *Horst Wessel Lied*, l'hymne du parti nazi. Mais il ne se passe pas un quart d'heure avant que Johnny, Joey, Tommy et Dee Dee reviennent égayer l'autocar. Et avec eux, on arrive à Ravenne remontés à bloc.

64.

Ravenne

Ravenne, on le découvre vite, pullule de graffitis sur les murs, de KOSSIGA SALAUD à JOURNALISTES ESCLAVES DU CAPITALISME, en passant par LE COMMUNISME N'APPARTIENT PAS AU PARTI MAIS AU PROLÉTARIAT et FASCISTES BÂTARDS RETOURNEZ AU MITARD et autres antiquités. Sans parler d'innombrables échantillons de récentes productions canines disséminées un peu partout.

« Jeunes filles, allons-y ! Vous trrrois aussi ! Ne m'obligez pas à crrrier ! hurle Cavalla. Rrregarrrdez verrrs le haut ! Les bâtiments ! Les monuments ! Pas les vitrrrines des magasins ! Là ce sont des fenêtrrres jumelées ! Et juste aprrrès des fenêtrrres trrrilobées ! »

On reste immobiles sous le soleil, devant un imposant palais princier.

« Pour être gros il est gros, je reconnais.

– Qui a bien pu faire ça ? se demande Mollo.

– Estimés confrères, ATTENDU que désormais nous nous connaissons et nous faisons confiance, permettez-moi de vous le dire : vos hésitations m'étonnent », nous réprimande Zazzi.

Cachés par nos camarades et par l'autre classe, nous admirons un étron canin réellement énorme.

« D'après moi, c'est un saint-bernard, suggère Mollo.

– Non, plutôt un berger des Pyrénées, je réponds.

– Voyons, messieurs, nous coupe Franz. Saint-bernard ? Berger des Pyrénées ? Je vous croyais plus physionomistes. Regardez attentivement le PROFIL, la COULEUR, la TEXTURE. De toute évidence il s'agit de notre admirée professeur ! La seule et unique, et qui commence déjà à nous CASSER LES COUILLES là-devant ! »

Zazzi se penche vers le sol et mime un baisemain dans le vide.

« Quel plaisir de vous rencontrer au milieu de cette cité ravennate, très chère madame Cavalla, fait-il en souriant à l'étron. Mais vous me semblez quelque peu CONSTIPÉE, avez-vous trop mangé ? »

Les deux classes se déplacent tel un unique mouton long d'une dizaine de mètres, s'arrêtant devant un autre machin à l'air byzantin, entre un temple et un mausolée. Nous saluons l'étron et prenons la file.

« Jeunes filles ! Toi et tes amis aussi, Zazzi ! insiste la prof. Ici aussi vous pouvez voirrr d'autres fenêtrrres jumelées ! Et d'autrrres fenêtrrres trrrilobées ! Obserrrvez la splendeurrr des mosaïques ! Et l'harrrmonie des lignes ! Comment se peut-il que moi seule qui, contrrrairrrement à vous, ai fait mai 68, je puisse apprrrécier cerrrtaines choses ?

– Oh, madame, encore vous ! Quelle coïncidence ! fait Franz à une merde de chien un peu plus petite que la précédente. Mais ne venons-nous pas de vous saluer ? »

Un monsieur en vélo le regarde avec perplexité.

« Mais alors vous n'êtes pas seule et unique, vous êtes multiple !

– Zazzi, tu veux bien nous fairrre parrrticiper à tes considérrrations ? l'interrompt la prof. Peut-êtrrre sais-tu surrr Galla Placidia quelque chose que nous ignorrrons.

– Mais certainement, madame, fait Franz en se ressaisissant. Je disais justement à mes camarades que cette Galla Placida qui, ATTENDU qu'à cette époque traînaient des types BESTIAUX mais un poil violents, du genre Goths, Wisigoths et, SI JE NE M'ABUSE, Ostrogoths, était certes une poule placide, une sorte de pacifiste à la Yoko Ono avant la lettre, une barbare du style gentil, comme le dit son nom... », il bafouille.

Me regarde. Reprend.

« Raison pour laquelle, comme il ne semblait pas possible qu'existe dans la nature un tel PHÉNOMÈNE, c'est-à-dire justement une POULE mais PLACIDE, on crut bon de lui dédier cette cathédrale, enfin je veux dire ce sanctuaire, ou mieux cette basilique. »

Silence général.

« Ou non ? »

On attend une réponse chevaline. Mais Cavalla, qui n'a pas son livre sous la main, se tait.

65.
Dîner !

Toujours en troupeau, après une quantité incroyable de fenêtres jumelées et trilobées, de mosaïques et d'étrons canins, on va manger un morceau. Mais tandis que toute la classe se glisse en bêlant dans une pizzeria, Zazzi nous fait signe à Mollo et à moi de le suivre. Prenant une petite rue sur le mur byzantin de laquelle quelqu'un a écrit au spray CURCIO LIBERO et où quelqu'un d'autre a ajouté NEGRI STOPPER, on entre dans le premier restaurant.

« ZOB, après tout cet Exarcat, pas question que je mange une pizza, nom de Dieu, éclate notre guide après que le serveur nous eut accompagnés à notre table. Ici on va se faire un steak D'ENFER, Exarcat a qu'à aller se FAIRE FOUTRE, OUAH ! »

Le serveur nous apporte le menu. On l'ouvre. On regarde les prix. Les prix nous regardent. Total : Mollo et moi, on arrête de les regarder et on regarde Zazzi.

« Franz, c'est super cher, ici ! on fait en chœur.
– Sans blague, il nous répond. Ben alors ça veut dire que pour cette fois, vous êtes MES INVITÉS.

– Tes invités ? » je m'assure en notre nom à tous les deux. C'est bien connu, Zazzi n'a jamais une lire sur lui, malgré ses origines fortunées.

« En fait, j'ai fourgué à ma RAPIAT de mère que l'excursion coûtait le DOUBLE. Et elle, à l'idée de plus m'avoir dans les pattes pendant trois jours, les a LACHÉS sans moufter. J'en ai déjà dépensé un peu en shit, mais un bon steak chacun, PERSONNE nous en privera.

– Je peux prendre des frites avec ? s'informe aussitôt Mollo, qui a déjà attrapé un morceau de pain.

– Comme tu veux, fait Zazzi en haussant les épaules. Mais n'oublie pas que déjà comme ça on a l'impression que t'es le cousin d'une PASTÈQUE, Mollo. Si en plus du pain tu t'enfiles un tas de frites, *adios amigos*, tu vas devenir un PUTAIN de brontosaure. »

Mollo s'apprête à répondre quelque chose, mais il se dit que Franz s'est d'avance chargé de l'addition et se tait.

On commande. On mange. On paie. Enfin, miraculeusement Franz paie. Après quoi on taille la route. À la pizzeria, rien à signaler. Les filles ont recommencé à chanter du Branduardi et Cavalla contrôle la situation depuis la table des profs. Étrangement elle ne réagit pas en nous voyant. À la sortie de la pizzeria, elle ne s'aperçoit même pas que Franz a acheté un pack de quatorze bières Moretti, qu'on a glissées sous nos blousons. Peut-être qu'elle a bu, elle aussi. Suit un paquet d'heures en goguette parmi divers byzantinismes, tandis que Franz en est arrivé à sa quatrième ou cinquième canette et se lance dans de véritables conversations avec chaque étron. Puis on remonte dans le bus, et un quart d'heure plus tard on débarque à l'hôtel. Qui est en fait une pension.

À l'entrée, on doit tous laisser nos papiers. Ce sont les nouvelles lois antiterroristes, nous explique la cariatide en charge de la taule. Zazzi, Mollo et moi, on prend possession de notre chambre au deuxième étage. Je n'ai pas le temps de refermer la porte derrière nous que VLAN ! Franz s'est jeté tel un poids mort sur son lit. Le choc est tel que les pieds ont cédé d'un coup et le sommier s'est écrasé par terre.

« OUAH ! » j'entends marmonner Franz qui, la tête enfoncée dans un coussin, s'est mis à remuer les parties basses comme un doberman en chaleur. « Si ce foutu Spermaflex était Cavalla, J'VOUS JURE que je me la BAISERAIS salement ! J'ai une de ces envies de NIQUER, je me ferais même cette SALOPE, nom de Dieu ! »

Je m'assieds sur l'unique chaise, un de ces fauteuils de plage en plastique blanc. Dans la cour de l'hôtel se dresse un gigantesque pin. Mollo va sur le balcon.

« Eh, les gars, d'ici on voit la mer !

– Un moment, que je la POLLUE tout de suite ! » lui fait Zazzi, hagard, en se précipitant aux toilettes. Il pisse la porte grande ouverte. Puis tire la chasse si violemment que la chaîne lui reste dans la main.

« ABSURDE ! il fait. Avec quoi ils les fabriquent, ces PUTAIN de trucs ? »

De retour dans la chambre il jette la chaîne derrière lui, en plein dans la lampe au-dessus du lavabo, aussitôt réduite en morceaux. En deux minutes il a déjà détruit un lit, des chiottes et un néon. Mégapunk.

« D'ailleurs en montant, j'ai remarqué qu'il y a des bonnes sœurs à l'étage du dessous. Et ATTENDU que les bonnes sœurs et les cardinaux et les prêtres en général me pètent un peu les COUILLES, je sais pas si ça s'est vu, on met le réveil à trois heures et on descend frapper à la porte de ces COCHONNES pendant qu'elles ronflent bienheureuses après s'être LÉCHÉES et DOIGTÉES mutuellement, et on hurle "DÎNER !" comme ça la prochaine fois, elles y réfléchiront à deux fois avant de prévoir un voyage d'agrément à Ravenne au lieu d'ouvrir une léproserie au Congo, OUAH ! »

On passe une nuit presque entièrement blanche. Grâce aux Ramones, qu'on a mis plein pot entre deux bières, et à nos camarades de classe qui viennent protester chacune à son tour à cause du bruit. Le lendemain matin, je me réveille le premier, avec la tête dans un étau et Margherita à l'intérieur. Je sors sur le balcon pour voir la mer. Mais il y a un détail qui me distrait. Sur le pin en face de l'immeuble, à une dizaine de mètres, il y a une chaise en plastique blanc. Je regarde autour de moi. La nôtre a disparu. À l'évidence, quelqu'un l'a lancée au sommet de l'arbre. Mais j'ai beau essayer, je me souviens pas de cette scène.

66.

Bleu de Prusse

« Nom de Dieu ! s'exclame Zazzi quand il me rejoint sur le balcon. Regarde où ils ont lancé cette PUTAIN de chaise !

– Pourquoi ? C'est pas toi ?

– Qui, MOI ? Mais pour qui tu me prends ? »

Je laisse tomber. Franz bâille. S'étire. S'offre un petit grattage de couilles. Puis respire ses aisselles. « La vache », il grommelle. Il a déjà allumé sa première cigarette. Je rentre pour appeler Mollo.

« Eh, viens voir ça », je lui dis. Pas de réponse. Je m'apprête à le secouer quand je vois qu'il gît dans une grande flaque de bière, évidemment vomie pendant la nuit.

« Franz ! j'appelle. Viens m'aider ! »

En voyant Mollo, Zazzi est mort de rire.

« T'IMAGINES ? Regarde dans quel état il est après quelques bières !

– Moi j'en ai bu deux, je remarque. Les douze autres, vous vous les êtes envoyées à deux. On fait quoi ?

– Aucun problème, Attila ! Le MILICIEN Zazzi s'en

occupe ! Toi, prends-le sous le bras gauche. Je prends le droit. »

Le poids de Mollo n'est pas négligeable. On le soulève péniblement du matelas trempé. Des restes de viande flottent dans la bière. Ça sent si mauvais qu'il y a de quoi être malade. J'ai presque envie de vomir moi aussi.

« Allez, on le fout sous la douche ! me fait Zazzi.

– T'es sûr ?

– TU PARLES ! T'as pas vu les films de John Wayne ? Un bon JET d'eau GLACÉE et tu vas voir si ça va pas mieux ! »

On traîne Mollo jusqu'à la salle de bains puis sous la douche. Franz ouvre le robinet bleu à fond. Une cascade gelée s'abat. Mollo gémit, essaie de se libérer.

« STOP, très cher ! lui fait Zazzi. Tu verras que tu nous diras merci ! »

Mollo tousse. Il n'a pas encore ouvert les yeux. Puis il se laisse aller. On dirait un sac de patates. En effet, hier il en a mangé pas mal. Le sol de la salle de bains est tout inondé.

« J'y crois pas ! T'IMAGINES ? Même pas la première cigarette on peut fumer en paix, elle qui est plus sacrée que le Saint Sweat pour le pape ! »

Pendant ce temps, Mollo est devenu bleu. Pas bleu ciel ou bleu aviateur, ou même bleu outremer, non, bleu de Prusse. Il a du mal à respirer. À ce moment-là on frappe à la porte.

« Zazzi et compagnie ! fait la voix de Cavalla. Il est l'heurrre de parrrtirrr !

– Et maintenant ? je fais à Franz.

– Une seconde, madame ! il crie. Mollo s'est senti mal ! »

Cavalla déboule dans la chambre puis dans la salle de bains. Pousse un cri devant la scène.

« Zazzi, tu es vrrraiment dans tous les bons coups ! Cette fois, vous ne vous en sorrrtirrrez pas comme ça ! »

Et donc, le deuxième jour d'excursion est légèrement différent du premier. Dans le sens où assez vite on entend la sirène de l'ambulance, et Mollo se retrouve tout bleu aux urgences. Zazzi et moi, on doit supporter une engueulade d'enfer devant toute la classe. Cavalla pète les plombs comme jamais. Elle la ramène avec ses histoires de malaise des jeunes et théorise sur la dangerosité sociale du mouvement punk. Nous menace d'un zéro de conduite accompagné d'interrogations, de suspensions et d'expulsions. Puis, par chance, le chauffeur du car l'informe qu'il est un tout petit peu pressé. Comme prévu, on se farcit Ferrare, un truc de fous entièrement médiéval où les gens ont même pas encore de voitures et se déplacent en vélo. Et quand, à un certain point, avant de remonter à bord, Cavalla s'arrête à une cabine et appelle l'hôpital, on apprend que ce couillon de Mollo, qui a fait un coma éthylique, s'en sortira.

À notre retour à l'hôtel, on trouve la cariatide qui nous attend. Une feuille à la main. Le décompte des dégâts.

« Ça fait cinquante mille lires. Qui paie ? »

Zazzi a encore vingt sacs. Le reste est pour moi.

Mes économies pour la batterie. Je pense que je les reverrai jamais.

« Merci, Attila. T'es un véritable ami, il me fait. Dès qu'on rentre à la maison, je te les rends. Je te le jure sur la tête de ma CONNASSE de mère. »

Ah, dans ce cas...

67.

Heureux et contents

Ce matin, ma mère a dû ravaler ses paroles. De retour d'une visite à l'église chez don Curio, elle a eu l'idée d'envoyer une lettre anonyme au maire pour dénoncer ses sœurs à cause de leur stock de supercrème, d'après elle plus toxique que la dioxine. Une fois la lettre écrite, elle a couru la poster. Et juste après avoir glissé l'enveloppe affranchie dans la boîte, elle a pensé qu'en cas de contrôle, ses provisions aussi seraient découvertes. Et donc elle est restée plus de trois heures près de la boîte, à attendre que le facteur vienne récupérer le courrier. Mais quand il est arrivé, il n'a pas voulu lui donner sa lettre parce qu'il n'y avait pas l'expéditeur au dos. Alors elle la lui a arrachée et elle l'a mangée. Au bout de cinq minutes, la nouvelle est arrivée jusqu'au salon de coiffure. Au bout de dix, on en parlait au mini-marché. Au bout de vingt, elle était déjà à la maison quand don Curio a téléphoné, un peu inquiet à cause de la rumeur qui faisait déjà d'elle un fakir.

Plus tard, de retour de l'école, j'ai dû me farcir tout

le commentaire en différé. Après que ma mère en a fini de déblatérer, on est restés en silence un moment. Elle s'attendait sûrement à ce que je lui dise quelque chose. Mais je n'ai pas ouvert la bouche. Je lui parle plus depuis qu'Alice a quitté la maison à cause d'elle. Qu'est-ce que je lui aurais dit ? Que je me contrefous de ses disputes avec ses sœurs ? Que je la déteste depuis le jour où on l'a surprise avec don Curio dans l'église ? Ou peut-être qu'un jour ou l'autre j'aimerais avoir le courage de dire à papa pourquoi la vendeuse et actrice dramatique manquée passe son temps à l'église ?

Je me suis levé et je suis parti. Dans ma chambre. Dans la chambre que je partageais avec Alice. Pour jouer de la batterie. Et pendant que je jouais, j'ai continué à me répéter que tôt ou tard j'aurai dix-huit ans moi aussi. Et que quand je les aurai je partirai d'ici comme l'a fait ma frangine. À Milan. Avec elle. Et je laisserai ma mère à sa supercrème et à ses activités paroissiales. Et papa à ses cages à oiseaux. Qu'ils restent ensemble pour toujours, heureux et contents.

68.

Mistero Buffo

Ce matin, don Bob est de très mauvaise humeur.

« Bonjour, les enfants. Aujourd'hui j'aurais dû vous parler de ce qu'est la Retraite Spirituelle, du rapport qu'il y a entre Retraite et Vie, et de ce qu'est l'Ascèse selon la Fraternité Communion et Libération, il commence. Mais je ne le ferai pas et je vais vous expliquer pourquoi. J'ignore qui d'entre vous a été en contact avec l'émission dégoûtante, grossière, avilissante de ce bouffon marxiste. Personne, je l'espère. »

Hier soir, ils ont passé à la télé un truc d'enfer. *Mistero Buffo*, de ce type, Dario Fo. J'ai réussi à en voir un bout parce que ma mère est allée se coucher plus tôt que prévu, après le stress dû à cette histoire de lettre anonyme.

« J'espère que vos familles ont su veiller sur vous pour le bien de votre esprit et de votre éducation. »

On dirait que notre prêtre à nous n'a pas vraiment apprécié.

« Depuis que le monde est monde, ou plutôt depuis qu'existe la télévision, c'est la première fois qu'une chaîne publique diffuse un programme aussi vulgaire et blasphématoire.

– À part cette FARCE qu'est la messe papale du dimanche, me fait Franz. Où un curé super-riche et super-puissant célèbre un pauvre gars du nom de Jésus, qui à mon avis VOMIRAIT salement s'il mettait les pieds au Vatican, et se ferait punk lui aussi. »

Je regarde don Bob. Mais don Bob n'a pas entendu.

« À la profonde humiliation due à l'impensable vulgarité de cette émission publique s'ajoute en outre la douleur qu'il y a à voir gaspillés les deniers publics, ceux de nos impôts et de notre redevance, pour un programme aussi insupportablement anticulturel.

– Il ne me semble pas que les PRÊTRES paient des IMPÔTS, sort Franz sans même lever la main. Et peut-être même pas la REDEVANCE. Voilà pourquoi, entre une collecte pour le Bangladesh et une autre pour le Cameroun, certains SPÉCIMENS se baladent en voiture de SPORT décapotable ! »

Don Bob lui lance un regard glacé, puis décide de l'ignorer.

« À un répugnant cabotin : voilà à qui on a permis d'attaquer avec une violence unilatérale sans précédent les valeurs fondamentales de notre civilisation, partagées par l'immense majorité de nos concitoyens.

– Moi je les partage pas, nuance Franz.

– Moi non plus », je m'associe. Je rougis mais maintenant ça m'est égal. Maintenant je suis punk.

Don Bob nous fixe. Si vraiment il avait la ligne directe de son patron, il nous ferait cramer comme Sodome et Gomorrhe. Mais il ne l'a pas.

« En effet. Je parlais de l'immense majorité. Ce n'est pas par hasard qu'ici vous n'êtes que deux.

– Trois », intervient Gina, cessant pour un instant de se faire les ongles. Pas de doute, elle en a. Et pas seulement des nichons.

« Soit, trois », don Bob la fusille d'un regard peu chrétien. Reste que vous êtes une minorité.

– Comment ça ? s'insurge Franz. Les minorités ont pas le droit de s'exprimer ? Je me trompe ou on est dans un État LAÏC ? Non, parce que si on a été envahis à notre insu par les gardes suisses, je cours m'enrôler chez les LANSQUENETS ou à la limite chez les bersagliers !

– Moi, en tant que catholique pratiquante et adhérente au Mouvement depuis que j'ai compris que le Charisme de Communion et Libération représente une authentique force aidant à la réalisation dans notre Existence de l'Objectif de Vie au sein de l'Église, à savoir la Sainteté dans le Monde, couine de mémoire Mastrullo, je me suis sentie offensée et humiliée. »

Don Bob lui sourit. Puis s'assombrit de nouveau.

« As-tu vu cette horrible émission, très chère ?

– Non, don Bob, le rassure-t-elle. J'en ai seulement entendu parler.

– Moi je l'ai vue, fait Franz.

– Moi aussi, je dis.

– Moi aussi, dit Gina.

– Je n'en doute pas, persifle le don.

– Le passage sur la vente des indulgences était très intéressant, je dis.

– Et aussi celui sur Boniface VIII, ajoute Franz. Qui en plus d'organiser des PARTOUZES le vendredi saint a fait torturer et tuer ce frère Pulcino, ATTENDU que si je ne m'abuse, il disait que la terre appartenait à celui qui la travaillait. En massacrant tous ceux qui le suivaient, femmes et enfants compris. Et du coup ce pape, même Dante le COLLE en enfer, dans sa grande œuvre homonyme. Enfin, je voulais dire omnia.

– Quelle opera omnia ? lui fait le prêtre.

– Ben, la *Divine Comédie*, justement.

– Dante n'était certes pas un bouffon blasphémateur ni un idéologue extrémiste, répond l'autre. Et il n'a jamais offensé volontairement les consciences catholiques.

– Peut-être que les consciences catholiques feraient bien de s'offenser pour autre chose, dit Gina.

– J'aimerais bien savoir à quoi tu fais référence, lui fait don Bob.

– Ben, par exemple au fait que l'Église est super-riche, tout le monde le sait, elle explique. Et que depuis des siècles, elle n'est du côté des faibles qu'en paroles, parce qu'en réalité elle a toujours servi les intérêts des puissants.

– EXACTEMENT, intervient Franz. Pourquoi ils vendent pas tout cet or et toutes ces œuvres d'art et ces fauteuils rococo sur lesquels les prélats du Vatican posent leurs saints CULS, pour faire quelque chose de concret contre la faim chez les nègres et les mongolos du tiers-monde ? Pourquoi le PAPE ne suit pas l'exemple de saint François d'Assise qui s'est DÉPOUILLÉ de tout ?

– Il n'y a rien de mal avec l'argent, siffle don Bob. La pauvreté est bien sûr une vertu évangélique et de fait, malgré les apparences, l'Église est pauvre, parce qu'elle est détachée de tout. Comme le dit saint Paul : "nous n'avons rien et nous possédons tout". Mais venir faire cours dans cette classe est une vraie souffrance.

– Pour nous aussi, ricane Zazzi.

– Mais enfin, Zazzi ! Arrête ! » lui intime Mastrullo.

Alors Zazzi lui tire la langue. Total : Mastrullo feint de s'évanouir. Et on finit tous les deux chez le proviseur.

69.

De Lirio

« Mais je m'interroge et je dis : lequel de vous, messieurs, s'est-il cru en devoir de faire ce geste des plus laids et bruyants, c'est-à-dire, si vous me passez le terme, ce qu'on appelle une grimace, l'adressant sans doute possible à une de vos camarades de classe et suscitant par là même les larmes de cette dernière, qui plus est durant l'heure de religion ? »

Franz et moi, on est debout devant le proviseur, monsieur De Lirio, dans son bureau. Le proviseur, monsieur De Lirio, est un ancien prof de droit. Il louche. Quand il semble regarder Franz, je le soupçonne de me regarder moi. Quand il semble me regarder moi, je suis sûr qu'il regarde Franz. Total : en fait, il nous regarde probablement tous les deux en même temps. Moi à droite avec son œil gauche. Franz à gauche avec son œil droit. Quoi qu'il en soit, l'extrémité de son nez vise dans l'espace libre entre nous deux.

« Je m'interroge et je dis : et alors ? Puis-je réclamer l'honneur d'entendre vos voix inconnues ? À moins que, naturellement, vous ayez l'habitude de vous exprimer au moyen de grimaces et autres formes semblables. »

Ni Franz ni moi on n'ouvre la bouche. On évite d'échanger le moindre regard. Pour ma part, je sais que si ça arrivait, je pourrais pas retenir un fou rire. Et je suppose que c'est la même chose pour lui. De Lirio se lève de son fauteuil en cuir et marche de long en large derrière son immense bureau. Je pense qu'il arrive à ne pas nous perdre de vue même quand, arrivé à l'extrémité de la table, il nous tourne le dos pour faire demi-tour.

« Gardez à l'esprit que, votre silence obstiné dût-il se prolonger, je serais obligé de vous infliger à tous les deux la sanction autrement destinée à un seul : réfléchissez-y bien, pendant – il regarde sa montre en la collant presque contre son nez – une minute exactement, et pensez à la solution qu'il vous convient d'adopter. Après quoi, chers invités taciturnes, vous aurez épuisé la patience dont, je m'interroge, je dis et je redis devant vous, je dispose encore.

– C'est moi, monsieur le proviseur », je m'exclame.

Franz se tourne d'un coup vers moi.

« Mais PUT..., enfin, qu'est-ce qui te prend ? » Et à De Lirio : « C'est moi, monsieur le proviseur. »

De Lirio s'arrête derrière son fauteuil.

« Je m'interroge et je dis : que se passe-t-il, messieurs ? Peut-être vous fichez-vous de ma figure ?

– C'est moi, je répète.

– Non, moi », me contredit Franz.

Alors De Lirio inspire profondément. Puis il expire.

« Soit, il nous fait, les bulbes oculaires exorbités tels des canons de DCA. Par considération pour votre amitié qui, en ces temps tragiques et confus demeure une authentique valeur morale, pour cette fois vous pouvez y aller. Mais sachez que je vous tiens à l'œil. Je m'interroge et je dis. »

70.

Le travail, c'est fatigant

J'accompagne grand-père dans le potager. Il doit planter des tiges de bambou près des plants de tomates pour les aider à pousser. Jusqu'à il y a deux ans, il y arrivait tout seul. Mais maintenant il vaut mieux l'aider. Depuis que grand-mère est morte, grand-père a le cœur malade. Dernièrement, le médecin lui a dit d'éviter les efforts.

« Voilà, regarde. C'est comme ça que tu dois faire, il me dit en glissant une tige de bambou dans la terre meuble et en poussant dessus. Et puis tu dois lui donner deux ou trois coups sur la tête avec une pierre, bien fort. »

Il se penche pour ramasser une pierre, mais je réussis à le devancer. Je donne deux coups sur l'extrémité de la tige de bambou.

« Tu vois ? » grand-père me sourit, satisfait.

On plante ainsi une douzaine de tiges. Il en reste six posées par terre. Mais quand j'en attrape une, grand-père me prend par un bras et me dit :

« Ça suffit. Il ne faut jamais trop en faire : le travail,

c'est fatigant. Viens, maintenant. J'ai un truc pour toi au frigo. »

Je le suis dans la maison. Il sort du vieux frigo blanc un cornet Miko. Et mélange dans un verre un peu de vin et d'eau gazeuse pour lui.

« Personne ne devrait jamais travailler, il me fait en essuyant la sueur sur son front avec un mouchoir blanc. J'ai fait mille métiers quand j'étais jeune, en Amérique. Et aucun ne m'a rendu noble. Le travail ne rend pas noble. Il y a plus de chances qu'il tue, nom de Dieu ! »

Il boit une gorgée de vin à l'eau gazeuse.

« Quand je travaillais dans une menuiserie, c'était une chose si je pouvais dessiner un meuble moi-même et ensuite le faire. Une autre si le patron me disait : fais-moi quarante machins tous pareils, comme ci et comme ça. Parce qu'alors on n'est plus un travailleur mais un esclave. Et sacrebleu, le travail c'est ça. Le patron décide à quelle heure tu dois venir et à quelle heure tu dois partir. Ce que tu dois faire et comment. Quelle quantité de travail et à quelle vitesse. Souvent il t'oblige même à t'habiller d'une certaine façon et décide quand tu peux aller aux toilettes. Sans compter que dans toutes les usines, comme dans les bureaux, chaque employé est fiché. Le patron a ses espions, bon sang, et si tu l'ouvres tu peux être sûr que quelqu'un le lui répétera. »

Je mange aussi le cône en gaufre. Grand-père a envie de parler. Depuis que grand-mère est morte, il est seul la plupart du temps.

« Patrons et syndicats sont d'accord. D'après eux on doit vendre notre temps, qui est notre seule vraie richesse, en échange de la survie. Ces messieurs ne se disputent que sur le prix. Mais d'après moi, dans la vie, plutôt que travailler, il faut s'amuser.

– S'amuser ?

– Je me souviens que quand on était petits, mon frère et moi, on jouait à la marelle... »

L'espace d'un instant, j'ai l'impression que ses yeux brillent. Il s'essuie le visage avec son mouchoir blanc. Dehors, le soleil a un peu baissé. Je prends le papier de la glace et je le jette dans le sac en plastique que grand-père a accroché à la poignée de la porte pour y mettre les ordures. Puis je me dis que si je ne l'aide pas, demain matin il devra se débrouiller tout seul dans le potager.

« Et si on allait planter les dernières tiges ? » je lui demande.

Il me sourit. On y va.

71.

Autogestion

« Mais tu peux pas te mettre à dire des choses pareilles, je fais à Franz alors qu'on assiste au triomphe du vide, assis sur le muret devant le Café des Alpes.
– Et pourquoi ça ?
– T'es pas de gauche.
– Et alors ?
– C'est les gens de gauche qui sont pour l'autogestion.
– Sans blague.
– Sûr. Comme dirait Cavalla, tu lis pas le journal ?
– Ben tiens. Je rate jamais un numéro de *Panther*.
– Les journaux, Franz. Pas les magazines porno.
– Tu veux dire, à part *Panther* ?
– Mmmm.
– Bah, ça dépend. Parfois il y a des articles sur les CRIMINELS NAZIS. D'autres fois sur l'OR DE DONGO. Ah, et puis des trucs genre l'ATTAQUE DU TRAIN Londres-Glasgow, là j'ai tout lu. Mais à vrai dire, le reste, grosso modo, je m'en CONTREFOUS. Enfin, à Milan-Rome-Turin-Bologne-Padoue, ATTENDU que c'est des villes

un poil plus habitées que ce bled de MERDE, y a toutes ces histoires d'attentats et de tracts, de coups de filet, de manifestations et de revendications, un pied TERRIBLE. Mais ici il se passe que dalle. D'ailleurs, soit dit en passant, aussi longtemps que les flics et les brigadistes s'entretuent, à moi qui suis d'EXTRÊME droite, ça me va très bien. Même si, justement parce que je suis d'EXTRÊME droite, je préférerais qu'ils buttent directement Andreotti et sa clique, qu'on n'en parle plus.

– Bon, alors crois-moi sur parole, les gens de droite occupent pas les écoles et pratiquent pas l'autogestion. Au contraire. En général ils cognent ceux qui occupent et pratiquent l'autogestion, et ils font tout pour remettre de l'ordre à l'école.

– Ah, il me fait. SACRÉES TÊTES DE CONS. »

Passe un vieux à bicyclette. Accroché au guidon, il a un sac en plastique rempli de chicorée.

« SACRÉES TÊTES DE CONS », lui hurle Franz.

Le vieux nous regarde et file tout droit.

« Qui ça ? je demande à mon kamikaze de voisin.

– Les gens de droite qui cognent ceux qui occupent et autogestionnent, qui font tout pour remettre de l'ORDRE à l'école.

– Mais t'es de droite !

– Oui, mais d'EXTRÊME droite, je te l'ai dit, et surtout je suis pas un ZOBICÉPHALE. Imagine que demain, par exemple, on a d'ailleurs un devoir de maths et une interrogation d'italien, un de ces chevelus contestataires débarque avec une banderole genre NON À LA CULTURE DES PATRONS et installe un piquet à l'entrée de l'école : c'est pas moi qui lui ferai des histoires. Même : J'TE JURE, je lui file un coup de main. Même si c'est un castro-marxo-mao-stalino-léniniste et qu'il a un air de grosse TAPETTE. Au moment de vérité, c'est-à-dire après le 25 juillet et le 8 septembre, le FASCISME aussi s'est ressourcé dans le mouvement anticapitaliste et social. Et en Allemagne, si ç'avait été pour Ernst Röhm et les SA de la première heure, un gars comme Krupp ils le PENDAIENT à une cheminée. Et puis c'est prouvé, c'est grâce au NAZISME, qui a inventé les jardins d'enfants pour les fils d'ouvriers et les vacances à la mer avec l'organisation Kraft durch Freude, que les travailleurs ALLEMANDS avaient les meilleures conditions de vie en Europe.

– Dommage que chez nous, les chevelus contestataires, on en voit pas des masses, je lui fais remarquer. Tous des gosses de démocrates-chrétiens qui ont grandi entre l'église et le catéchisme. Ou même directement en internat.

– À se faire ENCULER par les prêtres.

– À se faire enculer par les prêtres. »

Passe une vieille à bicyclette. Accroché au guidon, elle a un sac en plastique vide.

« À SE FAIRE ENCULER PAR LES PRÊTRES », lui hurle Franz.

Elle nous regarde et file tout droit. Il y a du passage aujourd'hui, dans le village.

« Tu sais quoi ? me fait Franz.

– Non.

– Demain matin, on occupe l'école et on proclame l'autogestion. J'M'EN BATS LES COUILLES si occuper et autogestionner c'est de gauche et que moi je suis d'EXTRÊME droite. Maintenant qu'il y a ce truc punk, plus rien est comme avant. Sans compter que dans certaines situations, les extrêmes se touchent SACRÉMENT, il explique. PUTAIN, où j'ai lu ça ?

– Peut-être dans *Panther* ?

– Ouais, c'est ça. Dans *Panther*. »

72.

On occupe un

Mais en entrant en classe, on découvre qu'il n'y a pas cours aujourd'hui.

« Prrréparrrez-vous à descendrrre dans le grrrand amphi, nous informe Cavalla. Moi qui, contrrrairrrement à vous, ai fait mai 68 j'ai prrroposé au prrroviseurrr De Lirrrio de convoquer immédiatement une assemblée générrrale. J'attends sa rrréponse. »

Bruissement tout autour. Mollo referme l'Alighieri et exulte. Aujourd'hui ça craignait pour lui, c'est le seul qui n'a pas encore de note.

« Deux événements trrrès grrrraves ont eu lieu, poursuit Cavalla. À Turrrin, les Brrrigades rrrouges ont assassiné le prrrésident de l'orrrdrrre des avocats, qui devait désigner les défenseurrrs de Currrcio. À Naples, les terrrrrorrristes ont enlevé le prrrésident de la faculté de drrroit. »

La classe se tait.

« En attendant, je pense que nous pourrrrrions discuter des grrrraves attentats contre la liberrrté qui ensanglantent notrrre Rrrépublique, propose la prof.

– Absolument, madame », fait Zazzi, qui n'a pas oublié que comme ça l'interrogation saute.

On va à notre place. Mollo fait la liste des Meilleurs Chauffeurs de Bus de la Juventus de Tous les Temps, au crayon derrière son abonnement de train.

« Vous connaissez les faits, nous dit la prof. Je voudrrrais savoirrr ce que vous en pensez. »

Silence de mort.

« Je suis sûrrre que vous en parrrlez chez vous, avec vos parrrents. Et parrrler de ce qui se passe est aujourrrd'hui plus que nécessairrre, surrrtout pourrr rrréaffirrrrmer notrrre condamnation et notrrre méprrrris. »

Mastrullo lève la main. Un signe part de l'estrade. Malheureusement elle peut parler.

« Je suis catholique pratiquante, débute-t-elle, et je tiens à dire que depuis que je me suis rapprochée de Communion et Libération j'affirme ma foi avec force. Mais devant des événements aussi barbares, je pense qu'il faudrait rétablir la peine de mort, pour les terroristes et ceux qui les soutiennent, mais aussi pour les dealers. C'est Notre Seigneur qui leur pardonnera, éventuellement, au moment du jugement dernier.

– Tu l'entends, cette CONNASSE..., murmure Zazzi.

– Zazzi, tu as quelque chose à dirrre à ce sujet ? en profite pour dire la Cavalla.

– Mais non, rien, il fait.

– Allez, dis-nous. Exprrrime librrrement ton opinion. »

Toute la classe est tournée vers lui.

« Librement ? il demande.

– Bien sûrrr. Même si, à mon avis, la peine de morrrt ne corrrrrespond pas à ce que doit êtrrre une démocrrratie mûrrre telle que la nôtrrre, il faut êtrrre clairrr : qui n'est pas contrrre les terrrrrrorrristes est avec eux.

– Ah. Ben alors...

– Alorrrs quoi ?

– Ben, je sais pas trop, moi..., il commence, très calme. Tous ces attentats, ces gens à qui on tire dans les jambes... À la fin, ça sert à QUE D..., enfin à rien, je veux dire. D'après moi, en raisonnant par l'ABSURDE, mais jusqu'à un certain point, les types des Brigades rouges devraient s'allier aux gens d'Ordre noir. S'ÉVADER en masse des prisons. Prendre d'ASSAUT le Parlement. Ou peut-être y mettre une BOMBE. Et ATTENDU que c'est de là que vient en premier lieu la pourriture du pays, peut-être qu'après les choses iraient mieux. »

La classe le regarde, bouche bée. Cavalla aussi. Gina a cessé de se faire les ongles. Quant à Mollo, il le fixe sans bouger. Mais on ne sait pas s'il l'écoute ou si c'est seulement parce qu'il ne sait pas comment continuer sa liste.

« Naturellement il faudrait COUPER une fois pour toutes les liens entre le pouvoir politique et la mafia, poursuit Franz. Comme l'avait déjà fait sous le fascisme le préfet Mori, d'ailleurs, nommé par le Duce et devenu célèbre en tant que Préfet de Fer. En outre, il faudrait NATIONALISER les industries, INTRODUIRE un régime fiscal progressif, EMPÊCHER la fuite illégale de capitaux à l'étranger, COMBATTRE sérieusement plutôt que symboliquement l'évasion fiscale des grands capitalistes, petits commerçants et professions libérales,

METTRE HORS LA LOI tous les partis politiques traditionnels en dehors du MSI, et POURSUIVRE pour CORRUPTION, PARJURE devant la Constitution et trahison du peuple italien les éventuels parlementaires qui auraient survécu à ce RAID. »

Franz se gratte les couilles, imperturbable.

« Même si maintenant, avec le punk, on peut aussi envoyer tout le monde se faire F..., enfin au diable, je veux dire, et S'EN COGNER royalement, de cette situation. Vu qu'une chose est sûre : ici, Y A PAS DE FUTUR. Et ailleurs non plus. J'ai pas raison ? »

Trois. Deux. Un.

« Trrrès bien ! éclate Cavalla en feuilletant furieusement son registre. Interrrrrrogation ! »

Adieu, assemblée générale.

73.

Une lettre d'Alice

Alice m'écrit : *Cher Attila, je te le dis tout de suite, depuis qu'à Milan tout le monde sait que j'ai un frère qui joue de la batterie, on m'arrête parfois dans la rue pour me demander : et alors ? Quand est-ce qu'on le verra en concert, cet Attila ? Moi je dis rien, je reste vague, mais sache que quand ça arrivera, je me la raconterai grave...*

J'espère que les baguettes que je t'ai envoyées sont celles que tu voulais. Je me rappelle qu'une fois, on les avait vues dans une vitrine et tu étais resté là à les regarder, fasciné, pendant une heure. Tu joues sûrement très bien, maintenant que quelqu'un te les a enfin offertes (j'ai rien mangé pendant six mois pour pouvoir mettre l'argent de côté. Je plaisante, allez...). Tu sais, souvent je pense à toi qui te promènes dans les champs et j'aimerais être là, qu'on bavarde un peu tous les deux... Parfois je me sens tellement seule, et certains jours, tu peux me croire, je me demande ce que je fais ici, à Milan. Et puis je me dis que je peux pas revenir en arrière. D'ailleurs j'en ai pas envie.

Bon, parlons d'autre chose. De choses plus joyeuses. Comment ça va à l'école (ah, ah) ? Et cette fille, du lycée qui est près de ton école ? Tu as réussi à lui parler au moins une fois ou pas ? Je pense que tu te poses trop de questions avec la gent féminine. N'oublie pas qu'on est des êtres humains, avec deux bras, deux jambes... et aussi deux nichons, c'est vrai. Mais toi, c'est pas à ses nichons que tu dois parler, c'est à elle. Et lui dire qu'elle te plaît, que tu voudrais, je sais pas, aller au cinéma avec elle ou faire une promenade, c'est pas difficile. Si ça se trouve, ça lui fera plaisir.

OK, assez de conseils de grande sœur. Tu dois penser : quelle plaie, celle-là. Que veux-tu ? Tu as raison. C'est juste que je voudrais que tu sois heureux, c'est tout. Pardonne mon intrusion et sois patient. Je t'embrasse fort. À bientôt (j'espère) et salue grand-père pour moi. Bise, Alice.

74.

Pique-nique

La plaie. Il se passe jamais rien ici. Pour changer, je vais dans les champs. Voir mon chêne.

Quand Alice et moi on était enfants, certains dimanches de printemps papa et notre mère nous emmenaient à l'étang pour faire un pique-nique. À ce moment-là, il ne se réfugiait pas encore dans le garage pour construire ses cages à oiseaux. La veille, il allait faire les courses et, le dimanche matin, pendant qu'on était à la messe, il se mettait aux fourneaux. Quand on rentrait, il attendait qu'on se change et il nous mettait dans la voiture, avec les victuailles et le reste. Après quoi on partait. La route qu'on suivait pour aller à l'étang était en terre battue et la Fiat 500 blanche sursautait entre les trous et sur les pierres. Sur la banquette arrière, Alice et moi on riait chaque fois qu'on se retrouvait projetés l'un sur l'autre. Sur le siège avant, près de papa, notre mère, elle, commentait avec enthousiasme l'homélie de don Curio.

On arrivait assez tôt à l'étang – un trou rempli d'eau au milieu de la campagne. Papa et notre mère étendaient une couverture écossaise sur l'herbe et parfois ils sortaient même de la voiture le mange-disques orange avec la poignée blanche et les quarante-cinq tours des derniers succès de Mina et Gino Paoli. Pendant ce temps, Alice et moi, on avait déjà commencé à se courir derrière ou à donner des coups de pied dans un ballon Mexico '70 et, quand apparaissaient sur la couverture verres, assiettes, couverts en plastiques, bouteilles d'eau, de vin, de soda, et la salade de pâtes, la salade verte, les œufs durs et les boulettes de viande, on était trempés de sueur.

Combien de fois je vous l'ai dit, si vous courez ne transpirez pas, geignait notre mère. Mais à ce moment-là, il était l'heure de manger. Assis ou à genoux sur la couverture, on se souhaitait bon appétit. On entendait coasser les grenouilles au bord du lac. Parfois on voyait une fourmi, qui était immédiatement chassée. Puis, à la fin du repas, papa donnait à manger un peu de vinyle au mange-disques et on dansait, Alice et moi.

Il se passait pas grand-chose d'autre. Notre mère lisait dans *Point de vue – Images du monde* les dernières paraboles de sainte Caroline de Monaco. Papa, lui, s'allongeait sur l'herbe, les mains derrière la nuque, et il regardait le ciel. Ou alors, le plus souvent, il s'appuyait contre un arbre et fumait une cigarette.

Un goût de sel
Un goût de mer
Sur ta peau
Sur tes lèvres
Quand tu sors de l'eau

Quand tu t'allonges près de moi.

D'un coup, Alice et moi, on en avait assez de danser et on recommençait à se courir après ou à frapper dans le ballon. En faisant attention à ne pas le lancer dans l'eau et à ne pas transpirer. Mais on transpirait quand même.

Je sais plus exactement quand on a arrêté d'aller à l'étang le dimanche. Peut-être avec la crise du pétrole, quand on pouvait utiliser la voiture seulement un dimanche sur deux. Oui, maintenant que j'y pense, ça doit être ça.

75.

Tévécolor trois

Aujourd'hui, de retour d'une de ses visites quotidiennes à la paroisse, ma mère s'est réunie avec ses sœurs pour essayer d'écluser un certain nombre de pots de supercrème. Et une des tantes s'est mise à brailler qu'elle, elle savait plus où la mettre, la supercrème. Mais l'autre n'a pas bronché. Au contraire. Elle jubilait carrément. Son mari, le petit patron chevalier de l'ordre du Mérite, venait de lui offrir une deuxième tévécolor pour la chambre à coucher. Sur le coup, les deux sœurs, celle en couleurs mais avec un seul appareil et celle encore bloquée au noir et blanc, c'est-à-dire ma mère, sont restées de marbre. Et puis, de ma chambre, je les ai entendues réagir. *Mon mari m'a déjà dit qu'il m'en offrirait une autre*, a fait la première. *Il paraît que la tévécolor, ça donne le cancer*, a balbutié la seconde, c'est-à-dire toujours ma mère. Les sœurs en couleurs ne se sont pas démontées. *On disait la même chose du frigo et on est encore là, bon pied bon œil. Pendant ce temps, il y a plein de nouvelles chaînes privées en Italie et nous on en profite avec nos tévécolor*. Fin de la discussion. Et voilà pourquoi ce soir ma mère a accueilli mon père en larmes. *Il fallait vraiment que j'épouse un ouvrier !* Il n'a pas ouvert la bouche. *Et pendant ce temps mes sœurs pavoisent ! L'une d'elles s'est même fait offrir une deuxième tévécolor !* Elle a fait une pause sursignifiante. S'est mouchée. Papa en a profité pour commencer à manger. Je l'ai imité. *Parce que je me suis mariée par amour, moi, quelle ingénue !* Elle a vraiment dit ça. Papa l'a regardée. *Sans compter que la tévé en noir et blanc, on l'a l'achetée à crédit en soixante-deux !* Papa a regardé son assiette. *Avec le frigo et le lave-linge !* J'ai regardé papa qui la regardait, elle et son assiette. *Et elle est encore là !* J'ai senti qu'il allait se passer quelque chose. *Tout ça parce que moi, quelle ingénue, j'ai épousé un napuli !* Papa s'est levé de table. Il est allé dans la chambre à coucher. Est revenu avec le fusil de chasse. Lui a tiré dessus. LA VACHE ! Ma mère l'a fixé, effarée. Le sang coulait sur sa robe à fleurs. Elle a porté les mains à sa blessure et

Non. Papa s'est levé de table. Il n'est pas allé dans la chambre à coucher. N'est pas revenu avec le fusil de chasse. Ne lui a pas tiré dessus. Simplement, il est sorti et il est allé au garage. Retrouver ses cages à oiseaux. Elle s'est tournée vers moi. Et sur le moment elle n'a pas su quoi dire. Mais peu après elle m'a fait : *Et toi... fais-toi repousser ces cheveux !*

76.

Gina

À la fin du cours d'anglais, quand la cloche sonne, je reste assis, incapable de bouger. Ce matin, devant le lycée, j'ai vu Margherita. Elle descendait tout juste de la KTM d'un autre lycéen. Un type de terminale, avec une veste de treillis de l'armée américaine, un 501 bleu foncé et une paire de Converse beiges. Lui aussi blond, mais avec les cheveux moins longs qu'elle. Et cette barbe de trois jours qui fait tellement minet rebelle. Moi, la barbe, c'est tout juste si elle pousse.

Je me lève et je vais à la fenêtre. Aujourd'hui il y a devoir de maths en classe. Franz a cru bon de sécher. Mollo est dans le couloir avec le reste de la classe. Je pourrais profiter de son absence pour cacher son cartable quelque part. Mais après ce qui lui est arrivé à Ravenne, il vaut mieux qu'on le laisse tranquille, d'après Franz, ATTENDU *qu'il en a vu de toutes les couleurs*. Ce qui sonne bizarrement dans sa bouche. Mais il a peut-être raison. Ce matin, Margherita était magnifique, elle portait une robe bleue à fleurs, une veste en coton, des sandales en cuir et ses livres entourés d'un élastique à la main.

Mais elle-descendait-tout-juste-de-la-KTM-de-ce-minet.

Total : une journée de merde.

J'observe par la fenêtre le graffiti VOLER EST HUMAIN, PILLER DÉMOCRATE-CHRÉTIEN, écrit au spray sur le mur de l'immeuble qui est derrière la grille entourant le terrain de basket et la piste d'athlétisme, quand soudain j'entends un bruit derrière moi. Je reconnais Gina dans le reflet de la vitre.

« Tu fais quoi ici, tout seul ? »

Elle appuie ses coudes sur le rebord. Aujourd'hui elle a une queue-de-cheval. Ça lui va bien.

« Rien », je lui réponds, en regrettant de ne pas avoir pris avec moi le livre de maths. J'aurais pu lui dire que je révisais.

On reste un moment silencieux. Puis elle fait :

« Tu as l'air triste aujourd'hui. Qu'est-ce qui se passe, Zazzi te manque ?

– Non », je dis en rougissant. Rien à faire, ça m'arrive encore maintenant que je suis punk.

Une autre pause silencieuse.

« On peut pas dire que tu sois bavard, me fait-elle remarquer.

– J'ai... jamais... été bavard », je balbutie.

Allez savoir pourquoi, je pense à la scène où je lui demande si elle a des tétons petits ou grands et où elle me répond que je peux jeter un coup d'œil si je veux, et elle soulève d'abord son T-shirt puis son soutien-gorge, et je sens qu'en bas à cap Canaveral, la fusée se met en place sur le pas de tir. Et si elle s'en aperçoit ? Et si elle baisse les yeux et remarque cette espèce de fusée Apollo qui s'est matérialisée entre mes jambes ?

« Tu veux un coup de main ?

– Comment ça ?

– Tu sais bien. »

Je rougis jusqu'à la racine de mes cheveux en crête de coq. Bordel de merde, elle a vu la fusée Apollo, je me dis. Je me contorsionne pour essayer de cacher mon érection.

« Je comprends pas, je marmonne, avec en plus un sentiment de culpabilité à cause de l'autonomie de pensée de mon machin.

– Avec cette fille de terminale. Tout le monde sait que tu es dingue d'elle, qu'est-ce que tu crois ? »

Si c'était possible, je crois que je deviendrais encore plus rouge, mais d'après ce que je constate en regardant mon reflet dans la vitre, j'ai déjà atteint le stade limite. Après, il ne reste plus que l'autocombustion.

« Qui c'est qui raconte ces âneries ? je proteste en feignant la surprise. Franz ? Mollo ?

– Non, il suffit de voir comment tu la regardes quand tu la croises en sortant de l'école », elle m'explique.

À ce moment-là, la cloche sonne. Fin de la pause. La classe se remplit à nouveau.

« Pourquoi t'as pas voulu que je te prenne un sandwich, aujourd'hui ? me fait Mollo en encastrant ses grosses fesses entre la chaise et la table. Et puisque t'étais là, pourquoi t'as pas caché mon cartable ? »

Je ne réponds pas.

« Si tu changes d'avis, préviens-moi », me fait Gina en souriant.

Elle va s'asseoir quelques rangs derrière avec ses nichons. L'Apollo s'apprête à décoller à sa poursuite. Mais heureusement, à cap Canaveral, ils se souviennent qu'il y a un devoir de maths. Le lancement est annulé.

77.

On sèche

Aujourd'hui, les devoirs en classe de sténo et de dactylo ont lieu l'un après l'autre. Ce sont les derniers de l'année, semble-t-il. Et naturellement, aussi bien Franz, qui sait déjà qu'il redoublera, que moi, qui sais déjà que je passerai, on s'est bien gardés de les préparer. Total : dans le train, on décide de sécher.

« Ils peuvent bien me faire redoubler, ces CONNARDS, il me fait. Ils peuvent se TOUCHER pour que j'apprenne à sténographier et à taper à la machine. Je suis pas une tarlouze, merde.

– Mais on fait quoi, si on va pas à l'école, je me demande à voix haute en regardant ce qu'il reste de vert et de campagne par la fenêtre. Comme si, à chaque fois, je voyais une nouvelle villa avec grotte et nains de jardin.

« TUSÉKOI ? s'exclame Franz complètement survolté. ON VA EN VILLE !

– En ville ? Et comment ?

– Très simple ! ATTENDU que ce train va à Turin, il

suffit de se souvenir de pas descendre du train avant Turin et de se souvenir de descendre à Turin ! »

Aussitôt dit, aussitôt fait. Pendant une heure, on roule perdus dans nos pensées, chacun sa merde, comme dirait Franz. Lui est plongé dans le premier tome de l'histoire du *IIIe Reich* de William Shirer et moi dans une inutile tentative d'oublier la scène de Margherita arrivant à l'école sur la moto d'un minet. Mais pas moyen. Et c'est seulement après un certain nombre d'arrêts dans des banlieues grises tout en ciment que le train arrive à destination. En ville.

« Et maintenant ? je demande à Franz, une fois qu'on est remontés à la surface, en plein boulevard arboré du nom de Jules César.

– T'inquiète, Attila. T'as qu'à me suivre, je connais SUPER BIEN Turin. »

Je le suis. Voitures, tramway, bus, passants. Publicité partout. BLUE JEAN BLUE JESUS sur une affiche. TV COLOR TELEFUNKEN sur le flanc d'un camion. VERMOUTH MARTINI en haut d'un immeuble. D'un coup on se retrouve dans un immense marché. *Aubergines de Sicile, venez mesdames, espadon péché aujourd'hui même, allez ma petite dame, tomates de San Marzano, on y va.* Et même un chaos terrible de culottes et de jambons et de bananes et de chaussures et de thons. Franz se tourne et me fait un clin d'œil.

« Surveille ton portefeuille, Attila, ici on te le CHOURE en moins de deux. »

On essaie de se sortir de la foule qui bloque ce labyrinthe d'étalages. Quand enfin on arrive à se mettre à l'abri sous des arcades pleines de détritus, on se heurte à un groupe d'hommes.

« Le gagnant, le perdant », marmonne un type avec une moustache et les cheveux coiffés en arrière qui manipule à vitesse supersonique trois gobelets et une bille sur une petite table recouverte d'un drap. « Gagnant perdant gagnant perdant gagnant perdant gagnant perdant gagnant, allez les gars, choisissez.

– Dix mille sur la droite, fait un autre type avec lui aussi une moustache et les cheveux coiffés en arrière, claquant le billet sur la table devant le gobelet en question

– Bravo, monsieur ! lui répond l'autre en soulevant le gobelet pour montrer la bille avant de sortir un autre billet de dix. Vingt mille à monsieur ! Gagnant perdant gagnant perdant gagnant perdant gagnant perdant gagnant, allez.

– Bon, on y va, me murmure Zazzi à l'oreille. Maintenant qu'il a fait gagner son complice, il va plumer les pigeons. »

Il file avec moi à sa suite. Ensemble on se glisse dans un passage du nom d'Umberto Ier rempli de boutiques de tissus et de plantes et de poussettes et puis dans un dédale de ruelles bordées d'immeubles délabrés. Et, après avoir traversé la circulation de la via Garibaldi à la hauteur d'un graffiti qui dit POUVOIR OUVRIER, quand on débouche sur une certaine via Barbaroux, Franz me montre un tas de seringues par terre et me fait :

« Attention, ici c'est le coin des dealers et donc des junkies, mais si se pointe un TOCARD à la recherche de fric, d'un blouson en cuir ou d'une chaîne en or pour se payer sa dose quotidienne d'héro, pas de problème, j'appelle mon frère », et un couteau apparaît dans sa main.

D'un coup je m'aperçois qu'à chaque angle stationnent des filles super-maquillées et plus de la première jeunesse, toutes en minijupe, talons aiguilles ou bottes en vinyle, toutes l'air plutôt défait. Quand on passe, elles font tinter un trousseau de clés.

« Ici ça BAISE, ricane Franz en filant tout droit. Mais pour le moment, plus que NIQUER, ce que je veux c'est mettre la main sur du shit, vu qu'on est quasiment dans une province excentrée de l'Afghanistan. »

On avance. C'est peut-être les seringues et les trousseaux de clés, mais je suis un poil tendu. Franz, au contraire, affiche son regard fou à la Zazzi et semble dans son élément, comme d'habitude. Puis, devant un portail, il s'arrête.

« Laisse-moi TROIMMINUTES. Je fais vite », il me susurre en regardant furtivement autour de lui. Après quoi il plonge dans l'ombre du portail et disparaît.

J'attends TROIMMINUTES. Six. Neuf. Rien. Une des filles super-maquillées avec minijupe, bottes en vinyle, air défait et trousseau de clés s'approche et me sourit. Je remarque qu'elle a plein de rides sous la couche de fond de teint et que ses dents sont jaunes. Enfin, celles qui restent sont jaunes.

« Alors, mon poussin, ça te dit de monter avec moi ? » elle me demande d'une voix rauque.

Je rougis.

« Non, merci bien, MADEMOISELLE. C'est très gentil de votre part, mais mon estimé confrère et moi-même avons fort à faire », lui fait Zazzi qui par chance vient de débouler en trombe du portail et me tire par le bras. « Ce sera pour une prochaine fois !

– Qu'est-ce qui se passe ? je lui demande tandis qu'on s'éloigne quasiment en courant.

– Bouge-toi, je t'expliquerai. »

On fonce. En un rien de temps, on arrive sous les arcades de la via Roma et Franz se glisse dans les habits du guide touristico-nostalgique.

« CETTE RUE, VOUS NOTEREZ LA PUISSANCE ABSURDE QU'ELLE DÉGAGE, EST L'ŒUVRE DE SON EXCELLENCE LE CHEVALIER BENITO MUSSOLINI, FONDATEUR DE L'EMPIRE ET DUCE DU FASCISME ! IL FAUT SOULIGNER LE STYLE FASCISTE QUI ÉMANE DES COLONNES DE MARBRE RANGÉES TELLES DES CENTURIES, LA GÉOMÉTRIE GRANDIOSE DE LA FATIDIQUE PERSPECTIVE MUSSOLINIENNE VOUÉE À LA RÉALISATION DE LA MYSTIQUE FASCISTE, L'INDOMPTABLE FIERTÉ DES AIGLES IMPÉRIALES VENUES JUSQU'ICI DEPUIS LES FATALES COLLINES TRANSPIRE DE PARTOUT ! » Zazzi est en plein délire. « CECI EST VRAIMENT UN EXEMPLE PLASTIQUE D'ARCHITECTURE MONUMENTALE, NOM DE DIEU. PAS COMME CES PUTAIN DE PYRAMIDES !

– Mais pourquoi on a foncé comme ça ? » je m'informe.

Il ricane, puis regarde derrière lui et, après avoir porté ses deux mains à sa bouche, il murmure :

« Parce que le shit, c'est mon frère qui l'a payé. » Il a les yeux exorbités. « J'ai juste eu à le sortir. OUAH ! »

Sur la piazza Castello, quatre policiers stationnent à côté d'un type qui essaie d'effacer avec un pinceau un graffiti fait à la bombe. IGADES ROUGES, on réussit encore à lire. Zazzi et moi, on se glisse dans un autre passage. Près de l'entrée, il y a l'énorme devanture d'un café. Baratti & Milano, je lis sur l'enseigne. De l'extérieur, on devine les sièges recouverts de velours rouge et les stucs dorés du plafond et les petites tables avec les nappes immaculées. On se croirait dans un film. J'aimerais bien amener Margherita dans un endroit comme ça.

« Suis-moi, Attila, je t'offre un sandwich, me fait Franz en me tirant par le bras. Le fric que j'avais CHOURÉ à ma mère, je l'ai SALEMENT économisé.

– Mais qu'est-ce que tu racontes ? On peut pas entrer là-dedans dans cette tenue ! » je proteste en pensant à ma veste en jean délavée, à son Perfecto décrépit et à nos Superga pourries. « Regarde dans quel état on est !

– ET QU'EST-CE QUE ÇA PEUT FOUTRE ? il hausse les épaules. Maintenant qu'on est punk, personne peut nous arrêter ! »

On se dirige vers l'entrée. En franchissant le seuil, on croise deux mémères super-élégantes. Qui nous regardent avec perplexité. Zazzi baisse la fermeture éclair de son blouson et exhibe son T-shirt qui porte, écrit au stylo-bille, JE VOUS HAIS TOUS. Elles écarquillent les yeux et s'éclipsent. On entre.

« On se croirait dans la salle où il y a le concert du nouvel an, je dis à Zazzi.

– Ah, j'y pense, j'ai appris par cœur les paroles d'une chanson des Ramones.

– Laquelle ?

– *Aï donte ouanna ouôque euraound wiz iou.*

– Et c'est quoi ?

– *Aï donte ouanna ouôque euraound wiz iou* répété vingt-trois fois.

– Ah.

– Mais au milieu, il y a un *Ôle raït if iou donte ouanna ouôque euraound wiz mi.*

– Ah. Bon... »

On arrive au comptoir. Le serveur nous regarde horripilé. Franz s'apprête à ouvrir la bouche, mais une autre mémère déboule derrière nous, elle aussi super-élégante. Le serveur lui sourit.

« Madame désire ?

– Un café décaféiné, long, dans une grande tasse, avec du lait chaud, un peu de cacao, et un verre d'eau, merci.

– Tout de suite, madame. »

Le serveur se met au travail pour satisfaire la commande de la dame et nous ignore. Franz grince des dents. J'ai peur de savoir ce qui va suivre.

« Eh, y a écrit JE VOUS HAIS TOUS, pas *JE SUIS L'HOMME INVISIBLE* », il rugit. Puis, en se tournant vers moi : « Viens, Attila, deux lords comme nous ne devraient même pas mettre les pieds dans un endroit pareil ! Ces TÊTES DE NŒUD MAL ÉLEVÉES savent pas comment on traite un client ! »

Il crache par terre. On se taille.

Avec Franz qui égrène un rosaire de grossièretés, on parcourt le passage et on se retrouve sur une autre place, nettement plus petite que les précédentes. Sous la colonnade d'un palais blanc et rouge à notre droite, une rangée colorée d'étalages de livres d'occasion. Au-dessus de la façade d'un palais blanc à notre gauche, un toit vert d'eau. Et sur un piédestal, au centre de la place, un cavalier noir l'épée au poing. D'un coup, mon kamikaze de voisin me prend par le bras.

« Regarde ! » il me fait.

Je regarde. Derrière le coin, il y a le monument à Friedrich Nietzsche. Franz lit à voix haute :

« DANS CET IMMEUBLE, FRIEDRICH NIETZSCHE CONNUT LA PLÉNITUDE DE L'ESPRIT QUI VA VERS L'INCONNU, LA VOLONTÉ DE DOMINATION QUE SUSCITE LE HÉROS. ICI, COMME PREUVE DE SON NOBLE DESTIN ET DE SON GÉNIE, IL ÉCRIVIT *ECCE HOMO*, LE LIVRE DE SA VIE. EN SOUVENIR DE CES HEURES CRÉATRICES, PRINTEMPS MILLE HUIT CENT QUATRE-VINGT, LA VILLE DE TURIN A POSÉ CETTE PLAQUE AU CENTENAIRE DE SA NAISSANCE. AN VINGT-DEUX È.F. »

L'espace d'un instant, il semble presque ému.

« Ça veut dire quoi, È.F. ? je lui demande.

– ÈRE FASCISTE ! » il s'exclame.

Sous le ciel de mai, Zazzi s'allume une Marlboro et se calme. On s'assied sur les marches du piédestal au centre de la place pour se reposer. Autour des étalages, il y a plein d'étudiants. L'école n'est pas encore finie mais ils ont déjà commencé à vendre leurs livres. Il y a plein de filles. Et certaines sont très belles, mais pas autant que Margherita. Deux d'entre elles rient en fouillant dans leurs sacs à fleurs. Elles portent des chemisiers blancs et des jeans à pattes d'éléphant. Le soleil caresse leurs cheveux dénoués sur les épaules. Et d'un coup, allez savoir pourquoi, la vie me semble pleine de promesses.

78.

Fiesta

Samedi après-midi chez Zazzi, m'a murmuré Gina. *Franz fera une fête. Je l'inviterai et comme ça tu la rencontreras.* Elle est folle, je me suis dit. *Mais comment tu vas faire pour l'inviter, si tu la connais pas ?* je lui ai demandé. Alors il s'est avéré que Gina aussi a un an de plus que nous, qu'elle aussi vient du lycée général et que quand elle était au lycée général, elle jouait dans l'équipe de volley avec Margherita. Total : elles se connaissent.

Et donc j'ai mis trois heures à m'habiller, même si pour finir je suis arrivé chez Franz habillé comme d'habitude, avec ma veste en jean et RAMONES écrit dans le dos, le polo rayé d'Alice, un jean et les Superga pourries, plus le cœur qui battait à toute allure. Maintenant il est cinq heures. La fête était prévue pour quatre. À ce stade, il est évident que Margherita ne viendra pas. Le reggae de Bob Marley jaillit de la chaîne stéréo de Franz. Malgré la musique, Adolphe dort dans un coin. Gina feuillette un exemplaire de *Playboy* assise sur le lit, jambes croisées. Mollo, présent lui aussi, regarde depuis la moquette Gina feuilleter l'exemplaire de *Playboy* assise sur le lit, jambes croisées. Son visage est tout rouge. Espérons qu'il se sente pas mal. Quant à moi, allongé par terre les mains derrière la nuque, je fixe le plafond jauni de fumée de Marlboro. Le truc étant bien sûr que je me sens une merde. Franz, lui, est penché sur son bureau, en train de se rouler un joint. Ses oreilles, son cou, ses bras, son jean et son T-shirt sont couverts de spaghettis. D'abord il a fait des pâtes à l'ail et à l'huile, puis il se les est versées sur la tête en nous invitant à les manger comme ça. Il dit que les punks servent les pâtes de cette façon. C'était dégoûtant.

« Je dois dire que je m'attendais à mieux, fait Gina devant la double page centrale.

– Comment ça ? lui fait Franz sans lever les yeux du joint qu'il prépare.

– Ben, c'est juste des Barbie qui font du charme, ça oui. Mais on voit pas grand-chose.

– Tu trouves, chère consœur ? fait Franz en fronçant le sourcil.

– Oui, je trouve », elle lui répond en lui montrant la playmate du mois, une rousse seins nus avec une robe de chambre écossaise qui, manque de chatte, se referme précisément sur sa chatte. « Et vous, qu'est-ce que vous en pensez ? »

Mollo tousse. S'apprête à ouvrir la bouche. Change d'avis et se tait. J'ébauche un sourire et je lui fais oui de la tête. J'ai pas très envie de parler.

« Les enfants, cette fois je me suis surpassé », nous annonce Franz. Il serre entre les doigts un pétard format compétition. « Ce coup-ci, on va faire des LOO-PINGS, c'est moi qui vous le dis, nom de Dieu !

– Génial ! » fait Gina en posant le magazine et en tapant dans ses mains avec enthousiasme.

Mollo ne réagit pas. Il est hypnotisé par ses nichons, qui sont plus gros que ceux de la fille de *Playboy*, même s'ils sont cachés par son T-shirt en coton *Fruit of The Loom*.

« Alors, ceux qui veulent une taffe LÈVENT LA PATTE ! » nous fait Franz après avoir allumé le méga-joint.

Gina se porte volontaire sans hésitation. Adolphe ouvre un œil, peut-être réveillé par le mot *patte*, mais le referme aussitôt. Mollo est en transe. Je me dis que c'est tellement la merde qu'en fin de compte je pourrais aussi bien commencer à me droguer.

« Mollo ! DEBOUT ! crie Franz en passant le méga-joint à Gina. Tu te crois où ? Au zoo ? »

Mollo a un sursaut. Il détourne les yeux des protubérances de notre camarade de classe et se remet en marche comme un petit robot à piles qui repart.

« Non merci, il marmonne. Je veux vraiment pas entrer dans le tunnel de la drogue, moi. »

Franz s'apprête à l'envoyer chier, mais il réfléchit et laisse tomber. Il aspire un spaghetti qui pendait de son oreille droite et se tourne vers moi :

« Et toi ? Allez, avec un peu d'afghan tu verras que tout ira mieux. »

Je me redresse pour m'asseoir. Gina me passe le pétard. J'ai même jamais essayé de fumer une cigarette. Je fais quoi ? Je me drogue ou je me drogue pas ?

Suis-je prêt à entrer dans le tunnel ? Je veux vraiment devenir un toxico ? Combien de temps de là à un shoot d'héroïne dans les veines ? Je me vois déjà avec la peau verte, les dents pourries et des mégacernes. Prêt à tout pour me procurer ma dose quotidienne. Sortant de prison et y retournant, entre un vol à l'arrachée et un braquage. Margherita, Margherita, pourquoi tu n'es pas venue ?

Franz me fixe de ses yeux exorbités. Gina me sourit. Mollo regarde à nouveau ses nichons.

« J'y vais ? je me demande à haute voix.

– ALLEZ, nom de Dieu ! me fait Franz. Il est temps que tu oublies un peu ton trip gentil garçon ! On est punk maintenant !

– Allez, essaye », m'exhorte Gina.

J'approche le pétard de ma bouche. Elle dirait quoi, Alice ? Peut-être que maintenant qu'elle est seule à Milan, elle a commencé à se droguer elle aussi. En tout cas, je sais ce que dirait ma mère. Mais oui, bordel. Je me sens comme un chien. Pire que ça, même, à en juger par le ronflement paisible d'Adolphe. Autant que je me drogue. Je prends une taffe. Ma bouche se remplit de fumée.

« Avale ! » me fait Franz.

J'avale. La gorge me brûle. L'œsophage me brûle. Les poumons me brûlent. C'est comme ça que doit faire la dioxine, je me dis. Je sens que je rougis. J'ai une quinte de toux. De convulsions, plus que de toux.

« SUPER-GÉNIAL ! » exulte Franz, m'arrachant des mains le mégajoint. Il sort une bouteille en plastique de sous son bureau. Dedans, il y a un reste de jus d'orange. Il le verse directement sur la moquette. Puis il aspire une énorme bouffée et recrache la fumée dans la bouteille. Je continue à tousser. Il ferme la bouteille avec son pouce et la passe à Gina avec le pétard, et lui fait :

« ABSURDE ! Je suis déjà complètement fait ! La fumée, tu l'envoies dedans, comme ça on la balance à la gueule de Mastrullo ! »

Gina s'exécute. Puis elle me passe le matériel. J'ai les larmes aux yeux. Je tousse encore. Vu ce que j'éprouve, je pense que les bronches font tout ce qu'elles peuvent pour se hisser le long du tube digestif. Elles veulent que je les vomisse pour pouvoir sortir sur le balcon et respirer un peu d'air pur. J'attrape pétard de compétition et bouteille, mais j'oublie de mettre mon pouce à la place de celui de Gina.

« PUTAIN, TU FAIS QUOI, Attila ? hurle Franz. Toute la fumée sort ! »

Réveillé par ma toux, Adolphe nous offre une démonstration acrobatique. D'un saut, il attrape d'abord la bouteille et me l'arrache des mains, puis il file sur le balcon. Gina éclate de rire. Franz aussi. Mais juste après il a un éclair de lucidité.

« ADOLPHE ! Viens ici, nom de Dieu ! »

Mais le chien-loup a déjà eu le temps de mettre la bouteille en morceaux et d'avaler la fumée. D'où je suis, je le vois ricaner façon Zazzi. Lui aussi drogué jusqu'aux yeux.

79.

Raid nocturne

Franz passe me prendre après le dîner. Le prétexte : réviser une dernière fois ensemble avant le devoir en classe d'anglais. La vérité : couvrir les murs du village de graffitis. Le punk doit arriver même ici, putain. C'est lui qui s'est procuré la bombe. Une fois dans la rue, il baisse la fermeture éclair de son Perf et me la montre.

« Mais elle est lilas ! je m'exclame en apercevant la couleur du bouchon en haut de la bombe.

– Et alors ? il fait en haussant les épaules.

– Désolé, mais on peut pas le faire en lilas, je dis. Les graffitis, c'est soit en rouge, soit en noir.

– Je sais, je sais, merde. Y avait plus de noir ni de rouge.

– Et tu pouvais pas prendre autre chose ?

– À part lilas, il restait jaune paille et vert tendre.

– Je le crois pas.

– Bah, j'avais pas de fric, alors je l'ai CHOURÉE. C'est la seule que j'ai réussi à glisser dans mon blouson. Et puis quoi, à cause de cette PUTAIN de couleur tu vas te défiler ?

– Mais non, je me défile pas. C'est juste que ça me semble ridicule.

– Sans blague. C'est le contenu qui compte.

– De la bombe ?

– Non, des graffitis. »

Devant le Café des Alpes, Franz se met à siffloter. *Faccetta Nera*, si je ne m'abuse.

« Joue l'indifférence », me murmure-t-il.

On fonce tout droit. Mais comme toujours, le village est désert. On monte par la via Torino, celle qui est pavée, et on débouche sur la piazza della Fiera, où il y a le marché tous les vendredis. Au-dessus de nos têtes, sur la façade des immeubles, les volets sont fermés. On vérifie une nouvelle fois, en tournant dans la lumière des lampadaires, les mains dans les poches de jean. À part deux couples de félins sous les arcades où sont en général les vendeurs de poisson, il n'y a personne. Parfait, je me dis. Maintenant on va se lâcher.

« C'EST PARTI ! ricane Franz. Maintenant on va se lâcher. »

Il sort la bombe de son blouson. Parcourt les instructions. La secoue. Le silence est brisé par la bille de fer qui heurte les parois intérieures du récipient métallique.

« Chuuuut ! je lui fais en baissant instinctivement la tête entre les épaules et en regardant autour de moi.

– Chuuuut ! » il me répond en cessant de secouer.

Les quatre chats nous regardent. Qui sait ce qu'ils en pensent.

« Toi, tu te postes à l'angle, me murmure Franz. Comme ça, tu fais le guet.

– D'accord. »

Je me poste à l'angle. Je jette un coup d'œil dans la rue où on est arrivés. Pas d'emmerdeur en vue. Je fais signe à Franz de continuer.

Il empoigne la bombe et, sur les murs où on colle les affiches en période d'élections, près d'un VIVE LA CHATTE tracé à la craie blanche, il écrit en majuscules :

NOUS IRONS JUSQU'AU BOUT !

Lilas.

Il se tourne. Ricane. À vrai dire, comme manifeste punk, ça semble un peu court. Je regarde tout de même dans la rue et je lui fais signe de continuer.

Il passe au mur d'à côté, où on voit encore, effacé par le temps, le mot VAINCRE, que personne n'a pensé à effacer depuis la fin de la guerre. Et de sa main, il ajoute :

ET NOUS VAINCRONS !

Toujours lilas.

Il me regarde. J'écarte les bras. Il écarquille au maximum ses yeux bleu fou et me montre la rue. Je vérifie à nouveau. Je lui fais signe de se dépêcher. Il lève les yeux vers les fenêtres des premier et deuxième étages des immeubles qui entourent la place, mais les volets sont tous fermés. Alors il se jette contre un troisième mur, sur lequel campe depuis des années un NAPLES = PESTE, et d'un trait écrit :

C'EST L'ESPRIT QUI DOMPTE LA MATIÈRE

Et juste à côté :

IL FAUT TOUT OSER !

Et enfin :

LE FASCISME NE VOUS PROMET
NI HONNEURS NI PRIVILÈGES NI ARGENT
MAIS LE DEVOIR ET LE COMBAT

Encore lilas.

Enfin, plus bas, pratiquement au sol, il gribouille ce qui, dans son esprit, devrait être le faisceau bicéphale, mais qui en réalité ressemble plus au haut-parleur de la camionnette qui, une fois par semaine, passe dans le village pour annoncer le classique *Venez, mesdames, le rémouleur est là !*

L'espace d'un instant, Franz contemple avec satisfaction ses créations. Puis il bondit à travers la place et me rejoint.

« ABSURDE ! il ricane, hurlant presque.

– Chuuut ! je lui fais.

– ABSURDE ! il répète à voix basse. C'est vraiment BESTIAL ! Tu vas voir le cirque, demain ! » Il me glisse la bombe dans les mains. « À toi maintenant ! »

Je regarde les quatre chats. Les quatre chats me regardent. Je la prends et j'y vais.

En lilas, près de l'entreprise de pompes funèbres, j'écris :

LES CURÉS AU BÛCHER

En lilas, je balance, près du kiosque à journaux :

CONTRE TOUS LES POUVOIRS

En lilas, je conclus, près du bureau de tabac :

PAS DE RELIGION
PAS D'ÉDUCATION

Je rends la bombe à Franz, qui la fait disparaître dans son Perfecto. Un dernier coup d'œil à nos œuvres, un salut aux félins et on déguerpit sur nos Superga pourries.

« À chaque graffiti, j'en ai tremblé. Mieux, c'était carrément une montée d'ANÉDRALINE, J'TE JURE, me fait Franz tandis qu'on marche sur le pavé.

– Adrénaline, je le corrige.

– Ah. Ouais.

– Pour moi aussi, j'admets. Mais ce que tu as écrit, c'est pas franchement punk.

– Tu crois ?

– Ben...

– T'as raison. Je crois que je devrais mettre, je sais

pas, CRS SS et quelques SVASTIKAS. T'as révisé, toi, l'anglais ?

— Non.

— Ah, tant mieux. Je croyais être le seul. »

On fait un autre morceau de route en silence. Mais au moment de nous séparer, il y repense.

« Mais alors, SUR QUI JE VAIS COPIER ? »

Et, sur cette question existentielle restée sans réponse, on se salue.

80.
Un vol en classe

« Les enfants, quelqu'un ici rrrisque grrros ! Pas seulement grrros, trrrès grrrès, même ! Le rrregistrrre de classe a disparrru, hennit Cavalla. J'exige de savoirrr qui l'a fait disparrraître ! »

Évidemment, personne ne pipe mot.

« Sachez que la disparrrition du rrregistrrre de classe n'est pas une petite affairrre ! C'est grrrave ! Trrrès grrrave ! »

Personne sauf Franz.

« D'après moi, c'est les types du lycée d'à côté », il fait comme s'il réfléchissait à haute voix.

« Plaît-il, Zazzi ? fait la prof en pointant le doigt sur lui.

– Je disais, madame, qu'ATTENDU que ceux du lycée nous détestent et nous traitent de comptables, le registre de classe c'est probablement EUX qui l'ont fait disparaître. Ne serait-ce que parce que ça ne peut pas être l'UN DE NOUS. »

Cavalla le fixe. Il tousse. Et une scène me revient à l'esprit. Une scène à laquelle, sur le moment, je n'avais pas fait attention. Que j'ai du mal à revoir clairement. Franz. Hier. Dans le train.

« Zazzi, j'espèrrre que tu rrréalises combien l'accusation que tu porrrtes contrrre les élèves du lycée est grrrave. D'aprrrès toi, ils aurrraient fait irrrrrruption dans notrrre établissement et se serrraient emparrrés de votrrre rrregistrrre de classe, sans commettrrre d'autrrre vol ni aucun autrrre dégât.

– C'est très possible », il lui fait, très sérieux.

Franz. Hier. Dans le train. Qui ricane. Sur la plate-forme entre la première et la deuxième classe.

« Et pourrrquoi le vôtrrre et pas un autrrre, je ne sais pas, celui de la quatrième C ? poursuit la Cavalla.

– Eh bien, fait Franz en haussant les épaules. S'ils avaient pris celui de la quatrième C, en ce moment un de leurs professeurs leur demanderait à eux pourquoi LEUR registre de classe et pas le NÔTRE. Et pendant qu'on se casse la tête à trouver le coupable, le coupable nous NI... Enfin, nous nargue, comme on dit. Hein ? »

Franz. Hier. Dans le train. Qui ricane. Sur la plate-forme entre la première et la deuxième classe. La vitre baissée. La campagne. Le soleil. Son bras qui pend dehors.

« Celui qui a fait disparrraître le rrregistrrre de classe comptait nous narrrguer non pas en éliminant ses mauvaises notes, puisque tout le monde sait que vos notes sont rrreporrrtées ailleurrrs, mais en dissimulant ses absences !

– Sans blague ? » lui fait mon kamikaze de voisin.

Franz. Hier. Dans le train. Qui ricane. Sur la plate-forme entre la première et la deuxième classe. La vitre baissée. La campagne. Le soleil. Son bras qui pend dehors. Et un gros cahier bleu dans la main au bout de son bras. Qui s'envole quand la main lâche prise.

« C'est la seule inforrrmation que nous ne pouvons pas rrrécupérrrer, les absences, parrrce qu'elles ne sont rrreporrrtées nulle parrrt ailleurrrs. Toi, parrr exemple, tu en avais plusieurrrs si je me souviens bien, n'est-ce pas, Zazzi ?

– Qui ? MOI ? s'étonne Franz, les yeux bleu fou grands ouverts.

– Oui, toi.

– Vraiment, je ne crois pas, madame. En vérité, je ne saurais l'affirmer avec une totale certitude, mais il me semble qu'en définitive et ATTENDU que je suis toujours là, c'étaient des absences NORMALES. C'est-à-dire, pas tant que ça.

– Étrrrange comme la mémoirrre peut jouer des tourrrs, parrrfois, grommelle Cavalla. Mais qu'il soit clairrr que le conseil d'établissement en jouerrra un autrrre encorrre plus mauvais à celui qui a crrru bon de fairrre le malin hierrr en sorrrtant de l'école. Même s'il n'y a pas de prrreuves. Est-ce assez clairrr, Zazzi ?

– Absolument, madame », il lui répond. Puis, à voix basse, il me murmure : « Bizarre. Aujourd'hui elle l'a pas dit.

– Sans oublier que moi, contrrrairrrement à vous, j'ai fait mai 68. »

81.

Elvira Madigan

Aujourd'hui, sur une chaîne privée qui en général ne passe que des films et que des westerns-spaghettis ou des drames yougoslaves et des tragédies polonaises, j'ai vu un film suédois incroyable, *Elvira Madigan*, tellement beau qu'à la fin, vu que j'étais seul à la maison, j'ai pleuré, punk ou pas.

Elvira est acrobate de cirque et elle est amoureuse de Sixten, un officier de l'armée. Il décide de déserter pour elle et ils s'enfuient ensemble de la Suède vers le Danemark, ils louent une chambre et font un pique-nique à l'ombre d'un arbre tous les deux habillés en blanc, mais ils n'ont plus d'argent et ils sont recherchés par la police, alors elle vend un de ses bijoux et lui les boutons de son uniforme, et ils se nourrissent de fruits des bois et de racines, et vu qu'ils s'aiment à la folie mais qu'ils ont plus rien pour vivre, ils décident de faire une dernière promenade dans les bois avant qu'il trouve le courage de l'abattre avec son pistolet d'ordonnance et se tue. Quand le film s'est terminé, j'étais vraiment mal, à cause aussi de la musique du générique de fin, du Mozart j'ai découvert, et j'avais la gorge serrée, j'ai dû me sécher les yeux dans le polo bleu à rayures blanches d'Alice, celui que je mets de temps en temps quand elle me manque. Je pensais au film et à Margherita et moi qui, soit dit en passant, serions très bien habillés comme Elvira et Sixten, elle avec une grande robe en dentelle blanche à volants et moi en uniforme, et je me suis dit que l'amour, le vrai, doit être comme ça, une chose pour laquelle on est prêt à mourir, pour la personne aimée et surtout *avec* la personne aimée, parce qu'une fois que la personne qu'on aime est morte, vivre n'a plus de sens.

Et donc j'ai couru hors de la maison en pensant aller voir mon chêne. Mais en traversant la route, j'ai vu Margherita à bicyclette et elle m'a vu. Sur le moment je suis resté bouche ouverte. Et puis je me suis dit merde, Attila, tu peux pas la laisser filer. Franz a raison. Le punk a éclaté. Et donc, quand elle a disparu dans un virage, je me suis mis à courir. Mais pas vers les champs, vers elle. Et quand elle a entendu mes pas, elle s'est retournée et m'a souri. Moi j'ai fait un rictus zazziesque, et alors elle s'est mise à appuyer plus fort sur les pédales, roulant vers la gare. Moi aussi j'ai accéléré. L'espace d'un instant, j'ai eu la sensation de pouvoir la rejoindre. Et quand j'ai réalisé que j'y arriverais pas, j'ai espéré pendant une seconde qu'elle allait s'arrêter. Mais Margherita s'est à nouveau retournée et m'a à nouveau souri avec son incroyable sourire. Puis elle a recommencé à pédaler de plus en plus vite.

J'ai couru jusqu'à ce que le punk éclate à nouveau. Pas le punk en tant que phénomène, mais en tant que moi-même, c'est-à-dire que mes poumons, mes jambes et mon cœur ont éclaté. Plié en deux, la langue pendante et les mains sur les hanches, j'ai d'abord dû ralentir, puis m'arrêter, et je l'ai regardée s'éloigner jusqu'à devenir un mirage blond. D'un coup je l'ai perdue. Elle et sa queue-de-cheval pareille à celle d'Elvira Madigan. Après quoi, planté au milieu de la route écrasée de soleil, ma gorge s'est serrée comme avant. Et je me suis demandé : la gorge qui se serre, c'est punk ou c'est pas punk ? Ma foi...

82.
Une histoire de guerre

« Tu sais quelle est la chose la plus importante que j'aie apprise dans toutes ces années, sacrebleu ? Que rien ne justifie la violence et la mort d'une personne. Parce que chaque personne est en même temps tout l'univers. » Il soupire. « Voilà. Tu vois, c'est arrivé exactement ici. »

Grand-père et moi, on est à la gare. Il avait envie de se promener dans le village et je l'ai accompagné jusqu'ici. Vu qu'il est un peu fatigué, on s'est assis sur un banc, sous l'horloge, face aux quais vers lesquels il a pointé son bâton. Aujourd'hui, ils ont dit à la télé que pour la première fois en trente ans, la Démocratie chrétienne et le parti communiste se sont rencontrés pour discuter d'un programme de gouvernement. Et l'autre jour, à Turin, le procès des Brigades rouges a été renvoyé parce que les jurés populaires ont refusé de siéger.

« Les Allemands avaient fait une grande rafle. Ils avaient même un char d'assaut Tigre, bon sang ! »

La gare est déserte. Il n'y a que lui et moi.

« Le fait est qu'on a essayé de les attirer le plus loin possible du village, parce qu'autrement ils étaient capables de tous nous trucider, y compris les femmes et les enfants, et de brûler aussi les maisons en plus de l'église, ce qui n'aurait pas été un tel crime, soit dit en passant. Mieux, s'ils s'étaient contentés de brûler l'église, je leur aurais volontiers donné un coup de main. »

Les cloches sonnent trois heures.

« Bref, on était nombreux à être dispersés ici et là dans la campagne, et la plupart étaient en haut, dans une vallée, à les attendre. Un coup de Mauser ou une rafale de MG de temps en temps, mais rien de particulier. »

Deux hirondelles se poursuivent autour du toit rouge de l'école primaire.

« Pendant que nous on essaie de les éloigner, ceux-là, qui ont perdu la guerre parce qu'ils s'étaient mis tout le monde à dos mais pas parce qu'ils étaient idiots, laissent au village un groupe de miliciens de la république de Salò. Dix ou douze fascistes. Des abrutis complets. Et, pour ce qui est des combats, un fardeau pour les Allemands. »

Grand-père crache par terre.

« Emilio, ce nigaud, s'était avalé ce matin-là tout un tas de kakis. Il avait grimpé d'abord dans un arbre, puis sur un autre et en avait mangé, je ne sais pas, disons une centaine. On avait toujours sacrément faim. »

Il sort un cigare toscan de la poche de sa veste.

« Bref, les Allemands avançaient derrière le Tigre, et nous on reculait. Mais quand on s'est regroupés dans un bois où on s'était donné rendez-vous avant de filer vers les montagnes nous aussi, Emilio avait disparu. »

Il coupe le cigare au milieu avec le ciseau du couteau suisse qu'il porte à la ceinture.

« Et Emilio ? Où est-ce qu'il est passé ? Quelqu'un fait : je l'ai vu il y a dix minutes plié en deux tellement il avait mal au ventre, il cherchait un buisson.
– Les kakis ? je demande à grand-père.
– Les kakis. »

Il allume son cigare et aspire fort.

« On pouvait pas le laisser là. On s'est glissés hors du bois et on a commencé à le chercher. Mais entre-temps les Allemands se sont disposés en éventail et nous ont encerclés. Et donc, peu après, contrordre. On a dû abandonner Emilio à son destin et filer, sinon avec ce Tigre, c'était un massacre, sacrebleu, tellement on était légers. »

Il tousse.

« Emilio, les Allemands l'ont cueilli derrière un buisson, le pantalon sur les chevilles. Il s'est même pas défendu. Il avait un foutu mal de ventre. »

Il secoue la tête.

« Et donc il a dû se rendre, et les Allemands l'ont livré aux fascistes. »

Il crache.

« Ces salopards étaient fous de joie. Un cadeau pareil, de la part de leurs petits copains, ils s'y attendaient pas. D'abord ils le battent jusqu'au sang pour essayer de lui faire dire on ne sait quoi, puis ils décident de le pendre, précisément ici, à la gare. Mais à ce moment-là, il est la demie, et c'est la fin des cours. Les gamins commencent à sortir de l'école. »

Il tire sur son cigare.

« Alors le chef du groupe a une brillante idée. Il fait rassembler tous les élèves le long de la voie ferrée et il met Emilio, mains attachées dans le dos, sur la voie. »

Il s'arrête. J'attends qu'il finisse de raconter. Il se tait.

« Et puis ? je lui demande.
– Et puis rien. Ils l'ont tué comme ça, Emilio, d'un coup de pistolet dans la nuque, pour que le sang et la cervelle giclent sur les rails, devant les enfants alignés. Fin de l'histoire. »

Je regarde le point qu'il m'a montré avant avec son bâton. Parmi les pierres sales de suie noire, je distingue deux mégots de cigarettes et un chewing-gum.

« Moi, aussi longtemps que je vivrai, je me pardonnerai jamais de l'avoir abandonné. »

83.

Le Boiteux

« Chuis dans la merde, me fait Franz à la pause. Et SALEMENT. »

On approche vraiment de la fin des cours.

« Ta mère sait que tu vas redoubler ? je lui demande.

– Meuh non. C'est le Boiteux, il a plus de shit. Rien du tout. Zéro. ZOB. Pour des mois, il dit.

– C'est pas possible, je risque, même si je m'y connais pas vraiment en la matière.

– Sa MÈRE, que c'est pas possible. Il dit qu'à Turin, les flics ont chopé le type qui le fournissait. Comment je vais tenir tout l'été ?

– T'as plus de réserves ? je lui demande.

– Tu te fous de moi ? Vraiment, Attila, tu te fous de ma gueule ? Tu me connais, non ? Tu me vois MOI mettre de côté une réserve de shit ? Quand j'en ai, je me fume TOUT, c'est clair. Que ça soit un gramme ou une tonne. »

Il crache par la fenêtre. Donne un coup de pied à la chaise de Mastrullo. Un gros CRASH résonne dans la salle. Total : il est en pleine crise, rien à faire.

« Y aurait bien une solution, je l'entends grommeler.

– Quel genre ?

– Le Boiteux m'a confié un petit secret, il ricane. ATTENDU que le shit, y en a QUE DALLE, pour pas perdre leurs meilleurs clients ils ont baissé le prix de l'héro. Il paraît que ça coûte RIEN. »

Il me regarde.

Je le regarde.

Le Boiteux est le dealer attitré de Franz. Le Boiteux s'appelle comme ça moins parce qu'il est effectivement boiteux que parce qu'avec lui, avec un peu de chance, on apprend à boiter. Le Boiteux est un vrai démocrate. Il n'a aucun préjugé. *Moi, la politique me fait dégueuler*, je l'ai entendu dire une fois, alors qu'il vendait du shit à Franz à la sortie du café de la gare, un jour où Franz portait un T-shirt avec écrit au stylo-bille LÉGION CONDOR. *Ça m'intéresse pas*, il a ajouté en lui glissant dans la main le petit paquet enveloppé dans de l'aluminium et en empochant dans le même temps le prix convenu. De fait, derrière Franz, un type avec une barbe, des cheveux longs et le symbole de la paix faisait la queue. Et derrière lui, un autre type en costume-cravate, genre clerc de notaire.

« L'héroïne, Franz ? je lui fais.

– Et alors ? Qu'est-ce qu'il y a de mal ?

– Tu as idée de ce que c'est ?

– Bien sûr. Moi, cette MERDE m'aura pas, il me répond. J'en prendrai comme ça, pour combler cette *défaillance* temporaire consécutive au blocage des importations de shit. Après, quand la *situation* se débloquera et que le shit circulera à nouveau, merci et ciao. Tu me prends pour qui ? Je suis pas un putain de junkie de merde, nom de Dieu.

– Ça, non, t'es pas un PUTAIN DE JUNKIE DE MERDE, nom de Dieu. »

Il me regarde.

Je le regarde.

« Tu fais quoi, là ? Tu te fous de la gueule de Zazzi ?

– Tu connais Janis Joplin ? Jimi Hendrix ? Jim Morrison ?

– ON S'EN BAT LES COUILLES DE CES HIPPIES DE MERDE !

– L'héroïne, c'est pas comme le shit, Franz. Tu le sais mieux que moi. On en crève, de ce truc-là.

– Meuh non, on en crève pas.

– On en crève, Franz.

– D'accord, mais moi je crèverai pas.

– Et pourquoi pas ?

– Parce que je suis Franz Zazzi, nom de Dieu, et Franz Zazzi, il a une ligne de vie plus longue que sa BITE, c'est-à-dire GIGANTESQUE ! En outre, Zazzi connaît pas la peur : n'oublie pas que QUI OSE GAGNE ! »

À ce moment-là, Mastrullo est de retour et la première chose qu'elle voit, c'est sa chaise renversée par terre sous le tableau noir.

« Oh non ! elle s'emporte. C'est pas possible que vous d...

– Ta gueule, la TRUIE ! rugit Franz. Commence par perdre cent kilos et t'auras le droit de l'ouvrir. Mais pour le moment tu la fermes ! »

Mastrullo fond en larmes. Puis elle ramasse sa chaise, la remet en place et s'éclipse.

« Tu me fais pas confiance ? me fait Franz.
– À toi si. À elle non, je lui dis.
– À qui ? À Mastrullo ?
– Non, à l'héroïne. »

84.

Taxi Driver

La plaie. Il se passe jamais rien ici. Pour changer, je vais dans les champs. Voir mon chêne.

Hier, Franz et moi on a appelé chez moi en sortant de l'école, d'une cabine téléphonique où un imbécile a gribouillé au feutre TORO SALAUDS ALLEZ LES BLANC ET NOIR. On s'est inventé un cours de rattrapage dans l'après-midi et on est retournés à Turin pour voir *Taxi Driver*, le film dont tous les journaux parlent, sauf les quotidiens sportifs que lit Mollo. Il passait au cinéma Romano, dans le super-beau passage qui donne sur la piazza Castello et qui s'appelle, je crois, Galleria Subalpina, plein de plantes, d'escaliers, de balcons et de boutiques, avec en plus quatre ou cinq punks incroyables, vachement plus punks que nous et exactement pareils que ceux de Londres qu'on voit à la télé et qui, plantés là, ont vraiment l'air de débarquer d'une autre planète. En face du cinéma, il y a un café tout en vitrines et stucs et dorures, le Baratti & Milano, et les punks traînent là, près de l'entrée, observant d'un air menaçant les mémères chic qui viennent prendre le thé. De temps en temps, ils en arrêtent une pour lui demander quelques pièces, et elles tracent tout droit, effrayés par les coiffures iroquoises, les blousons cloutés, les énormes rangers et les pantalons écossais pleins de fermetures éclair. Jusqu'à ce qu'une des mémères s'exclame *Mais qu'est-ce que tu fais ici ?* et attrape par l'oreille une gamine tout en noir et la traîne méchamment derrière elle.

Le film nous a tellement plu qu'on l'a vu deux fois de suite. Quand on est sortis du cinéma, quatre heures plus tard, les punks avaient disparu. Après quelques pas, Franz a passé la main dans ses cheveux en crête de coq et s'est mis à répéter *Maintenant j'y vois clair*, et quand on a croisé un type en costume-cravate en sortant du passage, il s'est aperçu que le type le regardait comme n'importe qui regarderait un Zazzi parlant tout seul en répétant *Maintenant j'y vois clair*, alors il s'est planté devant lui et a fait : *C'est à moi que tu parles ? Hein ? C'est à moi que tu parles ? Y a personne d'autre que moi ici, à qui tu crois que tu parles ?* J'ai dû le traîner pour éviter qu'il se désape homériquement et, tel le fier Hector, lui saute dessus. Heureusement que le type a compris ce qui se tramait et a préféré tracer.

Et puis, pendant qu'on revenait vers la gare en passant par Porta Palazzo au milieu des sirènes hurlantes de la police, Franz me disait que demain, c'est-à-dire aujourd'hui, il retournerait chez le coiffeur pour se faire couper les cheveux, mais cette fois-ci vraiment à la *Taxi Driver*, et je réussissais pas à m'ôter de la tête la musique du film. Je me suis alors dit qu'en dehors du fait que le film se passe à New York, que je n'ai pas fait la guerre du Viêtnam et que je n'ai même pas l'âge d'avoir le permis de conduire, au fond, moi aussi j'étais comme ce chauffeur de taxi, Travis, qui se couperait une main pour pouvoir parler avec cette Betsy, comme je me couperais une main pour pouvoir parler à Margherita, qui n'est peut-être pas dans l'équipe d'un sénateur américain mais est fille de dentiste.

Dans le train, Franz a tenu assis environ deux minutes. Puis il s'est mis à faire des pompes dans le couloir, en répétant à voix haute : *La solitude m'a poursuivi pendant toute ma vie, partout, dans les bars, en voiture, dans la rue, absolument partout, il n'y a rien à faire, je suis né pour être seul.* Le wagon était rempli d'employés qui rentraient du travail. *Aujourd'hui on est le 8 juin*, a dit Franz, même si en réalité on était même pas à la mi-mai. *D'un coup ma vie a pris une autre direction, les jours passaient sans nouveauté, impossible de les distinguer, ils étaient tous pareils, tous l'un derrière l'autre, et puis d'un coup le changement.* Les gens assis aux autres places le regardaient comme s'il était fou. *Maintenant il faut que je refasse de l'exercice, rester assis toute la journée m'a rendu mou, mes muscles ont disparu, à partir d'aujourd'hui cinquante pompes tous les matins.* Par chance, il ne s'en est pas aperçu, tellement il était concentré sur sa gymnastique. *Cinquante pompes, plus de tranquillisants, plus de mauvaise nourriture, désormais ma vie se réorganisera, tous mes muscles seront tendus.* Quand le contrôleur est passé, il a fait mine de ne pas le voir. *Je dois m'organiser, chaque muscle doit être tendu au maximum*. À un moment, il a même dit : *Je dois arrêter de fumer.*

De mon côté, j'ai fait tout le voyage de retour en regardant par la fenêtre le soleil rouge qui baissait jusqu'à disparaître derrière les montagnes et le reflet de mon visage dans la vitre. Et ce n'était pas un visage de *Taxi Driver*. C'était tellement un visage de gamin que j'ai rougi, j'avais honte. Un jour ou l'autre, je me suis dit, j'espère bien grandir. Et cesser de rougir en permanence. Même si après, quand j'ai regardé les adultes autour de nous, avec leurs sacoches en similicuir, leurs cravates dénouées, leurs vêtements horribles et leurs visages tous identiques à celui de papa quand il rentre du travail le soir, eh bien, à vrai dire, ils ne me plaisaient pas du tout. Vraiment pas du tout.

85.

Impôts

La télé est allumée.

« *Malgré l'interdiction du ministre de l'Intérieur Francesco Cossiga, les radicaux n'ont pas renoncé à organiser une manifestation à Rome pour fêter l'anniversaire de la victoire au référendum sur le divorce.* »

Les images d'un cortège défilent.

« *À la suite des violents affrontements qui se sont produits piazza Navona du fait des autonomes, la police est intervenue pour disperser la manifestation.* »

Ma mère fait la tête à papa depuis le début de la soirée.

« *Certains manifestants ont été blessés par balle.* »

Cet après-midi, alors qu'elle allait à l'église retrouver son don Curio adoré, elle a rencontré ses sœurs.

« *Parmi eux, une jeune fille de dix-neuf ans du nom de Giorgina Masi, touchée près du pont Garibaldi, à quelques mètres du lieu où les manifestants avaient dressé une barricade.* »

Elles sortaient de chez l'expert-comptable.

« *La jeune fille est décédée à l'hôpital peu après.* »
Elles jubilaient toutes les deux.
« *Les forces de l'ordre ont démenti l'information selon laquelle la jeune fille aurait été touchée par un coup de feu tiré par un agent en civil, comme l'ont affirmé certains témoins.* »
Elle leur a demandé ce qui les mettait de si bonne humeur.
« *Suite à une réunion qui s'est tenue en présence du général Dalla Chiesa, il s'avère que le coup de feu aurait en réalité été tiré par les manifestants.* »
Elles n'ont pu se retenir et lui ont dit qu'elles étaient allées retirer les déclarations de revenus de leurs maris qui, du point de vue du fisc, sont tous les deux non imposables et même créanciers de l'État.
« *La guérilla dans les rues de Rome ne s'est apaisée qu'à neuf heures du soir, sept heures après le début des affrontements.* »
Alors que nous on paie nos impôts jusqu'à la dernière lire. À cause de papa, qui est ouvrier et pas adjoint au maire chargé de l'urbanisme ni petit industriel chevalier de l'ordre du Mérite.
« *Quant au ministre de l'Intérieur, il a catégoriquement démenti la présence de policiers armés et déguisés en autonomes au sein de la manifestation.* »
Je regarde la pendule.
En théorie, c'est l'heure du dîner.
Mais j'ai pas faim.

86.

On occupe deux

Franz m'appelle à sept heures du matin, pendant que j'avale mon petit déjeuner, café au lait et biscuits.

« Tu vas voir qu'aujourd'hui on va y arriver, à proclamer l'OCCUPATION, il me fait. C'est trop gros, cette histoire de fille qu'ils ont ASSASSINÉE à Rome. Mais on doit PRÉCÉDER Cavalla et le proviseur, sinon ils vont s'en tirer avec l'habituelle assemblée générale et c'est tout. »

À huit heures moins le quart, on est déjà devant les grilles de l'école, au lieu d'être garés comme d'habitude devant le café. Franz négocie avec la bande Berta.

« Si vous nous donnez un coup de main, ATTENDU qu'à nous deux, on n'arrivera évidemment jamais à organiser la grève, on transforme cet endroit en MUR DE L'ATLANTIQUE, non, en LIGNE GOTHIQUE, mieux, en LIGNE SIEGFRIED. Et hop, d'un coup on proclame l'AUTOGESTION.

– L'auto-quoi ? lui fait un des Berta.

– L'AUTOGESTION. Concrètement on s'empare de l'école. C'est-à-dire qu'en gros, on la FOUT AU CUL des profs », il ricane, son sac US couvert de croix gammées en bandoulière et les yeux exorbités.

« Et pour quoi faire ? demande un autre Berta.

– Comment ça, pour quoi faire ?

– Pourquoi on ferait ce truc-là ? demande le troisième Berta.

– À cause de ce qui s'est passé à Rome.

– Et il s'est passé quoi à Rome ?

– La police a ASSASSINÉ une lycéenne de dix-neuf ans.

– Ah.

– Et ATTENDU qu'en définitive, même si elle était avec ces BÂTARDS DE PÉDÉS D'ENCULÉS DE MERDE DE SUCEURS DE BITES de radicaux, c'était une de nos éminentes consœurs, on doit se faire entendre. Et saisir au passage l'occasion de protester contre cette école BOURGEOISE où on nous enseigne les choses du point de vue des patrons. En théorie, c'est nous qui devrions faire cours... »

Les trois Berta se regardent.

« Enfin, les élèves qui veulent. Et puis pas sérieusement. Peut-être qu'en plus de parler du truc de Rome, on pourrait, je sais pas, SABOTER les chiottes, RUINER le bureau du proviseur ? BRÛLER la salle des profs...

– Mais les occupations, c'est pas quand les radiateurs marchent pas ? nous fait remarquer le premier Berta.

– Et ben ? s'énerve Franz. On peut toujours les ARRACHER eux aussi, vu que de toute façon maintenant ils sont arrêtés.

– Quoi qu'il en soit, je souligne, si on occupe l'école, on doit dormir ici cette nuit. Et demain aussi, peut-être. »

Les trois Berta se regardent à nouveau.

« Cet après-midi, je dois aller chercher ma moto chez le mécanicien, dit le plus petit. Et ce soir j'ai la finale du Tournoi de Foot de la Montagne.

– Ah, ben alors on n'en parle plus », fait son grand frère.

Et celui du milieu précise : « Une finale, c'est une finale. »

Ils tournent les talons. Jettent un coup d'œil du côté du café. Ils chassent déjà le quatrième.

Maintenant c'est nous qui nous regardons, Franz et moi.

« Quels ignorants, il fait en crachant par terre. Mais PUTAIN, COMMENT c'est possible ? Avec tout ce qui se passe dans ce pays DE MERDE, ces mecs-là pensent à la finale du Tournoi de Foot de la Montagne et à leur moto.

– Toi aussi, tu t'en fous de ce qui se passe dans ce pays de merde, Franz, je lui fais remarquer. Tu voulais juste avancer la fin des cours.

– KESKETUVEUXDIRE ? Tu crois quand même pas que tous ceux qui occupent et autogestionnent de Trente à Palerme le font poussés par des idéaux nobles ?

– Qu'est-ce que t'en sais ?

– C'est qu'une question de temps, nom de Dieu. Attends que la révolution soit plus à la mode et tu verras comment ils se RECYCLERONT dans quelques années. C'est les leçons de l'histoire. En Italie, jusqu'à ce que le Grand Conseil Le trahisse, tout le monde était fasciste, à part deux ou trois types en résidence surveillée ou en Suisse. Et après ça, plus personne, à part les DOUZE SALOPARDS de Salò. Crois-moi, Attila, on vit dans un pays de lâches. Rouges ou noirs, les idéalistes finissent par crever. Et à la fin, les lâches retournent à leurs petites affaires. » Il s'allume une Marlboro. « Je parie mes TESTICULES. T'as pas idée de combien de types parmi ceux qui étaient à l'université d'État à Milan ou à La Sapienza à Rome en 68, ceux qui se baladaient avec une grande barbe et une parka pourrie, ont un avenir TOUT TRACÉ comme profession libérale, comme papa, ou à la limite comme enseignants CASSE-COUILLES, avec l'État pour payer leur salaire, comme Cavalla. Ceux qui veulent maintenant faire la révolution prolétarienne à coups de P.38 sont des tarés et tu verras que ça finira mal pour eux. Mais les autres, tu peux être sûr qu'ils ont déjà pensé à sauver leur CUL. »

Autour de nous, les élèves ont commencé à entrer.

« On fait quoi ? je lui demande.

– À part nous enrôler comme les mercenaires qui combattent VAILLAMMENT en Afrique sous les ordres des ex-officiers de la Waffen SS jadis décorés de la Croix de Fer avec Branches de Chaîne, Épées et Brillants, et dont le seul credo, outre le classique MON HONNEUR S'APPELLE FIDÉLITÉ, est le zazziesque et indétrônable JAMAIS NOUS NE NOUS RENDRONS – DÉSORMAIS ET POUR TOUJOURS, MASSIVE ATTAQUE ?

– À part ça. »

Il regarde autour de lui.

« Si on peut pas occuper À FOND toute l'école, on n'a qu'à faire au moins cette foutue assemblée générale. »

On entre nous aussi. Mais quand on met le pied dans notre salle de cours, Cavalla est déjà en train d'expliquer. C'est-à-dire. Elle lit mot pour mot ce qui est écrit dans le livre.

« Et vous deux ? Pourrrquoi vous arrrrrrivez à cette heurrre ?

– Personnellement, comme vous le savez, je n'ai pas fait mai 68, lui dit Franz. Mais peut-être le moment est-il venu que vous, qui l'avez fait, demandiez au proviseur d'autoriser une assemblée générale.

– Et pourrrquoi donc, je vous prrrie ?

– Mais comment ? Vous ne savez pas, madame ? Une jeune fille de dix-neuf ans a été ASSASSINÉE par la police à Rome !

– Zazzi ! Qu'est-ce que tu rrracontes ? Ils ont clairrrement dit au jourrrnal télé que cette jeune a été tuée parrr une balle venue d'un grrroupe de manifestants !

– Des agents provocateurs en civil, lui fait Franz.

– Si le ministrrre de l'Intérrrrieurrr dit qu'il n'y avait pas de policiers en civil, alorrrs c'est qu'il n'y avait pas de policiers en civil ! s'emporte-t-elle, suivant la ligne du parti. Et encorrre moins d'agents prrrovocateurrrs ! Le seul prrrovocateurrr ici, c'est toi ! Ça suffit ! Interrrrrrogation ! »

C'est vraiment une manie.

87.

Alice !

« Alice !
– Frangin ! »

Je lâche mon sac avec les livres. On se jette dans les bras l'un de l'autre.

« Qu'est-ce que tu fais ici ?
– Je repars à Milan.
– Non ! »

On reste un long moment enlacés. Serré contre elle, j'inspire profondément pour faire une provision de son parfum de patchouli. Et dire que je le détestais. Puis je me rends compte qu'il manque quelque chose.

« Et tes cheveux ? je lui demande.
– Coupés !
– Ils sont super-courts !
– Ça te plaît pas ?
– Si, mais... ça t'allait tellement bien avant...
– J'ai compris, je suis immonde.
– Non, t'es vachement punk !
– Punk ?
– Oui.

– Comme toi.
– Comme moi.
– Mais ils sont pas un peu nazis, ces punks ?
– Non ! Les punks sont contre tout et tous !
– T'es sûr ?
– Évidemment ! À part mon kamikaze de voisin, Franz Zazzi. Mais lui il était déjà un peu nazi sans ça.
– À Milan, les gens disent que si. »

J'y crois pas. Et si Franz avait raison ?

« Les Katangais les prennent à coups de bâton, les punks, elle me fait.
– Et c'est qui, ces Katangais ?
– Le service d'ordre du mouvement étudiant. S'ils te chopent au Santa Marta avec un badge des Sex Pistols, t'es foutu.
– Le Santa Marta ?
– Un squat dans le centre. Fréquenté par toutes sortes de gens. J'y suis allée une ou deux fois. Mais ça fait un moment. Et je parie que tu connais même pas The Clash.

The Clash ? Je reste sans voix.

« Tu connais pas The Clash !
– Ben tiens, je balbutie. The Clash, bien sûr.
– Tu connais pas The Clash ! » elle jubile.

La plaie.

« Il se fait couper les cheveux comme un petit coq et il connaît même pas The Clash ! elle ricane.
– D'accord, je connais pas The Clash. Et alors ?
– C'est super-grave de pas connaître The Clash, me fait-elle très sérieusement. Et je parie que tu connais pas The Daubes. »

C'est vrai, je ne sais absolument pas qui sont ces Daubes.

« Ne me dis pas qu'en plus de pas connaître The Clash, tu connais pas The Daubes !

– Bien sûr que je connais The Daubes, je mens.

– Et c'est qui ? »

J'hésite.

« Allez, vas-y. Tu connais quel disque de The Daubes ? »

Merde, elle m'a eu.

« Je me souviens pas des titres.

– C'est ça, il se souvient pas des titres. Trop facile.

– *Daubemania* ! » je lance.

Elle secoue la tête.

« *Superdaubes* ! » je retente.

Elle me jette un regard méprisant.

« *Daube Generation* ! je lâche.

– Quelle tristesse ! elle me fait.

– Écoute, je te l'ai dit ! Les titres, je m'en souviens jamais !

– J'imagine. Je viens de les inventer, The Daubes !

– Quelle salope ! » je siffle, en fonçant tête baissée.

On commence à se pousser méchamment. Elle essaie de me faire un croche-pied. Je la prends par les hanches et j'essaie de la chatouiller. Au début, elle fait comme si elle sentait rien. Mais en fait elle supporte pas ça.

« Aïe ! elle rit. Arrête ça !

– Pas question ! »

Elle se tord dans tous les sens.

« Tu me fais mal !

– Bien fait ! »

Elle n'arrive pas à s'arrêter de rire. Elle a les larmes aux yeux. Elle perd l'équilibre et glisse par terre en m'entraînant.

« Tu veux savoir qui sont The Daubes ? je grommelle. Je vais te le dire. »

Mais elle réussit à se libérer. Elle se relève et saute sur le canapé. Attrape un coussin et le jette sur moi.

« C'est toi, la daube ! » je crie.

Elle me jette un autre coussin sur le nez.

« Non, c'est toi ! »

Je m'apprête à lui sauter dessus quand j'entends un bruit derrière nous. On se retourne au même moment, Alice et moi. Notre mère. De retour d'une de ses visites quotidiennes à l'église.

« Je repars demain, lui fait Alice avant qu'elle ait ouvert la bouche.

– Demain ? je lui demande. Déjà ? »

Elle me sourit en hochant la tête.

« Je suis juste venue dire bonjour à mon petit frère, elle me fait en passant un bras autour de mes épaules. Qui me manquait trop.

– Toi aussi, tu m'as vachement manqué ! » je lui dis en collant un gros baiser sur sa joue.

Notre mère bat en retraite sans dire un mot.

Alice et moi, on se regarde et on éclate de rire.

88.

À Londres

« Et si je te dis un secret ?
– Et si tu me dis un secret ?
– Ça reste un secret ?
– Ça reste un secret.
– Sûr ?
– Sûr.
– Sûr-sûr ?
– Sûr-sûr. »

Alice et moi, on est assis par terre sur le sol de ma chambre, qui était aussi la sienne avant. Sur le lit, il y a le nouveau numéro d'*Alter Alter*. Elle me l'a rapporté de Milan avec un livre de photos sur la Résistance et un sur les manifestations de ces dernières années. Plus tard, on ira chez grand-père. Et puis dans les champs. Peut-être jusqu'à mon chêne. Mais d'abord, Alice veut me parler.

« Je suis venue te voir parce que demain je pars, elle me dit.
– Je sais. Tu retournes à Milan. »

Elle me sourit. Mais ce n'est pas son sourire habituel, ironique et affectueux en même temps. C'est un sourire inquiet.

« Non, je retourne pas à Milan, elle dit
— Comment ça, tu retournes pas à Milan ?
— J'y retourne pas, c'est tout.
— Et tu vas où ? »
Elle hésite.
« On peut savoir ? » j'insiste.
Elle ne dit rien.
« Alors, t'as confiance ou pas ?
— En Angleterre.
— En Angleterre ?
— À Londres.
— À Londres ? »
Elle hoche la tête.
« Pour quoi faire ?
— Exactement, je sais pas. Disons, jeter un coup d'œil. » Elle tripote nerveusement ses cheveux courts.
« Et l'université ?
— L'université reste à Milan, elle fait en ébauchant un sourire.
— Mais... et tous les examens que tu as passés ?
— J'en ai pas passé un seul.
— C'est-à-dire, t'en as pas passé un seul ?
— C'est-à-dire que j'en ai pas passé un seul. Aucun examen. Un vrai désastre, ta frangine.
— Et t'as fait quoi, pendant deux ans ? »
Elle se relève. Va vers la fenêtre. Regarde dehors. Soupire.
« Un jour je te raconterai », elle me fait, me tournant le dos.

J'ai compris, je crois.

« J'ai compris », je dis.

Elle se tourne. Me regarde. Elle a l'air sérieux. Elle qui est incapable de rester sérieuse plus d'une seconde. Qui plaisante tout le temps. Qui se fout tout le temps de moi. C'est ça : elle est en train de se foutre de ma gueule.

« Tu as compris quoi ? elle me demande.

– Que tu te fous de ma gueule, je ricane comme si je l'avais démasquée. Bien sûr que tu retournes demain à Milan. Et que tu as passé tous tes examens. Toujours la même emmerdeuse, voilà ce que t'es. »

Elle hausse les épaules. Son expression ne change pas.

« Non, elle fait. Je me moque pas de toi. Tu peux me croire. »

Elle tripote à nouveau nerveusement ses cheveux courts. Je regarde l'exemplaire d'*Alter Alter* sur le lit. Je ne comprends pas.

« Je parie que t'as été dans une communauté, que tu pratiques l'amour libre et que tu pars en Inde avec un fiancé hippie, je lui dis.

– C'est fini, les communautés, l'amour libre, l'Inde et les fiancés hippies », elle sourit. Cette fois c'est un sourire amusé.

« Ah, alors tu vas vraiment à Londres, mais avec un fiancé punk ! »

Sur le moment elle ne répond pas. Puis se rassied par terre à côté de moi et me serre fort contre elle.

« D'accord, d'accord, t'as deviné. Je pars à Londres avec mon fiancé... punk.

– Délire ! je m'exclame. Comment il s'appelle ?
– C'est le Steve dont je t'ai parlé dans ma lettre.
– Il est anglais ?
– Non, de Sesto San Giovanni.
– Ah.
– Une banlieue de Milan. Où il y a les grandes usines, Breda, Falk, Magneti Marelli.
– Et il fait quoi, Steve, à Sesto San Giovanni ?
– Il est ouvrier, comme tous ceux qui vivent à Sesto San Giovanni. Mais il en a marre d'aller à l'usine. Alors il s'est acheté la guitare dont je t'ai parlé, et demain on part à Londres et on monte notre groupe... Un groupe punk.
– GÉNIAL ! je lui fais, plein d'enthousiasme. Je parie que vous avez pas de batteur. Je viens avec vous.
– Non, tu peux pas. T'as seulement quatorze ans et tu dois penser à l'école.
– T'imagines ? Si seulement j'avais pu m'inscrire au conservatoire... Mais maintenant que j'y pense, les Ramones non plus ont jamais dû aller au conservatoire...
– Exactement. Ça dépend de ce que tu as là-dedans, et de ta motivation. Il faut toujours vouloir le meilleur, frangin. Surtout de soi-même. Jamais se satisfaire, dans la vie. »

89.

Alcool gai, alcool triste

Quand on arrive chez grand-père, on le trouve en train d'errer dans le jardin, au milieu des tomates. Il a un arrosoir à la main. Et tous les deux pas, il se penche pour arroser les plants attachés aux longues tiges de bambou. Sauf que l'arrosoir est vide.

« Alice ! Attilio ! » il s'écrie avec un sourire grand comme ça sous son chapeau de paille jaune et ses lunettes fixées par du scotch. « Venez par ici, mes petits-enfants préférés !

– En fait, on est les seuls, grand-père ! » on répond en souriant.

Il fait comme si de rien n'était. Pose son arrosoir par terre et essuie ses mains sèches sur son pantalon. Puis, trébuchant parmi les choux-fleurs, il vient vers nous bras grands ouverts.

« Sacrebleu ! Quelle surprise ! il fait en nous serrant contre lui. Je vous attendais pas ! »

Son haleine sent le vin. Aujourd'hui, il a dû un peu abuser à table.

« Si j'avais su qu'Alice était là, je serais allé acheter

des choux à la crème ! Quand la demoiselle vient en villégiature depuis Milan, ça se fête ! »

Il piétine un buisson d'herbe de saint Pierre et nous fait signe de le suivre sous les saules, où il a installé des tabourets en bois et une chaise longue en plastique rouge tressé. Près de la chaise longue, il y a un seau d'eau froide avec une grande bouteille dedans. Sur l'étiquette, écrit à la main, je lis *Barbera récolte 1974*. On s'assied à l'ombre des arbres. Nous sur les tabourets en bois, lui dans la chaise longue.

« Alors ? Comment ça va, Alice ? Je te demande à toi, parce que lui vient me voir plus souvent », il sourit.

« Bien, grand-père. Merci.

– Et l'université ?

– Comme ci comme ça », répond Alice.

Il sort un paquet de sa poche de pantalon. L'ouvre. C'est un saucisson. De l'autre poche il sort son couteau suisse. L'ouvre aussi. Puis il coupe une tranche de saucisson pour Alice, une pour moi et une pour lui. Et nous fait :

« Peu importe. Ça se fête quand même. »

Alice et moi, on se fait pas prier. Grand-père sait qu'on adore le saucisson.

« Une petite goutte de Barbera ? » il nous demande.

La bouche déjà pleine, on fait tous les deux non de la tête.

« T'as du Coca ? je bafouille.

– Du Coca ? Ne raconte pas de carabistouilles ! Le Coca, ça sert à nettoyer les clous rouillés. »

Il se lève de sa chaise longue. Va vers la maison, un

peu hésitant. Disparaît derrière le rideau vert qui cache le seuil. Alice et moi, on le regarde et on sourit.

« Quelle allure ! elle me fait.

– Va savoir ce qu'il est allé chercher. »

Grand-père franchit le rideau vert. Il tient à la main une bouteille de soda de marque Hobby, deux verres Nutella, une miche de pain et un autre paquet. Il nous rejoint, nous fourre dans les mains le soda et les verres, s'installe à nouveau dans sa chaise longue et ouvre le second paquet. Dedans, il y a une tranche de fromage.

« Tomme de Lanzo, nous informe-t-il. Ceux qui en veulent sont priés de lever la main, les enfants. »

Alice et moi, seuls enfants ici présents, on lève la main. Alors il coupe une tranche de pain et une autre de fromage pour chacun. Mais quand il nous les tend, il reste interdit.

« Bon sang ! J'ai vraiment trop bu ! »

Il se relève. S'approche d'Alice. L'observe attentivement.

« Mais... est-ce que je suis bien réveillé ? il fait. Alice ! Et tes cheveux ? Où ils sont passés ?

– Ah, je les ai coupés.

– Ils étaient tellement chic !

– Maintenant c'est plus chic de les porter courts.

– Vraiment ? » On voit bien qu'il a du mal à le croire. Il se rassied. « Bah, ils repousseront. Et puis, belle comme elle est, ma petite-fille peut se le permettre. »

Comme toujours, quand il voit qu'aussi bien Alice que moi, on laisse la croûte de la tomme, il secoue la tête. La sienne, il gratte à peine la surface et il la mange.

« Vous laissez le meilleur... »

On boit un peu de soda. Il est plutôt bon, bien froid dans cette chaleur.

« Vous voulez des biscuits ? » nous demande grand-père. Il est comme ça. Il voudrait toujours savoir quoi nous offrir pour qu'on soit contents. « Hier j'ai acheté un paquet de Pépitos. Et j'ai aussi des gaufrettes, à la vanille et au chocolat. Et des tchip...

– Des tchip ? je l'interromps, stupéfait.
– Des tchip ? il me répond, stupéfait.
– T'as dit tchip, lui fait Alice.
– Ah, des chips, il se donne une claque sur la cuisse. Chips... tchip », il dit, et il éclate de rire.

D'un coup, grand-père rit aux éclats. Il doit poser la tomme et le couteau pour se tenir le ventre. On rit nous aussi.

« Chips... tchip..., il répète en toussant, entre deux éclats de rire.
– Chips... tchip », on répète, en proie aux convulsions.

Heureusement, grand-père a l'alcool gai, pas triste. Et contagieux. Il essuie ses larmes avec un mouchoir. D'ici peu, il se mettra à chanter. Mais aussitôt je repense à ce que m'a dit Alice. Qu'elle part pour Londres. Et qu'elle est passée me saluer exprès, parce qu'elle sait pas quand on se reverra. Et même si je réussis pas à ne pas rire moi aussi devant grand-père qui rit comme ça, quelque part au fond de moi, je suis triste.

90.

Dans les champs

Avant de rentrer à la maison pour le dîner et après avoir salué grand-père, on va se promener dans les champs, Alice et moi.

Le disque orange du soleil accroché au-dessus de la bande verte de la forêt s'apprête à se coucher. Il y a une très belle lumière et, sur le sentier ombragé, l'air est presque frais. C'est dimanche et la campagne est déserte. On croise seulement un chat roux qui nous observe, tapi dans l'herbe, et ne bouge pas quand j'essaie de l'appeler. Alice lui sourit. On dit pas grand-chose. Et même, personne n'ouvre la bouche. On se contente de faire ensemble cette promenade qu'on a faite tellement d'autres fois depuis qu'on est petits. Pendant qu'on marche, je réalise que je connais par cœur chaque pierre, chaque morceau de brique planté dans la poussière, chaque touffe d'herbe au milieu du sentier. Un peu avant le virage où surgissent l'un à côté de l'autre les deux plus hauts marronniers, il y a le gros clou rouillé que j'ai toujours été tenté de ramasser et que j'ai jamais ramassé. Aussitôt après, la pierre verte qui pointe du terrain et dont la couleur m'a toujours étonné. Puis le bruit chatoyant du premier ruisseau. Enfin l'énorme tas de fumier puant, à la hauteur duquel je retenais toujours ma respiration quand j'étais enfant. Mais aujourd'hui je suis tellement heureux de faire cette promenade avec Alice que le fumier me semble avoir un parfum délicieux.

On marche côte à côte. De temps en temps, elle se baisse pour ramasser un brin d'herbe. Au lieu d'une de ses habituelles chemisettes indiennes aux couleurs vives, elle porte un polo quelconque. Mais, sous le jean bleu à pattes d'éléphant, je remarque les sandales en cuir qu'elle met toujours à cette saison. Moi j'ai jamais voulu mettre de sandales. Je préfère les chaussures fermées. Même l'été, quand il fait très chaud et que personne met de chaussettes, j'en mets quand même. Alice s'est toujours moquée de moi, à cause de cette histoire de chaussettes au mois d'août. Et elle a toujours triché quand on jouait aux cartes chez grand-père. Et m'a toujours raconté un tas de bêtises. Comme l'été dernier, quand elle est venue nous voir quelques jours et jurait être devenue l'entraîneur d'une équipe de basket féminin à Milan, la première équipe de basket féminin d'Italie. Et que grâce à ses méthodes d'entraînement, l'équipe était en tête du championnat. À la télé, l'été dernier, il y avait les Jeux olympiques et, pendant les matchs de basket, elle faisait des commentaires techniques et analysait les actions de jeu, et de temps en temps elle sortait des trucs comme *eh, l'arbitre, y a marcher*, ou bien *mais quelle faute dans la raquette, pourquoi lancer franc, le meneur a simulé*, ou bien *d'après moi, ils devraient passer du marquage individuel à une défense en zone*, et à la fin j'étais convaincu qu'à Milan elle entraînait vraiment l'équipe de basket féminin en tête du championnat. Et puis, quand je lui ai demandé si, la prochaine fois qu'elle venait, elle m'apporterait un ballon, elle m'a dit : *je méritais vraiment pas un frère qui croit toutes mes âneries*. Un truc à la gifler, si ce n'est qu'elle a les bras plus longs que moi et me tient sans problème à distance.

On saute un fossé et on quitte le sentier pour s'enfoncer dans les hautes herbes sous deux rangées de bouleaux. À notre gauche, un champ de blé qui commence à dorer. À notre droite, une étendue de foin qui attend d'être ramassé. J'aime bien l'odeur du foin. Ça sent les vacances. Et j'aime aussi l'odeur de l'herbe à peine coupée. Et celle de l'herbe haute dans laquelle on avance. J'aime aussi le bruit de nos pas. Et notre silence. Au-dessus de nous, un corbeau fait CROA CROA. Là où le foin attend d'être ramassé, quelqu'un a laissé une faux appuyée contre un pêcher. J'aperçois au pied de l'arbre la pierre à aiguiser. Je regarde autour de moi, imaginant voir le propriétaire du terrain, mais il n'y a personne. Puis, d'un coup, les deux rangées de bouleaux s'interrompent et devant nous on voit un champ immense, celui où on faisait la course, Alice et moi, quand on était enfants. On s'arrête pour l'observer.

« D'accord ? je lui demande.
— Le premier qui arrive aux arbres, elle me fait.
— À trois ?
— À trois. »

Je trace une ligne dans l'herbe avec la semelle d'une de mes Superga pourries. On se met en place. Je me penche légèrement en avant. Alice reste droite. On compte.

« Un...
– Deux...
– Trois ! »

Je pars à fond. Je coordonne parfaitement bras et jambes. J'arrive presque au milieu du champ. Au fond, la ligne des arbres s'approche de plus en plus. Du coin de l'œil, je contrôle mon avantage sur Alice. Je ne la vois pas. Avant elle était pas aussi lente. Je tourne la tête sans cesser de courir. BORDEL ! J'arrête de courir. Elle est là, en train de rire, sur la ligne de départ. La salope.

« Crétine ! » je lui crie, plié en deux pire que Mollo, le souffle coupé.

Elle me rejoint en souriant, et fait mine de m'embrasser. Je la repousse.

« Allez, elle fait. C'était pour rire.
– Laisse-moi tranquille.
– C'est ma faute si tu tombes toujours dans le panneau ?
– C'est la dernière fois.
– Tu veux parier ?
– La dernière fois, je te jure.
– On verra.
– Je courrai plus avec toi, plus jamais. »

Mais ça me passe. J'arrache un pissenlit et je le lui lance au visage. Elle en arrache un autre et me le lance dessus. On a fait la paix.

On devrait rentrer à la maison pour le dîner, mais qui peut bien avoir envie de s'asseoir à cette table ? On continue. On traverse un bois en faisant attention à ne pas se prendre dans les ronces. On marche en silence sur un tapis de fougères. On sait tous les deux où on va. Arrivés au torrent, on passe sur l'autre rive grâce à la passerelle formée de pierres disposées en file indienne juste sous la surface de l'eau. On remonte la rive couverte de myosotis. On longe un champ de blé et on prend en diagonale à travers un champ de seigle, même si on ne devrait pas. Et après un autre bosquet et un autre fossé, nous y voilà enfin. Devant mon chêne. Le plus grand et le plus beau du monde.

« Tu te souviens quand on venait avec Tom ? me demande Alice.

– Oui.

– Il était tellement content. Il courait comme un fou. Comme toi tout à l'heure. Mais en rond. »

Notre Tom. Cher vieux Tom. J'ai jamais pu croire en Dieu, mais je suis sûr que quelque part, il y a un paradis pour les chiens de chasse. Alice et moi, on rejoint le chêne. Elle caresse son tronc noueux. Et moi, d'un seul coup aussi triste qu'avant, chez grand-père, je me dis : *Salut, chêne, fais qu'Alice revienne vite*. Et dire qu'elle est encore avec moi, qu'elle est pas encore partie.

91.

Tévécolor quatre

À la maison, on découvre qu'il s'est passé quelque chose pendant qu'on était sortis. Incroyable.

Notre mère nous regarde avec fierté. On regarde notre mère, Alice et moi. On se regarde. On regarde la tévécolor.

« C'est une Grundig ! » s'exclame notre mère.

La nouvelle Grundig en couleurs est sur son support, à la place de la vieille télé noir et blanc. Notre mère l'a déjà recouverte d'un napperon au crochet. Alice et moi, on fixe l'écran. C'est le journal télé. Le journaliste parle en couleurs et pas en noir et blanc.

« Nouvelles dramatiques en provenance de l'étranger. Cette nuit à Mogadiscio, à deux heures du matin, le GIGN allemand aux ordres du colonel Ulrich Weneger a fait irruption dans le Boeing 737 de la Lufthansa détourné la semaine dernière par un commando de terroristes palestiniens, tuant trois des quatre pirates de l'air et libérant les passagers et l'équipage. »

Notre mère sourit, en extase.

« *Pendant ce temps, en Allemagne, dans la prison de haute sécurité de Stammheim, ont été retrouvés les corps sans vie de trois terroristes de la bande Baader-Meinhof, parmi lesquels celui du fondateur de cette organisation criminelle d'extrême gauche, Andreas Baader. Avec le sien, la police allemande a découvert les cadavres de Gudrun Ensslin et de Jan Carl Raspe.* »

Elle caresse la télécommande.

« *Un peu plus tard en France, à Mulhouse, le corps lui aussi sans vie d'Hans Martin Schleyer, patron des patrons allemands, a été identifié. Il avait été enlevé le mois dernier à Cologne, on s'en souvient, par une organisation terroriste dénommée Fraction armée rouge.* »

Elle force la couleur. Les images semblent prendre feu. Elles deviennent d'un rouge violent. Alice ne dit rien.

« Où tu l'as eue ? je demande à notre mère.

– Je l'ai gagnée à la loterie organisée par ce bon don Curio parmi les paroissiens, elle me répond sans hésitation. La vieille télé noir et blanc, je l'ai donnée à l'hospice. De toute façon elle ne marchait plus. »

« *D'après les déclarations faites par le gouvernement allemand à la presse, ce qui s'est produit dans la prison de haute sécurité de Stammheim serait un suicide collectif.* »

« Mais ça donnait pas le cancer, la tévécolor ? je demande.

– Mais quel cancer ! s'esclaffe-t-elle. On disait la même chose pour le frigo, et on est encore là, bon pied bon œil ! »

« *Le quotidien parisien* Libération *a lui publié dans son édition d'aujourd'hui l'ignoble communiqué des terroristes : "Après quarante-trois jours, nous avons mis fin à la misérable existence d'Hans Martin Schleyer".* »

92.

La dernière chance

Le matin de sa dernière chance d'avoir la moyenne en maths, Franz se présente à l'école avec un exemplaire de *Panther* glissé au milieu du manuel. Il titube.

« Nom de Dieu, Attila. » Il s'agrippe à mon bras, les yeux bleu fou à moitié fermés. « Ce coup-ci, chuis vraiment dans la MERDE.

– Franz, qu'est-ce que t'as fait ? lui demande Mollo en levant la tête de la liste des Meilleurs Ramasseurs de Balle de la Juventus de Tous les Temps.

– OUAH ! il fait en s'effondrant sur sa chaise.

– Me dis pas que t'as fumé justement ce matin, je lui demande.

– Non, il glousse.

– T'as fumé.

– Noo-oon, il fait en se redressant pour se donner une contenance. Excuse-moi, j'ai l'air STONE ? »

Je l'examine.

« Non, du tout.

– Mon dealer personnel me l'avait bien dit... c'est

de la bonne... t'imagines le PIED, je me suis dit, se faire interroger en plein TRIP... »

À cet instant, entre en classe la prof de maths, célèbre dans toute l'école pour ses pulls déchirés sous les bras. À point nommé.

« Zazzi, si je ne m'abuse, il était prévu que je t'interroge aujourd'hui pour que tu essaies d'avoir la moyenne. »

Franz se tient la tête à deux mains, paupières baissées. Je lui file un coup de coude.

« OUAH ! il bondit. C'est pas moi, m'dame !
– Zazzi, je ne t'accusais de rien. Je disais juste que tu devrais déjà être ici, si je ne m'abuse. Allez, au tableau. »

Franz se lève, chancelant. Il avance vers le bureau en traînant les pieds. Atteint la ligne de front.

« Qu'est-ce qui se passe, Zazzi ? lui fait la prof.
– Euh, rien..., il fait.
– Vraiment ? » elle insiste.

Franz la regarde comme s'il avait un alien face à lui.

« Qu'est-ce qui arrive à votre camarade ? » nous demande la prof.

Personne ne répond.

« Mollo, qu'est-ce qui arrive à Zazzi ?
– Qu'est-ce que j'en sais, moi ? » grogne Mollo, énervé parce qu'il lui manque un nom. Puis il comprend. « Enfin, je veux dire, je l'ignore, madame, il se corrige aussitôt. Peut-être que c'est le printemps.
– C'est le printemps, Zazzi ? demande la prof à Franz. Je vais finir par perdre patience. Si tu n'as pas l'intention de retrouver ton sérieux, nous pouvons aussi

bien passer à autre chose. Après tout, c'est toi le futur redoublant.

– Mmmmmmmmm, il fait pour reprendre ses esprits. Non, rien, madame. C'est juste que je suis un peu ÉMU en raison de l'IMPORTANCE de l'interrogation, rien d'autre. »

Elle le scrute d'un air renfrogné.

« Zazzi, tu n'aurais pas bu, par hasard, avant de venir à l'école ?

– Qui ? MOI ? Bu ?

– Oui, toi, bu.

– Oh non, madame. Je vous assure que je ne me permettrais jamais, sans compter que je ne bois JAMAIS d'alcool.

– C'est vrai, l'alcoolique de la classe, c'est Mollo », fait-elle en référence à l'excursion de Ravenne. Mais Mollo, concentré comme il est sur sa liste, ne l'entend pas. « Divise le tableau en deux d'un trait vertical. »

Franz ébauche un pauvre trait tout tordu.

« Maintenant tu écris à droite + 1,8... Bien... Et à gauche - 0,9. Parfait. Maintenant, sous le - 0,9 tu écris le chiffre qu'il te faut pour que ce - 0,9 devienne un + 1,8.

Franz la regarde. Perplexe.

« Comment ça, madame ?

– À droite, tu as + 1,8. À gauche - 0,9. Tu dois juste faire en sorte que ce - 0,9 devienne un + 1,8. C'est facile, non ?

– Oui, madame. »

Franz réfléchit un peu. Puis efface le - 0,9 et écrit à

sa place + 1,8. Et se tourne vers la prof, tout sourire.
« C'est fait, annonce-t-il.

– Zazzi, tu ne dois pas effacer le - 0,9. Efface ce
+ 1,8, non, pas celui-là, l'autre, voilà, et réécris - 0,9.
Bien. N'essaie pas de deviner, réfléchis. Si d'un côté
tu as + 1,8 et de l'autre - 0,9, que faut-il ajouter à ce
- 0,9 pour qu'il devienne + 1,8 ? »

Franz se tourne vers moi. *Plus deux virgule sept*,
j'essaie de lui suggérer en bougeant seulement les
lèvres.

« Ne regarde pas tes camarades, Zazzi. Regarde le
tableau. Allez. »

Franz se met à compter sur ses doigts. Je me
demande ce qui se passe dans son cerveau. Soudain,
il a commé un sursaut et, sous le - 0,9, il écrit un beau
+ 1,8. Et se tourne tout sourire vers la prof.

« Et voilà », annonce-t-il.

La prof le fixe, impassible.

« Zazzi, je t'informe officiellement que tu es en première année de comptabilité. Pas en première année
de collège. Et encore moins en première année de primaire. Je vais te donner une autre chance. »

Franz appuie son bras contre le tableau et étudie de
près la situation. Qui n'a pas changé, à vrai dire. À sa
droite, + 1,8. À sa gauche, - 0,9. Instinctivement, je
tends l'oreille. J'ai l'impression d'entendre les rouages
de son cerveau.

« Alors ? l'interroge la prof.

– Ah. Oui », fait-il en s'écartant du tableau.

Il recommence à compter avec les doigts. S'interrompt. Recompte. Gribouille un chiffre incompréhensible, puis y repense et fait : « Non ! » Il l'efface, commence à en écrire un autre, secoue la tête, efface celui-là aussi. Enfin, épuisé, il trace à la craie un beau + 3,6.

« Et voualà, madame ! marmonne-t-il avec un rictus. Je peux considérer que MAINTENANT j'ai la moyenne. Ou NON ? »

93.

Plutôt lion un jour

À une semaine des vacances, les choses s'accélèrent sérieusement, avec le conseil de classe devant nous et deux heures de Cavalla derrière. Aujourd'hui, la prof a magnanimement interrogé tous ceux qui étaient en situation difficile, *Pourrr vous donner encorrre une chance*, a-t-elle dit. Tous sauf Zazzi.

« Zazzi, je suis désolée, mais aujourrrd'hui on n'aurrra pas assez de temps pourrr que tu passes, elle lui fait quand la cloche sonne. Donc j'essaierrrai de fairrre une exception, même si j'avais dit que les derrrnièrrres interrrrrogations serrraient pourrr aujourrrd'hui. Il nous rrreste une heurrre demain, n'est-ce pas ?

– Certainement, madame », lui répond Franz, et on sort, pendant qu'elle note quelque chose sur le registre de classe.

« QUELLE SALOPE ! » me fait Zazzi, oubliant d'envoyer Mollo nous acheter nos sandwichs à la pause. Il a cessé de le faire depuis Ravenne. « Zazzi, je suis désolée, mais aujourd'hui on n'aura pas assez de temps pour que tu passes, gnagnagna. Hier j'avais presque travaillé une demi-heure, merde !

– Si tu réussis à avoir un douze, tu devras repasser maths, sténo et dactylo, mais au moins tu seras tranquille en italien et ils seront pas trop durs avec toi, Franz », je lui dis.

Autour du kiosque à sandwichs, il y a l'habituelle mêlée de rugby, avec un mirage de sandwich au jambon à la place du ballon ovale.

« S'ils sont durs avec moi cette année aussi, mes vieux vont être salement FURAX, il grommelle en sortant un paquet de Marlboro d'une des poches de son jean flingué. Si c'est ça, je SAUTE dans un train, je DÉBOULE à Pise, je fais ma demande comme VOLONTAIRE dans les paras et ALLEZ-TOUS-VOUS-FAIRE-METTRE. Cette école de MERDE m'a PÉTÉ les COUILLES. »

Il sort une cigarette et son briquet.

« À Turin, il y a des écoles privées où on peut rattraper deux ou trois années en une, je lui dis pour le consoler. Peut-être que tu pourras faire ça et revenir en troisième ou quatrième année.

– Revenir ici en troisième ou quatrième année ? il me fait, ses yeux bleu fou complètement exorbités. Non, tu vois, Attila, je vais plutôt choisir la Division Folgore ! Je préfère finir en BOUILLIE sur le sol dans mon uniforme parce que mon parachute s'est pas ouvert plutôt que de retourner là. PLUTÔT LION UN JOUR QUE MOUTON CENT, nom de Dieu ! »

Derrière nous surgit une voix familière.

« Encorrre avec ces slogans nostalgiques, Zazzi ? Je

te l'ai dit et rrrépété, tu es dans une école de la Rrrépublique démocrrratique née de la Rrrésistance. Le
concept est clairrr, non ? »

On se tourne. Cavalla.

« Oui, madame ! fait Zazzi avec un rictus, en claquant
des talons et en se mettant quasiment au garde-à-vous.
Le concept est très clair !

– Quant à tes camarrrades, même si, contrrrairrrement à moi, ils n'ont pas fait mai 68, elle fait en sortant
une Camel de son sac à main, frrranchement je ne
comprrrends pas comment ils peuvent supporrrter ton
néofascime absolument pas rrrampant. »

Je suis sur le point de lui expliquer que Franz, en
plus d'être un néofasciste absolument pas rampant, est
le seul ami que j'ai, quand se produit l'irréparable pour
l'avenir scolaire de mon kamikaze de voisin. Car entre-
temps Franz a allumé sa Marlboro. Et Cavalla, une
cigarette à la main elle aussi, lui demande :

« Allume aussi la mienne, Zazzi, s'il te plaît. »

Alors il la fixe de ses yeux bleu fou, avec son grain
de beauté poilu et son rictus à la Zazzi.

Et très calmement lui dit :

« Désolé, madame, mais je ne fume pas. »

Après quoi il glisse son Bic dans la poche de sa
chemise. Cavalla, rouge de colère, tourne les talons.
Total : pour Franz, c'est cuit, comme on dit.

94.

À la gare

C'est pour attendre Margherita devant le lycée qu'en sortant de l'école je décide de rater le train. C'est pour lui donner la lettre que je lui ai écrite il y a des mois qu'une fois dehors je me démarque de Mollo et de Zazzi et quitte la foule des élèves qui vont vers la gare. C'est pour pouvoir, au cas où, m'arrêter discuter deux minutes avec elle que j'appelle chez moi du taximètre du café pour prévenir que je ne rentrerai pas déjeuner parce que cet après-midi le prof de sport veut nous voir au gymnase pour nous donner les notes de fin d'année. Et c'est avec le cœur qui bat comme un tambour que peu après je me poste devant le lycée, m'attendant à la voir apparaître derrière les grilles que je n'ai pas le droit de franchir, dans la masse de minets qui va déferler dans l'escalier après les cours.

Et je contrôle et recontrôle ma montre. Les minutes refusent de passer. Par moments, je soupçonne les aiguilles d'être en fait immobiles et de ne bouger que quand je les regarde, pour s'arrêter à nouveau dès que je lève les yeux du cadran. Théoriquement il suffirait de ne pas les quitter des yeux. Mais si elle sort pendant que je suis le compte à rebours des secondes, qu'elle disparaît parmi la foule des lycéens et que je la perds ? Je tâte mon blouson en jean à hauteur du muscle en folie. La lettre est bien dans la poche. En principe je n'ai qu'à la lui donner. Mais en fait j'arrive vraiment pas à m'imaginer la scène.

Si elle sort et qu'elle accepte de prendre ma lettre, je suis prêt à jurer n'importe quoi. Je jure que je me masturberai seulement en pensant à elle. Mieux, je jure de plus me masturber du tout. Je jure de plus dire de grossièretés. Je jure de travailler à l'école. L'année prochaine, au point où on en est. Bientôt ce sera les vacances. Bientôt elle quittera le lycée. Bientôt je la reverrai plus. Voilà pourquoi je dois réussir à lui donner cette lettre. Parce que je peux pas la laisser partir comme ça, sans même tenter ma chance. L'autre soir, à *Odéon*, ils ont dit qu'une des devises du punk, c'était SI RIEN N'EST VRAI, TOUT EST POSSIBLE. Et je suis punk ou pas ?

La cloche sonne. Mon cœur fait une embardée. Les portes en verre s'ouvrent. Les lycéens dévalent l'escalier en hurlant. La voilà. Non. Pas encore. Là, alors. Non plus. Où es-tu, Margherita ? Les grilles crachent un flot de lycéens et de lycéennes. Cheveux blonds, roux, bruns. Sacs en bandoulière. Jeans à pattes d'éléphant. T-shirts colorés. Mais pas de Margherita. J'attends de voir sortir les retardataires. J'attends même après la sortie des retardataires. J'attends jusqu'à ce qu'il ne reste plus personne à la sortie du lycée. Personne sauf moi. Avec ma lettre ridicule. Elle a dû sécher. Ou sortir une heure avant. Me voir en train de l'attendre et s'enfuir par un passage secret réservé aux fées sexy de terminale au sourire merveilleux et suivies par les Charlie Brown punks aspirants comptables et victimes de caries. Total : dans tous les cas, je lui ai pas donné la lettre. Fait chier.

Je m'en vais lentement. Une fois les hordes de lycéens disparues et le bruit des moteurs envolé, les rues sont à nouveau désertes et silencieuses. À la gare, je m'assieds sur un banc et j'attends le prochain train. Le quai, d'habitude rempli d'élèves, est vide à présent. Je l'avais jamais vu aussi vide. C'est comme ça que je me sens. Comme ce quai. Mais pendant que je me demande pourquoi Margherita n'était pas à la sortie de l'école aujourd'hui, je vois s'approcher le long des rails deux silhouettes familières. C'est pas possible, je me dis. J'y crois pas. Et pourtant c'est eux. Enlacés, même. D'un coup ils s'arrêtent. Se regardent dans les yeux. Se disent quelque chose. S'embrassent. Si c'était une bande dessinée, je ferais GASP ! Un truc de fou. Peut-être que je devrais filer. Mais si je bouge ils vont me voir. Et si je bouge pas ils me verront à un moment ou un autre. On entend le train qui siffle au loin. Le chef de gare baisse le levier pour actionner la barrière du passage à niveau. J'aperçois sur un banc un exemplaire du *Corriere della Sera* d'hier. Je l'attrape et je fais mine de lire le journal. Il est écrit qu'au cours des trois derniers jours, les Brigades rouges ont blessé trois journalistes à Gênes, Milan et Rome. Zazzi et Mastrullo avancent sur le quai. Main dans la main. Ils me voient.

95.

Dilemme existentiel

« Chuis une MERDE, hein ?
– Sans blague.
– Dis-moi la vérité, chuis une MERDE, non ?
– Non, t'es pas une merde.
– Écoute, Attila, te gêne pas. Si tu penses que chuis une MERDE, dis-le-moi.
– Je pense pas que tu sois une merde, Franz.
– Mais je me sens MERDEUX.
– Ben, se sentir merdeux veut pas forcément dire être une merde.
– Mais je me sens vraiment une MERDE.
– Je t'assure que ça veut pas dire que tu es une merde.
– Quelle MERDE ! soupire Zazzi.
– Qui ?
– Cette foutue situation. Enfin, moi. Sortir avec Mastrullo. Je lui ai ROULÉ une PELLE, t'imagines l'horreur ? Je lui ai même dit JE T'AIME, nom de Dieu ! Si quelqu'un de la classe le sait, j'ai la HONTE à vie. Je me fais hara-kiri sur le bureau du prof ! Comme les samouraïs !

– Personne le saura », je dis.

Les yeux de Franz s'illuminent.

« Jure-le.

– Je le jure.

– ABSURDE !

– Absurde ?

– Tu ferais ça pour moi ?

– Bien sûr.

– Promets-moi que tu diras QUE DALLE, même pas à Mollo.

– Évidemment.

– OUAH ! » il fait en m'enlaçant, presque ému. Puis il va à la porte-fenêtre grande ouverte de sa chambre et hurle vers la rue : « CROIRE ! OBÉIR ! COMBATTRE ! »

Adolphe aboie sur le balcon. Franz lui fait le salut romain.

« À NOUS ! rugit-il.

– Qu'est-ce que t'as ? je lui fais quand il se rassied sur la moquette, radieux.

– Rien, il répond. C'est juste que, ATTENDU que je craignais le pire, j'étais sûr de perdre la face. Souviens-toi de Mollo, à Ravenne, qui m'a confié quand on s'envoyait les bières que les prêtres l'ont vraiment ENCULÉ, là-bas au pensionnat, et j'ai juré sur ma SALOPE de mère que je le répéterais à personne. Mais tôt ou tard ça t'éch... » Il se bloque.

« Ouais. »

Maintenant je comprends pourquoi il le laisse tranquille.

« Bref, hum, pour revenir à Mastrullo, oublie pas que je l'ai pas encore NIQUÉE.

– Pourquoi ? Tu veux aussi la niquer ? »

Franz me regarde, ébahi.

« Je devrais pas ?

– Ben, tu sais, l'embrasser c'est une chose...

– Et la lui FOURRER en est une autre, t'as raison. Mais j'ai presque seize ans, Attila, et j'ai jamais niqué !

– Moi non plus, Franz, tu sais.

– D'accord, mais toi t'es amoureux de l'autre, là, et puis t'as un an de moins.

– Compris. Mais Mastrullo...

– C'est vraiment un THON, hein ?

– Ben..., je fais en haussant les épaules.

– Tu vois ? C'est ce que je disais. Chuis une MERDE. Seule une MERDE pourrait vouloir enfiler ce qui, en fin de compte, est son MEMBRE LE PLUS CHER dans ce THON de Mastrullo ! »

Il se lève. Retourne à la fenêtre. Regarde en bas. S'apprête à hurler quelque chose mais change d'avis. Se rassied.

« Suis mon raisonnement, Attila, il me fait. Une MOULE est une MOULE. C'est-à-dire : l'organe sexuel féminin BAISATOIRE, en lui-même, ne change pas. Toujours le même truc mouillé et poilu. Y en a des larges et d'autres étroites, mais c'est toujours une MOULE. Pas vrai ?

– Vrai, je dis.

– Par conséquent, s'il est vrai que Mastrullo, en elle-même, est le pire THON qui ait foulé la terre depuis des siècles, en plus d'être une énorme CONNASSE de catho, il est également vrai que la proie qu'elle garde jalousement entre ses cuisses virginales format OTARIE obèse est, quant à la structure, la matière et la conformation, pratiquement la même que celles des playmates de *Playboy*. Tout ce qui change, c'est la VIANDE BRUTE qu'il y a autour. J'ai pas raison ?

– Ça se tient, je conviens.

– Et donc je la recouvre d'un drap avec un trou au milieu, comme le font les Témoins de Jéhovah et, une fois abstraite, non, extraite sa CHATTE qui, à ce stade, ne sera plus la CHATTE de Mastrullo mais pour ainsi dire la CHATTE par antonomase, je la NIQUE. Aujourd'hui ou demain. Et pourquoi pas ? J'ai l'air d'un moine ? Tu trouves que j'ai l'air d'un moine ? Sincèrement. »

Je l'observe. Regard de loup. Coiffure de coq. Grain de beauté poilu. T-shirt avec écrit au stylo-bille JE VOUS HAIS TOUS. Une Marlboro derrière l'oreille droite. Une autre derrière la gauche. Barbe de trois jours.

« Non, Franz, un moine, non, vraiment pas. »

Alors il me fait :

« La jeunesse passe en un clin d'œil, Attila, et comme disait même Leopardi dans ses *Petites œuvres morales*, SI TU NIQUES PAS, À QUOI BON ? De fait, lui-même, à force de pas NIQUER cette SALOPE de Silvia qui voulait pas passer à la casserole, il s'est comme éteint, c'est bien connu. Et moi, ZOB, je veux pas finir comme ça ! OUAH ! »

96.

Et ça se passe

Et ça se passe comme ça. Jamais j'aurais imaginé.
Il se passe que je sors de l'école et qu'au lieu d'aller à la gare avec Franz et les autres, je sais pas pourquoi, je fais le tour du pâté de maisons et, quand je suis à nouveau devant la grille d'entrée, tout le monde est déjà parti, plus de mobylettes pétaradantes ni de parents attendant dans leur voiture, plus de quatrièmes fuyant la bande Berta ou les profs, alors je m'assieds sur le banc, seul sous les arbres devant le café, et je regarde l'école qui, vue d'ici, déserte, fait un drôle d'effet, on dirait une de ces prisons de haute sécurité qu'ils font voir à la télé, et il y a un soleil terrible, l'été semble vraiment à portée de la main, et dans la poche gauche de ma veste en jean, il y a la lettre à Margherita, la lettre que j'ai réécrite des milliers de fois sans jamais avoir le courage de la lui donner, et je me sens vraiment merdeux, parce que c'est vrai que je suis timide, ça oui, mais l'année va bientôt se terminer et si je trouve pas quelque part le courage de la lui donner, cette lettre ridicule, je pouvais aussi bien ne pas l'écrire, et donc je suis là à attendre que quelque

chose arrive, du genre qu'elle sorte du lycée, et seule, s'il vous plaît, comme ça je peux m'avancer et lui dire... lui dire quoi d'ailleurs ? *Salut, je m'appelle Attila, et toi, c'est comment ?* Ou bien *Salut, ça fait des mois que je voudrais faire ta connaissance mais j'ai seulement quatorze ans et j'ai jamais embrassé une fille, encore moins une fille de dentiste, et je préfère te dire tout de suite que j'ai la bouche pleine de plombages ?* Ou peut-être *Salut, je sais bien que j'ai l'air d'un aspirant comptable, mais en réalité je suis un punk et aussi un artiste maudit et je me demandais si par hasard tu voudrais pas me servir de modèle ?* Mais comment lui expliquer que j'ai pas de moto ? Comment lui dire que j'ai jamais invité une fille au cinéma ? Comment lui avouer que je déteste *La fièvre du samedi soir* ? Et que j'ai pas la moindre idée de comment on danse le disco ni de l'endroit exact où on pose les mains pour danser un slow ? Y a rien à faire, je me dis, et ça changera jamais. Margherita a dix-huit ans. Elle va dans un lycée chic. Et elle est tellement canon que même s'ils le savent pas encore, il y a un paquet d'étudiants turinois qui réussiront même plus à passer un seul partiel après l'avoir vue. Margherita s'intéressera jamais à quelqu'un qui a découvert le sexe dans les pages lingerie du catalogue VESTRO. Margherita s'intéressera jamais à quelqu'un qui a toujours été si nul en sport qu'il a même jamais gagné une partie de babyfoot. Margherita s'intéressera jamais à quelqu'un qui, au lieu de débarquer à bord d'une KTM 125 avec un préservatif dans le portefeuille, débarque à bord d'une paire de Superga pourries avec une lettre toute froissée dans la poche de sa veste en jean et RAMONES écrit au feutre dans le dos. Mais ouais, qu'est-ce que je fous devant cette école déserte que je hais et qui en plus ressemble à une prison de haute sécurité ? Je regarde ma montre. Encore dix minutes avant le prochain train. Largement le temps pour aller jusqu'à la gare et me sentir merdeux là-bas aussi. Ce qui change tout. Je me lève du banc. Je mets mon sac avec les livres en bandoulière. J'y vais. Une fois tourné le coin, je remarque un caillou sur l'asphalte. Un beau caillou rond. Et je me souviens qu'enfant, quand je sortais de la maison pour aller à la boulangerie, je faisais souvent ce pari idiot avec moi-même : donner des coups de pied dans le caillou de l'endroit où je l'avais trouvé jusque devant la boulangerie, convaincu que ça me porterait chance si j'y arrivais. Mais je finissais toujours par le perdre en cours de route, ou bien sous une voiture garée ou bien dans un égout, ou une flaque. De fait, à la boulangerie, ils m'arnaquaient toujours sur la monnaie et, quand je comptais l'argent en sortant de la boutique et que je m'en apercevais, je revenais même pas sur mes pas pour protester, à cause de ma timidité. Je flanque un coup de pied au caillou. Le caillou roule à toute vitesse sur l'asphalte. Il s'arrête devant moi au bout de quelques mètres. Je m'approche. Je le frappe à nouveau de l'intérieur du pied gauche, à la Pulici. Il s'envole et va heurter un muret, mais retombe encore sur la route. Je ne dois même pas changer de trajectoire. Un autre coup de pied, cette fois extérieur droit. Le caillou effleure les roues d'une voiture. Il s'arrête pour m'attendre juste sur la bande blanche d'un stop. Un coup de pied après l'autre, je fais toute la courte montée qui mène à la route principale. Puis je tourne vers le passage à niveau. Je le franchis. Je tourne à gauche vers la station-service. Je la dépasse. Jusqu'à ce que je me retrouve, incroyable, à deux tirs de la gare. Un extérieur du gauche et un intérieur du droit et j'y suis, à bon port, avec mon caillou rond trouvé devant l'école. Dément, je me dis. Enfant, j'ai essayé pendant des années sans jamais réussir. Et maintenant ? Maintenant, en levant les yeux de l'asphalte après avoir salué la pierre, je vois Cavalla qui attache sa bicyclette à un poteau et monte dans une Porsche, la Porsche que Franz voulait brûler l'autre jour. Mais je n'ai pas le temps de sortir de ma stupeur, car quand Cavalla démarre à toute allure, elle est là. Debout. Ses livres sous le bras. Jean bleu, chemisier blanc, yeux bleus, cheveux très blonds, bouche de rose, etc. Et elle me regarde. Et comme ce n'est pas une de mes hallucinations, je rougis immédiatement. Et je me déteste. Mais elle, Margherita, me sourit. À moi. Et je sens que mon cœur fait un double looping avec triple vrille et, même s'il n'y a personne devant la gare, j'ai l'impression d'être sur le central de Wimbledon le jour de la finale Attila-McEnroe, entouré de milliers d'yeux qui me scrutent et je me dis, non, c'est pas possible, je peux pas ne rien tenter, en fin de compte j'ai réussi à faire aller un caillou d'un point A à un point B à coups de pied pour la première fois de ma vie, et puis je suis punk maintenant. Alors je remarque que ma main droite ouvre la poche gauche de ma veste. Et après l'avoir ouverte, elle en sort la lettre. C'est-à-dire LA lettre. Et que mes jambes bougent toutes seules et me conduisent jusqu'à elle. Qui n'arrête pas de me sourire. Et ma main droite lui tend la lettre. Et elle, un peu étonnée, je dirais, me fait *Pour moi ?* Et je me rends compte que j'ai perdu mes cordes vocales et que de toute façon, si je lui disais simplement *ciao*, elle penserait qu'en réalité je lui dis *viens ici que je te baise*, et alors je lui fais simplement oui de la tête et j'ébauche à mon tour un sourire. Et je m'enfuis.

97.

Devant l'école

Cette nuit-là, j'ai pas dormi. Dans l'obscurité de ma chambre, j'ai écouté et réécouté la cassette sur laquelle Franz m'a enregistré le disque des Ramones. Puis j'ai commencé à me tourner dans mon lit. Dix secondes dans une position. Dix secondes dans une autre. Sur le côté gauche. Sur le côté droit. Sur le dos. Sur le ventre. La tête sur le coussin. La tête sous le coussin. Et depuis le début. Sur le côté gauche. Sur le côté droit. Sur le dos. Sur le ventre. La tête sur le coussin. La tête sous le coussin. Le tic-tac du réveil. Les secondes occupées à se dévorer. Deux heures. Trois heures. Quatre heures. J'ai dû m'assoupir un peu vers quatre heures et demie. Mais quand j'ai ouvert grands les yeux sur le cadran, j'ai vu les aiguilles lumineuses positionnées sur cinq heures moins le quart. Et après un autre moment passé à me tourner sous les couvertures, je me suis levé et j'ai compris que c'était pas un rêve, c'était vraiment arrivé.

Maintenant encore, assis devant l'école sur le même banc qu'hier, je me répète que non, c'était pas un rêve.

C'est vraiment arrivé. Hier j'ai réussi à faire arriver un caillou jusqu'à la gare à coups de pied. Hier, à la gare, j'ai donné à Margherita la lettre que je lui avais écrite. Margherita. M'a. Souri. Le sourire de Margherita. Margherita. Son. Sourire.

Soudain, j'enregistre la présence de Franz. Il est devant l'entrée du bar dans son jean flingué. Il fume une Marlboro et fixe d'un air belliqueux un type de terminale. Le type de terminale est en Sport Études. Il paraît qu'à Turin il manque jamais une manifestation. Grand et gros comme il est, ils l'ont mis dans le service d'ordre. Ici à l'école, le mois dernier il a distribué des questionnaires pour inviter les élèves à dénoncer d'éventuels terroristes et tout possible soutien. Le mien, je l'ai jeté. J'entends la première cloche sonner. Aujourd'hui c'est l'avant-dernier jour de classe. Après-demain les vacances commencent. Dans la foule des élèves qui passent la grille, je reconnais Mollo et son cartable. Et Gina. Et Mastrullo. Et Franz jette par terre sa Marlboro et son sac avec les livres. Je dois lui parler de Cavalla qui débarque à l'école en vélo mais roule en fait en Porsche, je me dis. Mais j'en ai pas le temps.

« QU'EST-CE QUE T'AS À ME REGARDER, DUCON ? »

Il retire son Perfecto et son T-shirt avec gribouillé dessus au stylo-bille J'M'EN BRANLE ! Torse nu, il se jette tel le fier Hector sur le sport-étudiant qui tombe à terre, pris par surprise. Franz le roue de coups de pied.

« COMMUNISTE DE MERDE !
– SALE FASCISTE ! »

Soudain, le type grand et gros réussit à attraper une jambe de Franz. Il le fait tomber. Du piétinement on passe à la lutte gréco-romaine. Ou plutôt achéo-troyenne. Franz se retrouve dos à l'asphalte. Je le vois en difficulté. Je me lève du banc pour séparer les deux adversaires, mais quelqu'un me touche le bras. Je me tourne.

C'est Margherita.

C'est le sourire de Margherita.

C'est Margherita qui me sourit.

Comme hier.

« FILS DE PUTE, J'VAIS TE MASSACRER !

– Salut, Attila », me fait sa voix, très douce.

Je dis pas un mot. Je rougis jusqu'à la racine de mes cheveux.

« AAAHHH !

– J'ai lu ta lettre, hier après-midi, me dit la même voix qu'avant, qui semble sortir des lèvres roses entourées de cheveux blonds avec au-dessus d'incroyables yeux bleus. Demain c'est la fin de l'école. On pourrait se voir ?

– Demain ?

– J'vais te bouffer le foie, VER DE TERRE !

– Demain.

– Non, demain je peux pas, j'ai des trucs à faire », je bafouille, et tandis que ces paroles sortent de ma bouche je me dis *Mais bordel qu'est-ce que tu racontes ? T'es con ou quoi ? Demain t'as promis à grand-père de venir le voir mais tu peux très bien y aller un autre jour !*

« Tu es sûr ?

– UUUHHHH !

– Euh, non, pas vraiment.

– Alors demain, ici, à trois heures.

– Demain, ici, à trois heures, je déglutis. D'accord.

– TA MÈRE LA PUTE ! »

Elle n'arrête pas de me sourire.

« Elle pourra même t'identifier à la MORGUE !

– Alors à demain, elle me fait.

– À demain. »

Elle me salue d'un signe de la main et va vers le lycée. Est-ce un rêve ? Non, parce qu'elle se tourne et me fait :

« Je crois que ton ami a besoin d'aide ! »

Sur le moment je réagis pas. Puis je réfléchis à ce qu'elle m'a dit et je jette un coup d'œil derrière moi. Franz, allongé par terre, a le nez en sang. Maintenant c'est le type de Sport Études qui lui flanque des coups de pied. Le fier Hector fait moins le malin. Je cours.

« Eh, attends ! Tu vas le tuer ! » je fais au type.

Il laisse tomber Franz et me repousse. Je vais heurter un des arbres qui sont devant le café de l'école.

« Tu touches pas à mon pote, SAC À MERDE ! » lui hurle Zazzi en se relevant.

À ce moment-là, apparaît le proviseur De Lirio. Le sportif et Franz essaient de se donner une contenance. Mais j'éclate de rire.

98.

Nationale

Cet après-midi, pour la première fois depuis le départ d'Alice, je me suis promené dans les champs. Je voulais plus y retourner avant son retour de Londres, pour conserver jusque-là le souvenir de la balade avec elle. Mais après le déjeuner, j'ai eu une grosse crise d'angoisse en pensant au rendez-vous avec Margherita. Et quand j'ai mis un peu de musique, ça s'est encore aggravé. Et donc je me suis dit que je devrais peut-être faire quelques pas dans la campagne et discuter avec mon chêne, quitte à éviter le parcours qu'on avait fait avec Alice. Total : pour finir, je suis sorti de la maison et une fois arrivé dans les champs, j'ai pris un autre sentier.

Mais plus tard, j'ai entendu un bruit terrible qui venait de derrière une rangée de très grands bouleaux et je suis allé jeter un coup d'œil. Là, derrière les grands bouleaux, j'ai vu plein de chars russes avec l'étoile rouge sur la tourelle. Et devant eux, poussés par les baïonnettes des soldats de l'Armée rouge, don Curio et ma mère, mains en l'air, et

Non. Là, derrière les grands bouleaux, j'ai vu plein de camions et d'excavatrices et de bétonnières et d'ouvriers armés de pelles, de brouettes et de pioches, et un panneau sur un piquet qui disait :

> TRAVAUX DE CONSTRUCTION
> DE LA ROUTE NATIONALE N° 2
> ENTREPRISE CAPONE FRÈRES
> DIRECTION DES TRAVAUX ARCH. BIANCO
> AUT. NUM. 1945/4

Sous le panneau, il y avait un paysan, son chapeau de paille à la main, le même que grand-père, tenant un faucillon, sa peau brûlée par le soleil et les épaules osseuses pointant sous son marcel. Quand il m'a vu, il a secoué la tête et il m'a dit *Dlas vist coca fan ? Dimi ti a coca serv'sta stra sì !* Ce qui en italien veut dire : Tu as vu ce qu'ils font ? Dis-moi à quoi sert cette fichue route ! Je lui ai demandé pourquoi ils la construisaient juste au milieu des champs et il m'a expliqué que c'était à cause de la PUN et que le patron de l'usine, c'est-à-dire mon oncle, le chevalier de l'ordre du Mérite, a fait exproprier par l'adjoint au maire chargé de l'urbanisme, mon autre oncle, un certain nombre de paysans, dont lui, pour ne pas devoir faire passer dans le village les camions avec les bombes. *Quelles bombes ?* j'ai demandé. Et lui : *Li bumbi ce fan ala PUN*, les bombes qu'ils font à la PUN. Mais ils font pas des bombes, à la PUN, ils font des pots d'échappement, des carburateurs, des trucs pour Fiat. Et lui : *Eh, già, e poei a spedisan tut antl'Africa, ante che la Fiat aja duerta li fabrichi.* C'est ça, et puis ils les envoient dans toute l'Afrique, où Fiat a ouvert des usines. Il a de nouveau secoué la tête et il a craché par terre. *Sì a ruinan tut, vedras*, il a ajouté. Ici ils vont tout saccager, tu verras.

Pendant qu'on parlait, les camions, les excavatrices et les bétonnières ont continué à s'activer, et avec eux les ouvriers armés de pelles, de brouettes et de pioches. Le paysan a remis son chapeau de paille sur la tête, il a de nouveau craché par terre et m'a fait un signe pour me saluer, s'éloignant vers une ferme toute proche. La sienne, bien sûr. Je l'ai suivi du regard pendant un moment. La peau brûlée par le soleil, les épaules osseuses, le marcel. Il marchait voûté, tête basse, le bruit léger de ses pas couvert par celui grave et écrasant des travaux. Et, en le regardant s'éloigner, j'ai compris que désormais la campagne autour du village ne serait plus jamais la même.

99.

Et puis

Et puis arrive le dernier jour d'école. Et on fait rien de toute la matinée. Franz déboule en classe complètement fait et lance par la fenêtre le cartable de Mollo. Mollo débarque avec un maillot de la Juventus et jette par la fenêtre les livres de Franz. On rigole tous, y compris Mastrullo, qui est un peu moins conne depuis qu'elle est avec Franz, et même Ponchia. On passe la dernière heure avec don Bob. Il remplace Cavalla, qui a dû aller porter plainte au commissariat. Ce matin, quelqu'un a crevé les quatre pneus de sa Porsche garée dans la rue de la gare. En l'honneur de don Bob, on accroche le crucifix à l'envers, Franz et moi. Mais il s'en aperçoit pas. Il passe toute l'heure à lire tout seul des passages de l'Ancien Testament, pendant qu'une bataille de gommes d'ampleur historique fait rage dans la classe.

Puis la dernière cloche sonne. Et on se précipite tous hors de l'école en hurlant, fous de joie. Et à la gare, ceux de la bande Berta font faire aux quatrièmes le dernier *saltino* de l'année en attendant le train et en leur donnant des claques dans le dos. En septembre, ce sera leur tour d'imposer le *saltino* aux nouveaux.

Et puis le train arrive. Et les wagons sont pris d'assaut. Et le contrôleur renonce à contrôler. Et après un moment on arrive à destination. Franz et moi, on se salue sous le Château. Demain il part en vacances. Il n'attend pas son bulletin. Il sait déjà qu'il va morfler. On se salue, en se serrant dans les bras l'un de l'autre.

Et puis je fais le même chemin que d'habitude, le sac rempli de livres pendant à mon épaule. Et je suis heureux parce que c'est le dernier jour d'école et que j'ai tout l'été devant moi, et ce sera le plus bel été de ma vie puisque cet après-midi j'ai rendez-vous avec Margherita et que je dois juste faire passer d'une façon ou d'une autre les deux heures qui restent.

Et puis j'arrive à la maison. Et j'ouvre la porte de la maison. Et je trouve papa en larmes dans la cuisine. Et ma mère muette. Et la télévision allumée. Et je cesse de sourire, même si je comprends pas tout de suite.

Et puis je regarde l'écran. Et sur l'écran je vois un visage. Sur le moment je ne le reconnais pas. Mais c'est le visage d'Alice. Son visage sur une photo d'identité. Et soudain j'entends ce que dit le journaliste.

« *Ce matin à cinq heures, les forces de l'ordre ont encerclé à Milan le bâtiment où vivait la terroriste sous un faux nom, elle était suivie depuis plusieurs semaines par les Renseignements généraux après avoir été vue déposant une pile de tracs dans une cabine téléphonique. Le contenu en est délirant : selon les divagations de la terroriste, l'État serait l'otage des multinatio-*

nales. Les hommes de la cellule antiterroriste ont sonné à sa porte et, n'obtenant pas de réponse, l'ont défoncée. La terroriste les attendait pistolet au poing. Il semble que, prise au piège, elle ait aussitôt tiré à l'aveuglette, pour tuer, blessant gravement un des militaires et en tuant un autre. La riposte des carabiniers a été immédiate. Touchée à une jambe, la terroriste a essayé d'échapper à l'arrestation en se jetant du balcon du premier étage de l'immeuble. Mais comme nous l'avons dit, l'immeuble était encerclé. Se sachant perdue, il semble que la terroriste ait encore ouvert le feu. À ce stade, les membres des forces de l'ordre ont fait leur devoir. Et la terroriste a été tuée. »

Et puis la télévision montre d'autres images. Et sur l'une, on voit un corps étendu par terre dans une flaque noire. C'est le corps d'une jeune fille dans ce qui doit être une flaque de sang. C'est le corps d'une jeune fille en pyjama et doudoune. Et cette jeune fille, c'est Alice. Alors j'ai commencé à hurler. Et à pleurer. Et je suis tombé.

Et puis quelqu'un me prend par les épaules. Et me soulève. Mais je tombe à nouveau. Et j'arrête pas de hurler. Et de pleurer. Et quelque part en moi, je revois Alice. Alice qui court en pleine campagne par un après-midi ensoleillé. Alice qui me sourit quand on joue aux cartes avec grand-père. Alice qui tripote nerveusement ses cheveux courts, la dernière fois que je l'ai vue.

Et puis ça me semble impossible. Et pendant que la télévision continue à parler, les seuls mots qui me déchirent la tête sont ceux-là.

La dernière fois que je l'ai vue.

La dernière fois que je l'ai vue.

La dernière fois que je l'ai vue.

Et puis je comprends que je la reverrai plus. Jamais plus. Parce que même si ça semble impossible, Alice n'est plus là.

Elle.

N'est.

Plus.

Là.

100.

101.

La haine

Franz s'est fait massacrer. L'année prochaine il changera d'école. Le Torino a perdu le championnat à la dernière journée. Mais j'en ai plus rien à foutre de rien.

Mon père m'a dit que la PUN fabriquait effectivement des bombes. Un dimanche, il a détruit toutes ses cages à oiseaux. Le suivant, il a recommencé à en faire. Ma mère, elle, est toujours chez don Curio. Pire qu'avant. Mais j'en ai plus rien à foutre de rien.

J'écoute de la musique.

Le jour.

La nuit.

Tous les jours.

Toutes les nuits.

L'été que j'avais tant attendu est arrivé. Maintenant il est presque fini. En septembre, je retourne à l'école. Grand-père m'a dit que si je veux, je peux arrêter la comptabilité. Il me paiera le conservatoire avec sa retraite. Mais j'en ai plus rien à foutre de rien.

J'en ai plus rien à foutre de rien.

J'en ai plus rien à foutre de rien.
J'en ai plus rien à foutre de rien.
De rien.
De rien.
De rien.

J'ai demandé à Franz un de ses T-shirts comme souvenir. Celui avec gribouillé au stylo-bille JE VOUS HAIS TOUS. Je le porte tout le temps. Le rendez-vous avec Margherita, j'y suis pas allé.

J'écoute de la musique.
Le jour.
La nuit.
Tous les jours.
Toutes les nuits.

Ils ont aussi abattu mon chêne. Il était sur le chemin de la nationale. Je regarde le T-shirt que je porte.

JE VOUS HAIS TOUS, c'est écrit.
JE VOUS HAIS TOUS.
JE VOUS HAIS TOUS.
JE VOUS HAIS TOUS.

« J'avais vingt ans. Je ne laisserai personne dire que c'est le plus bel âge de la vie. »

Paul Nizan, *Aden Arabie*.

« Oh god save history
God save your mad parade
Lord god have mercy
All crimes are paid
When there's no future how can there be sin
We're the flowers in the dustbin
We're the poison in the human machine
We're the future
Your future. »

Sex Pistols, *God Save the Queen*.

Chronologie
de l'année 1977

Janvier

1   Un concert de The Clash inaugure le Roxy Club à Covent Garden, Londres.

6   En Tchécoslovaquie, deux cents intellectuels signent la Charte 1977, en soutien aux droits de l'homme dans le pays et contre le régime prosoviétique de Gustáv Husák.

12   EMI déclare vouloir se séparer des Sex Pistols en raison de l'image déplorable du groupe. La maison de disques honore son contrat en versant les quarante mille livres d'avance. Avant d'être retiré du marché, le simple *Anarchy in the UK* se vend à cinquante-cinq mille exemplaires.

18   Le footballeur de la Lazio Luciano Re Cecconi est tué par le propriétaire d'une bijouterie tandis qu'il le menaçait de hold-up pour rire.

21   La loi sur le droit à l'avortement est votée à la Chambre des députés par 310 voix pour sur un total de 606.

Février

1 Les Sex Pistols commencent leur tournée européenne en Belgique. Sid Vicious, ex-batteur du groupe Flowers of Romance et fan des Pistols, prend la place du bassiste Glen Matlock.

12 En Éthiopie, le colonel Menghistu se livre à une purge au sommet de l'armée et prend la présidence du pays. Les diplomates occidentaux sont expulsés. Les relations économiques et militaires avec l'Union soviétique reprennent.

16 Renato Vallanzasca, recherché pour homicide et séquestration de personnes et lié aux milieux terroristes, est arrêté à Rome.

17 Le meeting du secrétaire général de la CGIL Luciano Lama, organisé par les syndicats à l'intérieur de l'université de Rome occupée par les autonomes et les collectifs étudiants, provoque de violents affrontements entre les occupants et les membres du service d'ordre des syndicats, ainsi que la fermeture de la faculté. Le ministre de l'Intérieur Francesco Cossiga ordonne des mesures plus sévères contre les actes de guérilla urbaine.

24 La RAI émet pour la première fois en couleurs.

Mars

2 À Madrid, les premiers secrétaires des partis communistes italien, français et espagnol Berlin-

guer, Marchais et Carrillo signent la Charte de l'eurocommunisme.

5   À Rome, un cortège étudiant dégénère en guérilla. Les affrontements avec la police se poursuivent pendant quatre heures.

6   Suite aux incidents, l'université de Rome est provisoirement fermée.

10 À sept heures du matin, les Sex Pistols signent un nouveau contrat avec A&M sur une petite table posée devant Buckingham Palace.

En Italie, la Chambre et le Sénat votent le renvoi devant la justice de Gui et Tanassi. C'est la première fois dans l'histoire de la République que la Cour constitutionnelle est appelée à juger deux parlementaires.

11 Au cours de violents affrontements à l'université de Bologne, Pier Francesco Lorusso, étudiant membre de Lotta Continua, est tué par un projectile tiré par la police.

12 Manifestation de protestation à Rome, à laquelle participent cinquante mille jeunes. Assauts répétés contre commissariats et boutiques. Un officier décède de ses blessures.

À Turin, les « Brigades combattantes » assassinent Giuseppe Ciotta, officier dirigeant les Renseignements généraux.

16 Après avoir pressé vingt-cinq mille exemplaires du nouveau simple *God Save the Queen*, A&M rompt son contrat avec les Sex Pistols suite aux pressions exercées par d'autres artistes de la maison : en six jours, le groupe gagne soixante-quinze mille livres.

Le chef de la gauche palestinienne, Kamal Jumblatt, est tué dans une embuscade.

À Caldonazzo, le bandit sarde Graziano Mesina, qui s'était évadé le 20 août 1976, est arrêté.

20 Au cours des élections indiennes, Indira Gandhi subit une lourde défaite. Son parti perd 57 % des circonscriptions.

22 Deux agents de la circulation, Claudio Graziosi et Franco Cerrai, sont tués à Rome, le premier par deux membres des Noyaux armés prolétariens qu'il avait reconnus dans un bus, le second au cours de la fusillade consécutive.

30 Accord entre gouvernement et syndicats sur le coût du travail. En échange de la fin du blocage des embauches, les syndicats acceptent un nouveau système d'indexation des salaires. Le prêt du FMI est désormais possible.

31 Échec de SALT 2, traité entre les États-Unis et l'Union soviétique pour la réduction des armes stratégiques. Tension entre les deux pays suite aux protestations américaines contre les violations des droits de l'homme en URSS.

Avril

4 Début à Turin du procès de Renato Curcio et de neuf autres membres des Brigades rouges. Imposant déploiement des forces de l'ordre.

5 Enlèvement à Naples de Guido De Martino, fils du premier secrétaire du parti socialiste Francesco De Martino.

7 Le premier ministre israélien Rabin démissionne suite à la découverte dans une banque américaine d'un compte en dollars lui appartenant.

9 Sortie du premier quarante-cinq tours de The Clash, *White Riot*.

14 Eugenio Cefis démissionne de la présidence de Montedison mais reste en place jusqu'à ce qu'un successeur lui soit trouvé.

22 Le gouvernement interdit toute manifestation publique à Rome pendant un mois. Le parti communiste et le parti socialiste s'opposent à cette mesure.

23 Dario Fo réapparaît sur les écrans de la télévision italienne après quatorze ans d'absence. Vigoureuses protestations du Vatican suite à la diffusion du spectacle *Mistero Buffo*.

28 À Turin, les Brigades rouges assassinent le président de l'ordre des avocats Fulvio Croce, qui devait désigner les défenseurs de Renato Curcio.
À Rome, Rosario Nicoló, président de la faculté de droit, est enlevé.
La commission parlementaire de surveillance décide de ne pas censurer Dario Fo, malgré les protestations du Vatican.

30 *The Clash*, premier album du groupe anglais, atteint la douzième place du classement des meilleures ventes au Royaume-Uni.

Mai

1 The Clash entame sa tournée « White Riot », avec The Jam et les Buzzcocks en première partie.

2   Première tournée anglaise des Ramones, groupe new-yorkais.

3   À Turin, renvoi du procès des Brigades rouges, les jurés populaires s'étant récusés.

5   En Italie, première rencontre entre démocrates-chrétiens et communistes pour évoquer un possible programme de gouvernement.

12 Malgré l'interdiction du ministère de l'Intérieur, le parti radical organise une manifestation à Rome. La police intervient, de nombreuses personnes sont blessées par balle. Giorgiana Masi, dix-neuf ans, est mortellement touchée à l'abdomen.

    En Angleterre, les Sex Pistols signent un nouveau contrat avec Virgin pour quinze mille livres.

15 Guido De Martino est libéré après quarante jours de détention. Une rançon de près d'un milliard de lires est versée.

22 La Juventus remporte le championnat d'Italie pour la dix-septième fois.

26 En Israël, après la défaite des travaillistes au pouvoir depuis près de trente ans aux élections générales et la victoire du parti nationaliste du Likoud, le gouvernement est confié au conservateur Begin, qui nomme le travailliste Moshe Dayan ministre des Affaires étrangères.

27 Sortie en Angleterre du simple des Sex Pistols *God Save the Queen*. Les magasins Woolworth, Boots et W.H. Smith refusent de le vendre. En cinq jours, le quarante-cinq tours se vend à cent cinquante mille exemplaires et entre dans les classements. La BBC ne le diffuse pas.

Juin

1 Vittorio Bruno, directeur du quotidien *Il Secolo XIX* de Gênes, est atteint de sept coups de pistolet. L'attentat est revendiqué par les Brigades rouges.

3 Indro Montanelli, directeur du *Giornale Nuovo* de Milan, est atteint aux jambes de quatre balles tirées par deux jeunes à visage découvert.

4 À Florence, explosion des voitures de deux journalistes de *La Nazione*. Les attentats sont revendiqués par les Brigades rouges.

5 Le directeur de l'information de la RAI Uno Emilio Rossi reçoit plusieurs balles dans les jambes. L'attentat est revendiqué par les Brigades rouges.

6 Concert des Ramones au Roundhouse de Londres. Première partie des Talking Heads.

7 Rejet par le Sénat de tous les articles de la loi sur l'avortement déjà votée par la Chambre.

11 Le simple des Sex Pistols *God Save The Queen* atteint la deuxième place des meilleures ventes, bien qu'il se soit mieux vendu que celui de Rod Stewart qui occupe la première.

15 À Londres, Virgin loue le bateau *Queen Elizabeth* pour le Jubilée, à l'initiative des Sex Pistols. Ils jouent *Anarchy in the UK* en passant devant le Parlement. L'embarcation est interceptée par la police, qui procède à plusieurs arrestations.

En Espagne, premières élections démocratiques après quarante ans de dictature franquiste. Victoire du centre et défaite des communistes.

18 Johnny Rotten, chanteur des Sex Pistols, est agressé

par des individus armés de rasoirs en sortant des studios Wessex.

19 Paul Cook, batteur des Sex Pistols, est agressé par six hommes armés de rasoirs devant la station de métro de Sheperd's Bush.

Juillet

1 Antonio Lo Muscio, considéré comme le chef des Noyaux armés prolétariens, est tué au cours d'une fusillade avec les forces de l'ordre. Avec lui, Maria Pia Vianale et Franca Salerno sont blessées et capturées.

4 À Rome, un accord est conclu après de longues négociations en vue d'un programme commun de gouvernement, avec la signature des secrétaires des six partis de la « non-défiance ».

5 Au Pakistan, un coup d'État mené par le général Mohammed Zia u-Haq renverse le président Ali Bhutto.

15 Les Heartbreakers sortent le simple *Chinese Rocks*, écrit en collaboration avec Dee-Dee Ramone. Les Ramones sont invités chez Phil Spector.

21 Les Sex Pistols participent pour la première fois à Top of the Pops et jouent *Pretty Vacant*.

30 Leur manager Malcolm McLaren propose au réalisateur Russ Meyer de faire un film sur les Sex Pistols, pendant que le groupe est en tournée en Scandinavie.

Août

5   The Clash joue au deuxième festival punk européen de Mont-de-Marsan.
15 À Rome, l'ex-officier SS Herbert Kappler, responsable du massacre des fosses Ardéatines, s'évade de l'hôpital militaire du Celio avec l'aide de sa femme. Andreotti annule la rencontre prévue avec le chancelier Helmut Schmidt.
19 Les Sex Pistols débutent une tournée secrète en Angleterre, sous le nom de Spots (boutons).

Septembre

4   Francesco Moser remporte le championnat du monde de cyclisme sur route.
5   Hans Martin Schleyer, patron des patrons allemands et ex-officier SS, est enlevé par la RAF après une fusillade dans laquelle quatre personnes sont tuées. La RAF exige la libération des derniers membres de la Bande à Baader.
19 Andreotti effectue un remaniement ministériel. Le ministre de la Défense Lattanzio, dont tous les partis sauf la Démocratie chrétienne avaient demandé la démission après l'évasion de Kappler, passe aux transports. Le ministre des Transports Ruffini passe à la Défense.
23 Début à Bologne de la conférence sur la répression organisée par l'extrême gauche.
30 Walter Rossi, membre de Lotta Continua, est tué par

balles à Rome durant des affrontements entre néofascistes et militants d'extrême gauche.

Octobre

18 Les corps d'Andreas Baader, Gudrun Ensslin et Jan Carl Raspe sont retrouvés sans vie dans la prison de haute sécurité de Stuttgart. Celui de Hans Martin Schleyer est retrouvé dans le coffre d'une Audi 100 à Mulhouse.
29 Le simple *Holidays in the Sun* des Sex Pistols entre à la huitième place des classements. L'office du tourisme belge obtient que la pochette du disque soit interdite pour violation des lois sur le copyright.
31 Un hélicoptère des carabiniers s'écrase sur le mont Covello près de Catanzaro, avec à son bord le général Enrico Mino, commandant en chef, quatre officiers et un sous-officier.

Novembre

3 À Moscou, durant les célébrations de la révolution d'Octobre, Santiago Carrillo, représentant de l'eurocommunisme, est empêché de prendre la parole.
12 *Never Mind the Bollocks*, l'album des Sex Pistols, entre directement à la première place des meilleures ventes. C'est la première fois que cela se produit depuis les Beatles.
16 Carlo Casalegno, directeur adjoint de *La Stampa* de Turin, est atteint de quatre balles dans le hall de son

immeuble par les Brigades rouges. C'est la première fois que les Brigades rouges tirent sur un journaliste pour tuer.
19 Anouar el Sadate, président égyptien, arrive à Jérusalem pour rencontrer le Premier ministre Begin sous les applaudissements de la foule. C'est le premier chef d'État arabe qui foule le sol israélien depuis trente ans. La paix séparée entre Israël et l'Égypte provoque la colère de la Syrie, de l'Algérie, du Yémen du Sud et de l'OLP. Dans le même temps, les attaques aériennes israéliennes contre les bases de l'OLP au Liban se poursuivent.
29 Décès à Turin de Carlo Casalegno.

Décembre

5 L'Égypte rompt ses relations diplomatiques avec la Syrie, la Libye, l'Algérie, l'Irak et le Yémen du Sud.
18 Les autorités américaines refusent d'accorder un visa aux Sex Pistols, en raison de leur passé judiciaire.
25 Sommet entre Sadate et Begin à Ismaïlia. Tous deux promettent de se revoir malgré le problème posé par la question palestinienne.
Dernier concert des Sex Pistols en Angleterre, à Hudersfield dans le Yorkshire, pour rassembler des fonds au profit des mineurs en grève.
31 En Italie, premier vainqueur milliardaire de l'histoire du Totocalcio.

Table

1. La fortune sourit aux audacieux. Ouah ! ... 11
2. Trois sœurs 15
3. Grand-père 19
4. Une lettre d'Alice 24
5. Francesco Zazzi, dit Franz 26
6. Au Château 28
7. Cavalla 31
8. Tennis 34
9. Margherita 37
10. Chère Alice 41
11. Pouvoir du féminisme 43
12. Mollo 46
13. À l'église 50
14. Mon chêne 52
15. *Vestro* 56
16. Filles 59
17. Don Bob 64
18. Mastrullo 68
19. Chez grand-père 72
20. Ma chambre 78

21. Le premier baiser	81
22. Olga Korbut	85
23. Absurde	88
24. Toujours trop tard	93
25. Politique	97
26. Carbonara	100
27. Je bois Jaegermeister	103
28. Arsène Lupin	110
29. Chez le Juif	114
30. Huckleberry Finn	121
31. Assemblée	125
32. Tévécolor un	129
33. *Napuli*	131
34. Moyens de fortune	136
35. À l'usine	141
36. Une lettre d'Alice	144
37. Volontaire	147
38. Fables	152
39. Dans le train	158
40. Monsieur Stanko	163
41. *La horde sauvage*	167
42. Sport	171
43. Une question de méthode	175
44. Chère Alice	180
45. À la chasse	182
46. En boîte	186
47. En résumé	189
48. En vélo avec Alice	193
49. *Emmanuelle*	196
50. Chère Margherita	201
51. À la mer	204
52. Tévécolor deux	207

53. À la télé	209
54. Un après-midi comme les autres	211
55. Gens	216
56. Assemblée deux	219
57. Radios libres	222
58. Une république fondée sur	225
59. Quatre frères new-yorkais	228
60. No future	231
61. Punk !	235
62. Aux chiottes	239
63. On part	242
64. Ravenne	246
65. Dîner !	249
66. Bleu de Prusse	253
67. Heureux et contents	257
68. *Mistero Buffo*	259
69. De Lirio	264
70. Le travail, c'est fatigant	267
71. Autogestion	270
72. On occupe un	274
73. Une lettre d'Alice	278
74. Pique-nique	280
75. Tévécolor trois	283
76. Gina	285
77. On sèche	289
78. Fiesta	298
79. Raid nocturne	303
80. Un vol en classe	309
81. *Elvira Madigan*	312
82. Une histoire de guerre	315
83. Le Boiteux	319
84. *Taxi Driver*	323

85. Impôts	327
86. On occupe deux	329
87. Alice !	334
88. À Londres	338
89. Alcool gai, alcool triste	342
90. Dans les champs	346
91. Tévécolor quatre	351
92. La dernière chance	354
93. Plutôt lion un jour	359
94. À la gare	362
95. Dilemme existentiel	365
96. Et ça se passe	369
97. Devant l'école	374
98. Nationale	378
99. Et puis	381
100.	385
101. La haine	386

Chronologie de l'année 1977 391

REMERCIEMENTS

Merci à : Walter, Ada, Francesco, Pier Vittorio et d'autres qui se reconnaîtront. Remerciements particuliers à la ville de Munich en la personne de Verena Nolte, qui m'a hébergé à Feldafing, dans la fabuleuse Villa Waldberta, pendant la révision de ce livre. Merci également à Joey, Dee Dee, Joe et Sid. Grand merci à Ubik.
Remerciements particuliers à Gianandrea Piccioli.

 www.livredepoche.com

- le **catalogue** en ligne et les dernières parutions
- des **suggestions de lecture** par des libraires
- une **actualité éditoriale permanente** : interviews d'auteurs, extraits audio et vidéo, dépêches…
- **votre carnet de lecture** personnalisable
- des **espaces professionnels** dédiés aux journalistes, aux enseignants et aux documentalistes

Composition réalisée par IGS-CP

Achevé d'imprimer en mars 2009 en Espagne par
LITOGRAFIA ROSÉS
08850 Gava

Dépôt légal 1re publication : avril 2009
Librairie Générale Française – 31, rue de Fleurus – 75006 Paris

31/2432/8